刑警手记

天罚者

风雨如书 — 著

SPM 南方传媒 | 花城出版社

中国·广州

图书在版编目（CIP）数据

刑警手记. 天罚者 / 风雨如书著. -- 广州 : 花城出版社, 2023.3
ISBN 978-7-5360-9624-0

Ⅰ．①刑… Ⅱ．①风… Ⅲ．①侦探小说－中国－当代 Ⅳ．①I247.5

中国版本图书馆CIP数据核字(2022)第189359号

出 版 人：张　懿
责任编辑：李　欣　夏显夫
责任校对：梁秋华
技术编辑：凌春梅
封面设计：拙林设计

书　　名	刑警手记：天罚者 XINGJING SHOUJI：TIANFAZHE	
出版发行	花城出版社 （广州市环市东路水荫路11号）	
经　　销	全国新华书店	
印　　刷	佛山市浩文彩色印刷有限公司 （广东省佛山市南海区狮山科技工业园A区）	
开　　本	787毫米×1092毫米　16开	
印　　张	16.75　　1插页	
字　　数	320,000字	
版　　次	2023年3月第1版　2023年3月第1次印刷	
定　　价	58.00元	

如发现印装质量问题，请直接与印刷厂联系调换。
购书热线：020 - 37604658　37602954
花城出版社网站：http://www.fcph.com.cn

目　录

第一卷　恶魔的嫁衣

楔子 / 002
第一章　C计划 / 005
第二章　卧底 / 008
第三章　突变 / 011
第四章　黄雀 / 014
第五章　重逢 / 017
第六章　演奏者 / 020
第七章　恶人会 / 023
第八章　慕残者 / 026
第九章　新命案 / 029
第十章　特征性 / 032
第十一章　爱情伤 / 035
第十二章　下一个 / 038
第十三章　意外发现 / 042
第十四章　凶手心理 / 045
第十五章　爱情 / 048
第十六章　以身涉险 / 051
第十七章　复仇 / 054
第十八章　婚礼变故 / 057
第十九章　疑点重重 / 060
第二十章　始作俑者 / 063
第二十一章　往事 / 067

第二卷　幽灵的谎言

楔子 / 070

第一章　调令 / 073

第二章　绑架案 / 076

第三章　见面 / 079

第四章　二选一 / 082

第五章　戴罪者 / 085

第六章　阴谋 / 088

第七章　因果 / 092

第八章　翻案 / 095

第九章　恶魔 / 098

第十章　蓝色海豚 / 101

第十一章　推理 / 105

第十二章　相信 / 108

第十三章　莫比乌斯环 / 111

第十四章　致命证据 / 114

第十五章　选择逻辑 / 118

第十六章　原委 / 121

第十七章　冷漠 / 124

第十八章　邱天的秘密 / 127

第十九章　源头 / 131

第二十章　暗手 / 134

第二十一章　转机 / 137

第二十二章　丁香花 / 140

第二十三章　假证 / 143

第二十四章　无果 / 146

第二十五章　听证会 / 149

第二十六章　夜伴者 / 151

第二十七章　黑色交易 / 154

第二十八章　逃生 / 157

第二十九章　旧友 / 160

第三十章　凶手 / 163

第三十一章　破击 / 166

第三十二章　真相 / 169

第三十三章　情殇 / 173

楔子 / 178

第一章　心理障碍 / 181

第二章　夜半惊魂 / 184

第三章　魔鬼之曲 / 187

第四章　记忆 / 190

第五章　共同点 / 193

第六章　杀人 / 196

第七章　仇恨 / 199

第八章　名单 / 202

第九章　舞会 / 205

第十章　对决 / 208

第十一章　黄小曼父母 / 211

第十二章　追捕 / 214

第十三章　关联秘密 / 217

第十四章　回忆 / 220

第三卷　傀儡师的棋子

第十五章　意外 / 223

第十六章　明明中介 / 226

第十七章　现场 / 229

第十八章　飞扬钢琴行 / 232

第十九章　决裂 / 235

第二十章　十三楼 / 238

第二十一章　安魂 / 240

第二十二章　音乐室 / 243

第二十三章　细微的发现 / 246

第二十四章　纰漏 / 249

第二十五章　相通之处 / 252

第二十六章　魂破十三楼 / 255

尾声 / 259

第一卷 恶魔的嫁衣

楔子

地铁门开了，于丽敏站了起来，走了出去。

已经是晚上九点多，地铁站里没有了白天的拥挤，只有几个人在等地铁。

于丽敏戴着耳机，一边听歌一边往前走着。从电梯上来，于丽敏忽然有点警觉，她的后面跟着一个男人，男人戴着一顶鸭舌帽，低着头，走路小心翼翼的。

于丽敏皱了皱眉，似乎从自己上地铁，这个男人就跟在自己后面，是巧合还是故意的？于丽敏没有心思再听歌，摘下了耳机，快速向前走去。

深夜的街头，偶尔有车从面前经过，这一站比较偏，很少有出租车，以前路边还会有些拉人的私家车，可是今天却一个都没有。于丽敏只好快速向前走着，时不时向后面偷偷看一眼，而那个男人像是一道影子一样，不紧不慢地跟在她后面。

前面是一个十字路口，有几个人走了过来，于丽敏松了口气，慌忙拿起手机找到了一个号码拨了出去。

"怎么了？"电话里传来了一个声音。

十字路口的红灯变成了绿灯，那个男人转身向左边走去，很快过了人行道。

"哦，没事，没事。"于丽敏笑了笑，挂掉了电话。

于丽敏住在马路对面的小区，因为便宜，所以很多配套设施都没有。不过小区里人比较多，有的人也认识，现在于丽敏只想快点回去。

走到小区门口的时候，于丽敏又看到了那个男人。他站在小区门口不远处，并且这次他戴上了一个黑色的口罩，看上去更加神秘诡异。

于丽敏倒抽了口凉气，她低下头快速从侧面的小路向前跑去，因为紧张，几次差点摔倒在地上。

回到家里，她快速将门窗全部关上，然后长长地舒了口气，坐到沙发上她这才发现自己后背竟然出了一身冷汗。

夜，深了。

于丽敏睡着了，然后做了一个梦。在梦里，她看到那个男人在追她，最后她跑到了一个死胡同里面。

男人慢慢走向了她。

"你要干什么？你给我走开。"于丽敏说着从包里拿出了一瓶防狼喷雾，对准了男人。

男人慢慢抬起了头，然后摘下了他的口罩，只见他的下巴上竟然有一道猩红的伤疤，犹如红色的月亮一样。

"于小姐，你帮帮我，好不好？"男人指着自己下巴上的伤疤，颤声说道。

啊，于丽敏一下子惊醒了，从床上坐了起来，大口大口地喘着气，刚才梦里的那一幕，让她浑身发颤，冷汗涔涔，半天没有回过神。

"你醒了。"突然，旁边有人说话了。

于丽敏这才发现，床边竟然有一个人影，暗淡的月光下可以隐约看到他戴着一顶鸭舌帽，正是跟踪她的那个男人。

"你，你什么人啊！"于丽敏一下子从床上跳了下来，大声叫了起来。

"嘘，不要说话。"男人伸出食指放到嘴边，轻声说道。

于丽敏想找自己的手机，这才发现原本放在床头充电的手机，竟然不见了。她走到门边拉了拉，发现门也被锁住了。

"来，于小姐，别害怕。"那个男人说着站了起来，走到了于丽敏的面前。

"你，你要做什么？我没钱，我。"于丽敏害怕极了，顿时哭了起来。

"别哭，你来，坐下来。"男人拉着于丽敏坐到了床上。

于丽敏慢慢停住了哭泣。

那个男人看着她，跟着说道："脱掉衣服。"

"你要干什么？"于丽敏一惊。

"我喜欢听话的人，可以吗，于小姐？"男人轻声说道。

于丽敏的眼泪又落了下来，她慢慢脱掉了自己的睡衣，然后蜷缩在床上，双手搂着肩膀。

"站到这里来。"男人指了指自己的面前。

于丽敏的身体在瑟瑟发抖，最终她还是听从男人的话，站到了对方的面前。

"真的太美了，你的身体。"男人陶醉地看着于丽敏的身体，然后从背包里拿出了一个东西，那是一件暗红色的衣服，但是看上去却不太平展，坑坑洼洼的。

"这是我帮人准备的婚纱，需要你帮忙试一下。这不是你的工作吗？"男人将手里的衣服披到了于丽敏的身上。

于丽敏不知道那是什么做的衣服，但是上面有一股浓重的消毒水味道，并且衣服里面刺刺拉拉的，穿上去特别不舒服。

"这衣服是我做的，不过我手艺不好，但是真的很尽心尽力了。于小姐，我看了杂志，你是整个林城最好的婚纱试装师，你觉得这件衣服好看吗？"男人说着指了指旁边的梳妆台上的镜子。

原来是找自己试婚纱的，这件奇怪的婚纱，还有奇怪的男人。至少，至少没有其他目的，只要好好配合他，应该就没事了。想到这里，于丽敏连连点头说道："好看，很好看，也很特别，看得出来，你很用心。"

"是啊,做这件婚纱真的太难了。谢谢你,于小姐,你的意见很重要呢!"男人欣喜地说道。

"我本来找了好几个试装师,她们都不愿意帮我。唉,我当然理解,我这件和普通的婚纱不太一样。于小姐,你是我最后的希望了,所以我不得不用这种方式来找你,希望你原谅我。"男人低声说道。

"没关系,你这也是为了爱人,我理解的。那个女孩有你这么喜欢她,一定很幸福。"于丽敏低头仔细看了看身上的衣服,这才发现这件衣服的颜色竟然和人的皮肤特别像,不,她定睛再看,这衣服的材料分明就是人的皮肤,尤其是左手臂上还有两个并排的痣,这和先前失踪的试装师安妮胳膊上的痣一模一样。想到这里,她不禁伸手摸了摸其他地方,果不其然,其他地方的材料和人的皮肤一模一样。这难道是一件人皮婚纱?于丽敏顿时明白了过来,她胃里不禁一阵翻腾,忍不住差点要吐出来,但是看到男人的样子,她忍了下来。

"好了,今天就到这里吧。很感谢你,不过还有个忙要你帮。"男人又说话了。

"没事,你说,你说。"于丽敏说道。

男人抬起了头,慢慢摘下了口罩,嘴角露出了一丝诡异的微笑……

第一章　C 计划

关风打开了车窗，还是心烦意躁。

外面的风虽然很大，但是不知道为什么，感觉吹的都是热风。

车内广播正在播放天气预报，温度还要持续上升。

手机响了起来，是秦政打来的电话。

"你在哪儿？"

"我在和平街，是要开会了吗？我马上回去。"关风说道。

"回来吧，大家都在等你。"秦政说道。

"好。"关风挂掉了电话，然后再次看了看和平街街口的美丽花店，门口依然空荡荡的，没有任何东西，他只好发动起车子，调头离开。

这是 C 计划执行的第六天，没想到就出了问题。出去卧底的陈池没了音讯，本该两天一报的暗号也没有再报，不知道中间到底出了什么事情。

这个 C 计划是关风提出来的，最近林城发生了多起人体器官交易案，根据调查线索显示可能和一个贩卖人体器官组织有关系。林城公安局刑侦队联合调查组几次追踪，都没有找到有用的线索，后来好不容易通过一个线人，知道了这个组织的一些基本情况。为了能够得到更多的证据与线索，陈池主动提出去这个贩卖人体器官组织里面卧底。

经过安排，陈池成功混入对方组织，并且和调查组约定，每两天会在和平街口的美丽花店门口放一束满天星，作为一切顺利的暗号。两天前，一切还正常，并且还接到陈池的留言，最近这个贩卖人体器官组织接了一个新单子，准备再次犯罪，也是抓住他们的最好时机。可是，现在却没有了任何信息。

关风回到公安局，停好车直接上了楼。

推开会议室的门，其他人都已经在了。看到关风进来，秦政放下了手里的报纸，然后对旁边的安娜点了点头，示意她可以开始了。

会议主题还是关于现在正在调查的贩卖人体器官组织的事情。因为 C 计划执行，陈池去做卧底，所以这几天的案件调查并没有深入进展，一方面是害怕打草惊蛇，另一方面是害怕暴露了陈池的身份。所以，上级希望能够调整查案方案，免得再出现其他问题。

"陈池还没有消息吗？"会议开始了，秦政先问了一句。

"还没。"关风点点头。

"C 计划太被动了,我决定我们不等了。"秦政抬起头说道,"根据陈池两天前送来的情报,这次这个贩卖人体器官的组织的下一个目标是在林城第二人民医院,时间是明天晚上八点,那么我们提前布控,相信到时候如果陈池能和我们里应外合,应该能事半功倍。如果我们就这么干等下去,很有可能什么都做不了,还会赔上下一个受害者。"

"对,我也这么想的。毕竟单靠陈池给我们信息,实在有点太被动了。反正我们现在知道对方的下一个目标就在林城第二人民医院,我们不如将计就计。"顾美玲也同意了秦政的说法。

秦政说的没错,无论陈池现在怎么样了,他们必须进行下一步工作安排,否则很有可能会让凶手再次得手。这样的话,不但陈池的卧底任务失败了,他们调查组的所有线索也会中断。

"下面是我的安排,大家看下。"秦政说着,对旁边的安娜点了点头,安娜打开了桌子面前的投影仪,上面出现了林城第二人民医院的平面图。

"林城第二人民医院一共三个出口,南门,北门和紧急通道。对方要绑架一个人,如果是在白天,因为紧急通道白天不开门,所以肯定是从南门比较方便,因为南门门口就是停车场,北门还需要走过一个天桥,门口还不能停车。如果他们是在夜里行动,很有可能会选择紧急通道,紧急通道出来就是大马路,直接可以开车走人。"秦政看着平面图说道。

"我们调查过之前他们绑架人的模式,一般会先选好路线,然后冒充是工作人员,直接带着受害人大摇大摆地出去。这次他们选择的目标在医院,我们需要确定这次的目标身份,是医院工作者,还是病人,又或者说是病人家属?"关风听完后说话了。

"应该是医院工作者,或者病人吧?如果是病人家属的话,没必要在医院下手,毕竟医院人多眼杂。我觉得可能性最大的是病人,并且是在医院住院的病人。"林刚说话了,"医院工作者和病人家属一样,同样可以不在医院的时候下手。唯一必须在医院下手的人,只有病人,并且是在医院住院的病人。这次这个犯罪组织做的是贩卖人体器官,住院病人对于他们来讲做人体器官比对更方便,很容易筛选到适合他们所需的供体资料。"

"林刚说的没错,我也认为可能是病人。医院住院部的 5 楼到 10 楼都是病房,一共四部电梯,其中有一部是货运梯。所以我们只要守好出口,不要让对方钻了空子,应该很容易抓住他们。"秦政说道。

"具体这样安排,我和关队长分别守住南北两个门,刑侦队的韩民带人支援我们,如果白天没事的话,夜里我再负责守住紧急通道。顾美玲和乔梦梦你们到医院导医台工作,负责协调工作,如果发现陈池,尽快与他接头。所有的工作都是盯梢,如果发现嫌犯劫人,要立即扣下,然后让刑侦队的人配合,引出幕后黑手。"林刚继续说道。

"刑侦队的人怎么没来？"关风这才发现会议室只有调查组的人。

"他们还有个会，结束后会和我们对接。你们放心，韩民是我的学生，他也是一名优秀的刑警，之前我有意让他加入调查组，但是他的领导不放人。这次你们能合作，相信一定可以破获这个案件。"秦政说道。

"目前只能这样了，只是不知道陈池现在怎么样了？会不会他有自己的安排？我们这么做，会不会打乱他的计划？让他处于危险之地呢？"一直沉默的乔梦梦说话了。

"就目前陈池的状况来讲，无论什么样的计划都是不可保证的，我们的计划会给他更大的保险。所以明天大家一定要万分小心，切不可暴露身份。这一次无论陈池是怎么样的安排，我们一定要抓住这些人。"秦政看了看所有人，沉声说道。

会议结束了，关风没有走。

C计划现在已经放弃了，可惜陈池还不知道。按照之前的约定，陈池找到对方犯罪的证据后，调查组会直接带人过去抓人。关风了解陈池的性格，如果找不到对方的罪证，他很有可能会做出一些事情诱使对方，但是这样太危险了。

顾美玲走过来，坐到了关风面前。

"还在想陈池的事情吗？"顾美玲问道。

"对，当初就不该让他去卧底，他根本不适合卧底的，他太感情用事了。"关风一口气说了几句话。

"其实陈池还是有自己想法的，他做警察也不是一天了。我之前听说他在上大学的时候就帮警察破了案子。"顾美玲说道。

"对，当时是帮我们局破的案子。"关风点点头。

"那不得了，这么一个经验丰富的警察，你还担心什么。"顾美玲说着拍了拍他的肩膀。

这时候，会议室的门突然被人推开了，韩民走了进来。

"什么事？"关风问道。

"出事了。"韩民咽了口唾沫，"那个帮助我们进入对方组织的线人身份被发现了。"

"你说什么？"关风一听，一下子站了起来。

第二章　卧底

车子在坑坑洼洼的路面颠簸着，车上的人都没说话，一个一个阴沉着脸。陈池坐在中间，两边是丧鸡和马蜂，开车的是阿仔，鬼哥坐在副驾驶。

这是他潜伏在鬼哥身边的第六天，按照和调查组的约定，今天应该抽空去和平街的美丽花店放一个暗号的，可是今天整整一天，丧鸡和马蜂就像是狗皮膏药一样黏着他，根本没有机会出去。

上次鬼哥说了，这两天就要行动，他们这次的目标在林城第二人民医院，具体是什么人，陈池不知道，鬼哥也没说。听丧鸡说，按照鬼哥的习惯，一般都是到了现场才会通知大家目标是什么人，这样也是防止消息泄露，被警察盯上。

"我们，我们这是去哪里啊？"陈池问了一句。

但是，没有人理他，仿佛他没说话一样。

车子拐了个弯，前面出现了一个建筑物，陈池眯了眯眼睛，他看出来了，这是西郊的废弃钢厂，也是鬼哥处理叛徒的地方。

难道自己的身份暴露了？陈池的心一下子跳到了嗓子眼，他仔细回忆起这几天自己在鬼哥面前的表现，应该没有出现问题。

陈池看了看左边的丧鸡，平常数他话多，可是他此刻却也是一语不发，嘴唇闭得紧紧的。难道说自己的身份真的被对方怀疑了？陈池身体往后靠了靠，微微皱了皱眉，其实也正常，如果鬼哥收到风说他们团伙儿里有人身份不对，那肯定先怀疑的是陈池，因为陈池是最新来的。甚至都没有跟他们做过一起案子，被怀疑也算正常。看来一会儿少不了被人盘问，陈池需要好好想想自己的情况，免得一会儿被人套出话来。

推荐陈池进来的人是林城刑侦队队长韩民的线人，他叫包子，以前是跟着鬼哥在迪厅做安保的，调查组也是通过包子知道鬼哥正在找一个IT高手，所以调查组制订了C计划，然后将陈池通过包子推荐给了鬼哥。

鬼哥用人比较谨慎，经过多次测试和调查，最终才同意让陈池和他们一起。不过，陈池知道，鬼哥并不信任自己，他通过丧鸡知道，鬼哥很多事情都还瞒着他。

车子停了下来，鬼哥下了车，然后其他人也都下来了。

五个人向前走去，进入了废弃钢厂里面。里面亮着一盏昏黄的灯，有三四个人在里面，其中一个坐着，手里正拿着一瓶可乐在喝。看到鬼哥他们进来，那个男人站了起来，其他人也走了过来。

"可乐，人带来了吗？"鬼哥坐了下来问道。

"带出来。"可乐对旁边的人点了点头。那个人很快从旁边拖着一个麻袋走了过来，然后解开了麻袋口，里面是一个遍体鳞伤的男人，他正是介绍陈池进来的包子。

"怎么回事？"陈池立刻走过去，想要扶住包子。旁边的人却拦住了他。

鬼哥坐了下来，从烟盒里抽出一根烟，塞进了嘴里，然后饶有兴趣地看着眼前的一切，仿佛在等待看一出大戏一样。

"鬼哥，我，我真的不知道啊。"包子的脸上全是伤痕，嘴里血水一片，他看着鬼哥，哀求着。

"池子，你说你是怎么认识包子的？"鬼哥忽然问话了。

"之前不是说了，包子是我一个同学的弟弟，我们也是很多年没见了。你们怎么能把人打成这样？"陈池说道。

"我的人拍到他和警察接触，我们查了一下，这两年凡是他跟过的人，都被警察逮走了，这是巧合吗？"可乐眼睛一瞪，怒声说道。

"鬼哥，我真不知道那是警察。那人问我怎么去华丰小区，我就是给他们带路的，也怨我啊，为了一百块钱，怎么就和警察扯上了？"包子哭着说道。

"你放屁，警察找你问路？那个人是刑侦队的韩民，在林城做黑事的人，谁不认识他？我看你就是韩民的眼线，估计这池子也是警察？"可乐说着指着陈池喊道。

"既然不相信人，那还合作个屁？我是警察，我要是警察，还轮到你带着包子来这儿指认我？"陈池怒声说道。

"鬼哥，人给你带来了，你自己决定怎么办吧！"可乐看着鬼哥说道。

鬼哥没有说话，手里的烟抽完了，他掐灭烟头，然后站起来走到了包子面前。

"鬼哥，我不是。"包子哀求着。

鬼哥拿出一张纸，轻轻帮包子擦了擦嘴上的血水，然后对可乐说道："包子的手机拿来。"

陈池的脸皮颤抖了一下，他不知道鬼哥要做什么。

鬼哥拿出手机，输入一个号码，然后说道："电话通了，你就说，鬼哥发现我们的身份了，我现在跑了出来，下面怎么办？其他的话不要多说。说错一个字，我砍了你的手。"

"我？"包子还想说什么，鬼哥已经拨通了电话，并且开了免提。

电话很快接通了，里面传来了一个男人的声音。

"喂。"

"鬼哥发现我们的身份了，我现在跑了出来，下面怎么办？"包子按照鬼哥的话讲了一遍。

"什么鬼哥?你是谁?什么意思?"对方连问了三个问题。

鬼哥挂掉了电话。

陈池的心落了下来,刚才的声音正是刑侦队队长韩民的声音,从韩民的回答来看,他们已经知道了包子被发现的情况了。

鬼哥拍了拍包子的肩膀,然后摇了摇头说道:"包子,你做什么不好,做警察的线人。"

"鬼哥,我没有啊,我,我没有啊。"包子一听,顿时叫了起来。

"好了,老规矩。可乐,做事麻利些。其他人跟我走吧。"鬼哥说着向前走去。

"放心,我会很快的。"可乐看着包子,嘴角邪笑了一下。

"你们做什么?你们要对包子做什么?"陈池拦住了鬼哥。

"小子,你是不是想给他陪葬?"鬼哥盯着陈池说道。

"他是我同学的弟弟,他要是和警察有关系,怎么会介绍我来这里做事?鬼哥,要不你先等等,等我们做完明天的事情,你再决定。如果明天我们事情顺利,这说明我和包子没问题的。"陈池说道。

"池子,要是平常我直接就让可乐做掉你们两个了,因为明天的事情不能少了你,所以才暂时放了你一马,你不要得寸进尺。"鬼哥冷声说道。

"鬼哥,包子确实不能杀,这次和马爷接头的人是包子,我们如果换人送货,恐怕马爷不会接货。"这时候,旁边的丧鸡说话了。

"好,我就看你明天表现。"鬼哥沉思了片刻,对着陈池点了点头。

第三章　突变

晚上七点半，陈池被喊了起来，跟着其他人一起出发了。每个人的脸上都带着阴沉的表情。他们上了一辆面包商务车，车里除了丧鸡和马蜂以外，可乐也在，还有一个男人叫黑五，戴着一顶鸭舌帽，看不清样子，他坐在司机的位置上，看来是负责开车的。

"池子，包子现在被绑着，鬼哥说了，他的死活看你今天的表现。"可乐对陈池说道。

"可乐，你今天怎么跟我们一起？"旁边的丧鸡问道。

"我做什么事，要你知道？鬼哥今天不在，我来负责现场。都给我老实点，别出岔子，否则我可不会客气。"可乐瞪了丧鸡一眼。

丧鸡没有再说话，不过看得出来，他满眼都是愤怒。这点，陈池昨天特意找丧鸡聊了聊。之前陈池听其他人说过，丧鸡和可乐关系不好，两人负责的工作不一样，平常互相看不惯，总会为一些小事吵起来。丧鸡对可乐意见很大，陈池几句话就问出了他们的分工。丧鸡主要负责绑人的所有事情，可乐负责与买家交易的所有事情，他们两个人都是鬼哥的心腹。

八点十分，车子来到了林城第二人民医院南门口，黑五下车买了几个面包和几瓶水，然后分给大家。可乐没有要，而是目光盯着前面，手里不停地转着手机。

陈池也没心思吃东西，象征性地喝了几口水，咬了几口面包。他已经看到在前面南门的保安，其中一个正是林城刑侦队的警察。陈池顿时明白了过来，调查组虽然没有收到自己的暗号，但是已经根据之前的线报调整了他们的计划安排。这是陈池最担心的事情，因为直到现在鬼哥都没有发过来他们具体要做的事情是什么，如果只是鬼哥来试探自己，又或者他们要绑架的人根本不是医院里的人，那么他和包子肯定都会暴露的。

前面可乐手里的手机突然响了起来，他坐直身体，拿起来接通了电话，几分钟后，他挂掉电话，然后说话了："马蜂，把包里的东西发给大家。"

马蜂从车子后面拿出一个黑包，然后将里面的东西拿了出来，那是五部手机，他依次分给大家。

"我们要绑架的人的照片和资料就在手机的文件夹里，这个手机只能互相联系，也就是说只能我们互相联系。记住，无论是谁，都不要拨打其他电话，否则我直接弄死他。还是老规矩，丧鸡负责闭路电视监控，马蜂负责绑人，我负责引开警察，黑五负责接应。池子第一次做这事，你就跟着马蜂一起绑人。时间只有三分钟，谁拖后腿被抓了，自己扛下来。"可乐环视了一下所有人，阴声说道。

陈池打开了手里的手机，然后找到了文件夹里的资料，里面有一张照片和一个文档。陈池打开照片，看到了这次他们要绑架的对象，那是一个漂亮的女孩，看上去十七八岁，眼睛又圆又大，嘴唇微微闭着，只不过女孩的面色有些憔悴。

"陆思婷，住院部10楼32病房2号。"上面写着女孩的名字和信息。

"五分钟后，大家干活。"可乐看了看手机上的时间说道。

"如果，如果遇到突发情况怎么办？我们，我们能自己处理吗？"陈池脱口问道。

"不会有其他情况的，你记住只要好好跟着马蜂就行。"丧鸡说道。

"对，除非你和包子是警察的卧底，然后做好圈套等着我们进去，否则不会出问题的。"可乐盯着陈池说道。

陈池转过了头，没有再说话。

五分钟后，除了黑五，其他人下了车。

马蜂话不多，陈池之前尝试过跟他沟通，但是通常没有任何回应。他跟着马蜂一起从南门走了进去，守在门口的警察看到陈池，立刻转身向其他人汇报。陈池知道，他们进入医院的同时，调查组的同事就会知道，现在唯一不知道的就是他们这次的目标是谁。陈池需要想办法将目标消息传达出去，否则他怕即使秦政他们安排得再好，也无法保证能把所有人都抓住。

陈池跟着马蜂上了电梯，然后有其他人跟了进来，进来的人不是别人，正是顾美玲。陈池站在电梯旁边，然后按下了10楼，跟着关掉了3楼和2楼的梯层号显示。

"你干什么？"旁边准备去2楼的人不愿意了，对陈池喊了起来。

"这个上去后，所有的都会消掉的。"陈池解释了一下。

对方有点不高兴，轻声骂了几句，这时候电梯到6楼开了。顾美玲下去了，陈池心里松了口气，顾美玲果然聪明，一点就透。刚才的举动，陈池相信顾美玲应该看出来，他们要绑架的人在10楼，病房数字是3和2，所以不是在3号，2号，23号就是32号。

陈池想过了，既然秦政他们安排好了，那么自己就只能配合他们。只是他还不知道该怎么救包子，不过情况万分紧急下，他也顾不上其他了。

电梯到了10楼，马蜂并没有出去，而是关了电梯，按了一下8楼。

"不是10楼吗？"陈池问了一句。

"跟着我就行了。"马蜂没有回答他的问题。

陈池的心一下子跳到了嗓子眼里，10楼的陆思婷，并不是鬼哥他们的目标，那应该是给自己的一个幌子，以防自己是警察的卧底。陈池顿时觉得自己大意了，刚才顾美玲接到了自己的信息，大家肯定都跑到 10 楼了，现在马蜂完全可以带着他大摇大摆地去 8 楼绑人，并且糟糕的是，陈池并不知道他们的目标在 8 楼哪个病房，具体是什么人。

这时候，电梯到了，马蜂走出电梯。陈池跟着走了出来。

马蜂四处看了看，走到旁边的医生办公室，趁着里面没人，推门进去。陈池这才看出来这平常默不作声的马蜂，原来是一个高手，他轻车熟路地走进去拿起衣架上的两件白大褂，自己穿上一件，丢给陈池一件。很快两人出来了，看上去跟医院的医生没什么区别。

"我们去哪个病房？"陈池问了一句。

马蜂没有说话，走到 10 号病房的时候，他推门走了进去，陈池吸了口气，跟了进去，这才看到这次真正要绑的人。

10 号病房里只有一个病人，是个十二三岁的小男孩，旁边坐着他的母亲，小男孩正在玩手机。

马蜂回头对陈池使了一个眼色，让他到门口守着，然后自己走了过去。陈池看着门外面，走廊上没什么人，看来调查组的同事和其他人都去了 10 楼。

马蜂两下就打晕了小男孩和他母亲，然后从旁边拖了一个轮椅，将小男孩抱到了上面，然后推到门口说道："带着他离开。"

"你呢？"陈池问道。

这时候，门外忽然走进来一个穿着白大褂、戴着口罩的女护士。

陈池一惊，拖着轮椅刚准备往后退去。

"跟着她走。"后面的马蜂却淡淡地说了一句。

那个护士没有说话，转身向前走去，陈池没有多想，立刻推着小男孩跟了过去。

那个护士走的路线显然是丧鸡破坏了监控的路线，到这一刻，陈池终于明白了过来，鬼哥的计划真的是天衣无缝。调查组虽然知道了他绑人的时间和地点，但是无论怎么布防都不是鬼哥的对手。除了丧鸡几个人外，鬼哥还安排了其他人在医院里接应，陈池不知道，除了眼前这个护士，还有没有其他接应的人。

很快，陈池跟着对方下到电梯负一层，这里是医院的内部停车场，里面停着 120 的救护车。陈池之前看过林城第二人民医院的平面地图，从内部停车场出去就是医院的紧急通道，可以直接出去。

那个护士带着陈池来到一辆 120 救护车面前，打开门，和陈池一起推着轮椅上了车。然后她拍了拍前面的车窗，司机很快发动车子，向紧急通道开去。

车子发动的瞬间，陈池知道不能再等了。他趁着那名护士不注意，从背后扼住她的脖子，然后用力将她摔倒在地，那名护士没有防备，整个人顿时被陈池制伏。就在陈池准备站起来的时候，对方却突然翻身拿出一根针管刺进了他的胳膊。很快，他眼前开始天旋地转，失去了知觉。

第四章　黄雀

秦政坐在会议室中间,两边分别是调查组的人和林城刑侦队的人。此刻,两边的人都没有说话,所有人都在看一个监控视频,视频上是林城第二人民医院紧急通道口一辆救护车出入检查的画面。

救护车后面有两个穿着白大褂的工作人员和一个病人,经过确认,其中一个正是陈池,另一个是女护士,身份信息不详,而那个病人则是这次鬼哥他们绑走的特定对象,刚刚做好肾脏手术的13岁男孩王磊。

"你们的人到底在搞什么鬼?传达出来的信息说对方要绑的人在10楼,可是真实目标却是8楼的王磊?"韩民盯着对面的关风问道。

"韩队长,你们的人也有问题吧?就算陈池这边有什么事情,他们都在你们眼皮底下,结果你们却放走了他们。"林刚冷声说道。

"这次是你们主导工作,我们只负责协查。救护车出去的时候,我的人通过对讲机汇报了的,也是你们同意才放走的。现在所有问题都要推给我们吗?早知道是这样,这个案子我们自己做就行了,何必让你们来插这一手?"韩民顿时恼羞成怒。

"说什么呢?这案子还没结束,自己先内讧起来了?"坐在中间的秦政拍了一下桌子。

"我想陈池肯定有自己的打算,不然他不可能帮着对方的。"顾美玲扶了扶眼镜,轻声说了一句。

"也可能是对方误导了他,他一开始并不知道目标是谁,对方为了不出问题,所以先跟他说了一个假目标。等到他把假目标传递出来后,他才知道了真目标的信息。可是这个时候已经晚了,一定是有其他事情,所以他才不得不帮着对方离开。"一直沉默的许之昂也说话了,当所有人都在10楼等待嫌疑人出现的时候,只有许之昂觉得有问题,他过人的第六感发现了问题,但是病房那么多,他也只能一个一个排除。

"许之昂说的没错,鬼哥做事一向谨慎小心,从来不相信任何人。还记得上次他做的案子吗?他甚至绑走人后又放出来,就是害怕自己绑人的信息泄露,被警方知道,所以才会做很多假目标。我们现在应该分析一下,这个王磊家庭贫困,为什么鬼哥会选择他做目标呢?王磊刚做完手术,比起其他人,即使是鬼哥想让他做供体，也不是最好的选择。可是，为什么最后却绑走了他呢？"秦政点了点头，同意了许之昂的话，然后又问出了一个问题。

"这点我也在想，也是我想不明白的。这个王磊确实太不像他们的目标了，之前他们的目标大多数都是有一定特点的，可是王磊太不一样了，黑市不会要他这样身体的。"关风皱着眉头说道。

"所以说，我认为陈池应该发现了这个问题，但是又来不及跟我们传递信息，所以才会帮着对方绑走了王磊。我相信陈池，他肯定会保护好王磊的。"秦政说道。

"对，我也相信他。陈池做事有时候虽然比较怪，但是从来都不会做出违反警察原则的事情。"林刚跟着点了点头。

这时候，安娜从外面走了进来，她走到秦政身边轻声耳语了一番，然后离开了。

"刚才接到医院方面打来的电话，医院说王磊的病情恢复是整个医学界的一个奇迹。因为这一点，林城第二人民医院准备向国家申请一笔好多年都没有申请下来的奖金。现在我们大概明白了这次鬼哥的目的是什么。其实不是绑架人，他的目的可能和林城第二人民医院向国家申请奖金的事情有关系。"秦政放下手里的文件说道。

"可能陈池也感觉到了这一点，他觉得安全第一，所以假意跟对方回去了，鬼哥背后的主谋也还没查清楚，所以不愿意放弃。"关风比较了解陈池，他绝对不相信陈池会做出违反纪律的事情。

会议结束了，因为事情的突变，只能等秦政和上级沟通以后才能决定下一步方案。

走出会议室，关风看到乔梦梦脸色有点难看。其实，从林城第二人民医院回来后，乔梦梦的脸色就一直很难看，似乎有什么心事。一开始关风以为她是因为陈池出了变动，才心情不好，不过开会的时候，乔梦梦的样子还是那样，这似乎和她平常的风格有点不相符。

"有时间吗？聊一聊？"关风喊住了乔梦梦。

"好。"乔梦梦同意了。

关风和乔梦梦走出了公安局，他们沿着马路向前走去。自从陈池的父亲去世后，乔梦梦便经常去陈池家里，陈池的母亲现在和苏小葵生活在一起。时间一长，他们俨然成了一家人。最近这几天，陈池出去卧底，为了避免他母亲担心，乔梦梦骗她说陈池出差执行任务了。

"你是不是担心陈池？"关风直接问出了自己内心的想法。

"关队长，你说陈池会不会出事？"乔梦梦叹了口气说道，"其实大家都看出来了，监控画面里的陈池虽然看着没事，但是他整个人是耷拉着的，应该是被对方控制住了。"

"陈池没事的。你放心吧,他肯定会想办法联系我们的。"关风劝慰她说道。

"还有那个和陈池在救护车上的女护士,我总觉得好像在哪里见过一样,看上去很熟悉。"乔梦梦咬了咬嘴唇,说了出来。

"你说什么?"关风顿时愣住了。

"她的眼睛我真的很熟悉,只是想不起到底是谁,如果她是陈池熟悉的人,那么陈池的身份肯定就保不住了。对方知道陈池是警察派过去的卧底,那么他肯定凶多吉少。"说着,乔梦梦的眼泪落了下来。

第五章　重逢

陈池做了一个很长的梦。

在梦里，他见到了父亲。

往事仿佛一场电影，在梦里欣然上映。

"你为什么要做警察？"父亲问他。

"因为心里那份正义。"他说。

"不，这不是你内心的真实想法。"父亲说道。

"因为，因为……"他讲不出来。

"我说过你不要做警察，可是你为什么不听呢？"父亲叹了口气。

"我就是想做，也许我的身体里流淌的就是属于警察的血液。这可能是你传给我的，我就是想做。"陈池说道。

"好，好。"父亲点了点头，眼神慢慢黯了下去。

画面陡然一转，陈池发现自己身处天台，雨水噼里啪啦地下着，他的两只手分别拉着两个人，一个是苏小葵，一个是父亲。

"二选一，很好玩的游戏。"旁边的黑衣人在狞笑着，然后快速消失在雨中。

"放我下去，这个孩子还小。"父亲说道。

"不，我不要。"陈池摇着头，他感觉整个胳膊都要断掉了，但是他不能放手，因为那里承载着他无法放弃的两个人。

"叔叔，救我，救我啊。"

"陈池，以后做个好警察。爸爸觉得你的选择是对的。"父亲用力挣开了他的手，然后他看到父亲在雨中坠了下去。

陈池睁开了眼，一下子坐了起来。他的后背全是冷汗，整个衣服都浸透了。

他还在救护车上，脑袋有点晕沉沉的，那个女护士坐在一边，冷冷地看着他。

陈池想站起来，却感觉两条腿有点发颤。

"药劲儿刚下，等会儿你才能恢复正常。"旁边的女护士说话了。

陈池看了看她，然后问道："你是鬼哥的人？"

女护士没有理他。

对面是那个被他们从病房带出来的男孩，他应该也被打了药，脑袋耷拉着，坐在轮椅上一动不动。

这时候，车子忽然停了下来。车门打开了，司机对他们喊了一句："下车。"

陈池站起来，往车下走去。因为头晕，他差点栽下去，旁边的女护士慌忙拉住了他。

"不用你管。"陈池愤怒地甩开了她的手。

不远处，一辆车从前面开了过来，那正是可乐他们的车。开车的是黑五，后面坐着丧鸡和马蜂。他们从车上下来，可乐笑呵呵地走到陈池面前，拍了拍他的肩膀说："池子，这事办得不错，回去我跟鬼哥说，以后都是自家兄弟了。"

"后面做什么？"陈池面无表情地问道。

"这是马爷要的人，交给他们，我们就走。这马爷的人，没想到是个女护士。陈池，你可得多谢谢这位护士姐姐，要不然，我们可不好跑出来。"可乐笑嘻嘻地说道。

女护士没有理可乐，她接了一个电话，然后走过来说道："马爷说要你们派个人跟过来，还有点事要谈。"

"可以，可以。之前和马爷接头的人有点事没来。不如我们几个你随便选，谁都可以。"可乐笑着说道。

"就他吧。"女护士指了指陈池。

"好福气，羡慕啊！"可乐拍了拍陈池的肩膀。

陈池阴沉着脸说道："我能不去吗？"

"说什么呢？我们想去还不让去，你别不知好歹。"可乐瞪了他一眼。

"池子，早点办完事早点回来。"丧鸡走过来，低声对陈池说道，"这个马爷是鬼哥的财神爷，千万别得罪了。"

"我知道。"陈池迟疑了几秒点点头。

陈池跟着女护士重新上了车。

车子开动起来，女护士脱掉身上的白大褂，里面是一件米色的连衣裙，白皙的双腿袒露在陈池面前。

陈池盯着看了几眼，觉得不合适，抬起了头。

"你不像老鬼的人。"女护士忽然说话了。

"你也不像护士。"陈池冷哼一声。

"身份本来就只是一个标签，不过有些东西是骗不了人的。"女护士目光盯着陈池。

陈池抬起了头，他忽然觉得这个眼神有点熟悉，似乎在哪里见过，但是又想不起来。女护士似乎感觉到陈池的猜测，慌忙转过了头。

"你叫什么名字？"陈池问道。

"名字和身份一样，不过是一个标签。他们都叫我阿影，影子的影。"女护士说道。

陈池还想说什么，这时候，旁边的小男孩突然发出了低沉的呻吟声。

陈池转过头，走到了小男孩的身边，那个小男孩看到陈池，惊恐地叫了起来。

"小磊，不要怕，姐姐在这里。"后面的阿影忽然说话了，她走到小男孩的旁边，轻轻拍了拍他的头。

"阿姨，我要回去，妈妈还在等我。"小男孩看着阿影说道。

"没事，你不要怕，我们明天就回去，你要听话，好不好？"阿影柔声说道。

半个多小时后，车子慢慢停了下来，司机打开后门，陈池推着小男孩下了车。眼前是一座别墅，四周青山绿水的，看上去环境非常不错。别墅的门口站着两个戴墨镜的男人，陈池推着小男孩跟着阿影一起走进了别墅。

走到别墅院里，阿影便推着小男孩离开了。陈池则被那个司机带到了大厅，大厅里站着两个人，和门口的打扮一样，戴着墨镜，一身黑西服，一语不发跟木头一样。

"请坐吧。"司机让陈池坐下来，然后他也离开了。

陈池环视四周，大厅的装修风格古香古色，看起来价格不菲，面前是一张茶桌，上面放着茶壶、茶杯、茶叶等乱七八糟的东西，对面是一把古香古色的椅子。这里应该就是那个叫马爷的地方。陈池听包子说过，马爷就是给鬼哥介绍生意的人。包子已经把马爷的信息告诉了警察，马爷已经在警察的监视范围内，只是警察希望能通过他钓出更大的鱼，所以并没有对他采取行动。

"哈哈，欢迎老鬼的人，欢迎，欢迎。"突然，一个声音从后面传来，一个穿着唐装的男人走了出来，然后坐到了陈池的对面。

"马爷好。"陈池猜测对方应该就是马爷。

"怎么老鬼派了一个生手过来？"马爷上下盯着陈池，仿佛要看透他的五脏六腑。

"本来是包子来的，可惜他有事来不了，鬼哥让我跟过来。"陈池说道。

"老鬼也真是的，不来就别来了，怎么给我派个警察来？"突然，马爷一把甩掉手里的茶杯，厉声喝道。

"什么？"陈池突然愣住了。

后面的两个男人立刻走过来，一把将他拖了起来，然后按到了旁边的桌子上……

第六章　演奏者

　　舞台上，聚光灯打在女孩的身上，她的一双手行云流水般在钢琴的黑白键上舞动，优美的曲子如同一汪清水流过台下每一个观众的心底。

　　这是陶美美的告别钢琴音乐会，台下的每一个人都是她多年的粉丝，前排坐的是她的朋友和亲人。为了这最后一场音乐会，陶美美准备了一个多月，无论是服装还是选曲以及场地，她都亲力亲为，生怕出问题。因为对于她来讲，这次音乐会是她人生的一个里程碑。她马上要去国外进修学习，离开前最大的心愿便是能来大舞台做一次音乐会，现在她终于实现了自己的心愿。

　　随着最后一个音符落下，整场音乐会圆满结束。

　　音乐厅的灯光亮了起来，然后响起了雷鸣般的掌声。

　　陶美美站起来，走到舞台中间，向下面的观众谢幕，她今天穿着一件白色的镂空长裙，整个人在灯光下如同美丽的公主。

　　台下的人纷纷站了起来，负责拍照的摄像师立刻蹲到第一排，对她进行各个角度拍摄。一个男人突然从旁边走了出来，手里捧着一束鲜花，送到了陶美美的面前。

　　这个献花的男人显然是临时出来的，他的后面本来还跟着两个保安，不过因为他冲出了保安的阻拦，面对台下热情的观众，保安也不好拦他下来。

　　"谢谢。"陶美美接下了花，感激地说道。

　　男人点了点头，转身走下了舞台。

　　回到后台，陶美美将手里的花放到了一边。旁边的化妆师过来帮她卸妆，然后说起了那个送花的男人。

　　"可能是粉丝吧。"陶美美很开心有人给自己送花。

　　"可惜我们的美美以后都不演出了，粉丝们要知道了都会伤心的。"姐姐走了过来，悲伤地说道。

　　"其实弹钢琴很累的，尤其是两双手要保护好。你是不知道，我这双手比我的命都金贵。"陶美美叹了口气，看着自己的两只手。

　　"这可是世上最美的手，你应该买份保险，我听说有些明星都给自己的身体部位买保险呢。"

　　"我可不想做什么明星，还是做个普通人吧。"陶美美嘟了嘟嘴。

"你先想想一会怎么应付外面那些记者们吧。"姐姐摇了摇头，笑着说道。

"我已经想好了，我一会还从紧急通道出去，老规矩，你帮我掩护，好不好？"陶美美说道。

"那你保证九点之前一定要回到家，不然爸妈那儿我可不知道该怎么交代。还有，别被人发现了。"姐姐知道陶美美去做什么。最近她和一个富二代谈恋爱，并且对方也要去国外学习音乐。

"放心吧，我九点之前肯定回去。"陶美美笑着说道。

一切收拾妥当后，陶美美戴上口罩，然后从紧急通道出去了。音乐厅的紧急通道外面是一条马路，平常没有人，路灯也比较少。这样的地方正适合陶美美，她早已经厌烦了被记者或者粉丝堵在门口的感觉。

陶美美走出音乐厅，然后快步走到了马路对面，那里停着一辆黑色的商务车，她四处看了看，确定没人后，走到那辆商务车旁边，拉开门钻了进去。

"老地方。"陶美美对司机说了一句。抬起头，她才发现司机竟然趴在方向盘上，似乎睡着了。

"老蔡，走了。"陶美美对着司机又喊了一下。

"美美，让他睡会吧，免得打扰我们。"突然，后面有人说话了。

陶美美回头一看，发现一个男人竟然坐在后面。

"你是什么人？"陶美美惊声叫了起来，想要打开车门下去，但是对方却比她快了一步，直接锁住了车门。

"是我。"男人往前挪了挪，借着窗外的月光，陶美美看到眼前的男人竟然是先前在舞台上给自己献花的那个男人。

"是，是你啊。"陶美美在心里松了口气，但还是有点警惕。

"我知道你每次演出后都会从这里出来，然后坐上这辆车。今天是你最后一次演出，以后都听不到了，我很难过。"男人说着，声音有点颤抖。

"也不是最后一次，因为要出去学习，等学习结束后还会回来的。谢谢你的支持，只是，能不能，打开车门啊？"陶美美指了指车门。

"好。"男人打开了车门。

陶美美下了车，然后回头看了一下前面的司机老蔡，这次发现老蔡的脸上竟然有血，整个人一动不动地趴在那里，显然是被人袭击了。她顿时有点害怕了。

"我喜欢了你好多年，你真漂亮。"男人走到了陶美美的身后，喘着气低声说道。

"谢谢你，不过我得走了。"陶美美听着男人的声音，不知道为什么，后背发毛。

"你，你能帮我一个忙吗？"男人一听，然后说道。

"什么？"陶美美问道。

"你很快就知道了。"男人嘴角微微上扬，然后露出了一个不可捉摸的笑容。

陶美美愣住了,刚想说什么,那个男人却一下子走了过来,然后将她搂到了怀里,还没有等她反应过来,一个带着刺鼻味道的手帕已经盖到了她的脸上,很快她感觉呼吸急促,眼前发黑,整个人晕了过去。

不知道过了多久,陶美美听到了一阵钢琴声,不过弹钢琴的人显然不熟练,曲子断断续续的。她睁开了眼,然后看到了一道昏黄的光亮,那是一盏白炽灯,在她面前晃荡,她发现自己躺在一张床上,四肢被绑着,身体根本动弹不了。

这时候,钢琴声停了下来。那个男人慢慢走到了陶美美的面前。

"你放了我,你快放了我。"陶美美对那个男人喊道。

"你不记得了吗?我想要一张你的签名照,却被你推到了一边,我那么辛苦才到你身边,你看都不看,你说你是不是太不近人情了。"男人的声音突然变得又尖又细,并且他的双腿好像一下子不管用了,跪在地上,一步一挪地挪到了陶美美的面前,然后从旁边一个抽屉下面抽出一把斧头,借着月光,那把斧头透着冰冷的气息,仿佛一条吐着信子的毒蛇……

第七章　恶人会

陈池没有防备，一下子被对方按到了桌上。虽然他早已料到，这个所谓的马爷肯定不会轻易相信生面孔，但是他没料到的是，这才刚进来就被对方按住了。他不相信自己的身份暴露了。

可是，马爷上来就说自己是警察，是什么原因呢？难道是鬼哥故意让自己来送死？不对，阿影在选人的时候是随机的，如果真是这样的话，阿影肯定不会选择自己。唯一的可能就是马爷在试探自己。

"我最讨厌的就是警察派人过来卧底，小子，你年纪轻轻的，不好好干你的警察，学人做什么卧底？"马爷拍了拍陈池的脸说道。

"你在胡说什么？我是鬼哥的人，刚刚帮你从第二人民医院绑人过来，你就是这么对待我的？"陈池料定对方是诈自己，所以大声咒骂起来，"为了和你合作，包子被鬼哥怀疑，我们拼死拼活，就是为了让你怀疑？你个混蛋！"

马爷没有说话，几秒后，笑了起来："哈哈，兄弟，别生气，开个玩笑嘛。"

按着陈池的人松开了他。

陈池的脸都被按痛了，他咬了咬牙，对马爷说道："好了，人给你送到了，没什么事我就走了，一分钟都不想看见你们。要有事，你自己找鬼哥去。"

"别别，兄弟，哥哥就是跟你开个玩笑。你们这次辛苦了，老鬼说了，不管他派谁来，都代表他自己。我这边来了不少人，每个人都得保证没问题，你又是新面孔，这不得问下情况吗？"马爷拉着陈池往前走去。

两人上了2楼，推开房间门，陈池看到里面坐了六个人，有男有女。看到马爷进来，其他人都站了起来。

"大家都坐，坐。"马爷摆了摆双手，然后示意大家坐下来。

"马爷，今天怎么有空带我们出来见面？是有什么事情吗？"其中一个理着平头的男人问道。

"今天来的人都是我的客户，你们都是我的下家。老实说，是有点事情，所以才把大家叫过来一起商量。"马爷说道。

"马爷，都是自己人，何必绕圈，有什么事你直接说。"平头对面坐着的一个男人，似乎脾气很暴躁，说话也直接。

"最近林城发生了几起案子，每个受害者的身体器官组织都有不同的损失。

这个圈子里的人都知道，所有人体器官组织走黑市的活儿都是通过我这儿的。现在很多人都以为案子是我做的，尤其是警察，给了我不少压力。我把大家叫来就是想问问，这几起案子你们有没有参与？"马爷问道。

"没有，马爷，我们没干过这种事。我们合作这么多年，大家求财不求事，所以做事万分小心，根本不会在背后做这种事。"

"就是，咱们这生意做得非常谨慎，步子都不敢太大，如果惊动了警察，我们就得不偿失了。"其他人跟着附和道。

陈池看着这些人，原来他们都是马爷的客户，也是林城地下黑市贩卖的犯罪成员。这次开会的还真是一个恶人会，要是鬼哥在这，可以说就齐了。陈池暗暗记了一下，那个平头男人叫铁头，主要负责买卖一些违禁用品，他对面的男人叫和尚，整个林城的偷盗市场都是他负责的。陈池是代表鬼哥，负责贩卖人体器官，另外还有一个叫地雷的人，他代表的是一个叫梅花九的人，具体是做什么的，陈池并不知道。

"和尚说的没错，大家都是为了求财。今天约你们过来，还有个事情，昨天晚上，林城一名钢琴明星陶美美被人掳走了，作案风格和之前的几起情况一样，陶美美的家人放话了，如果能找到她，愿意出一百万人民币。"马爷说道。

"我知道这个陶美美，据说她给自己的手买的保险都不止一百万。"铁头说道。

"还是老规矩，谁有本事找到她，钱就是谁的。池子和地雷，你们两个回去告诉阿鬼和梅花九，要是他们感兴趣，也可以参与。"马爷看了看陈池和地雷。

回去的时候，陈池跟其他人一样，被蒙着眼坐上一辆车，他们分别到不同的地方下车。陈池下了车后，没有急着回去，而是找了一个电话给关风打了过去。

"你说的这个事情超出了我们之前的计划，我需要和秦处长商量一下。"听完陈池的汇报，关风说道。

"我觉得这是一个机会，如果能把他们一网打尽，那么林城的地下黑市组织就全部被挖出来了。除了那个叫梅花九的，其余的基本上都已经很明朗了。"陈池说道。

"陈池，有时候事情没想的那么容易。我问你，和你坐在救护车后面的那个女护士，你认识她吗？"关风问道。

"不认识。"陈池答道，马上明白了过来，"我本来想制伏她的，结果被她打了一针麻药，她是马爷的人，为了绑走那个小男孩，应该在医院工作了一段时间，你们可以查一下，不过我觉得应该查不到什么有用的。"

"好，你要不要现在终止卧底的计划，回来我们再做其他打算？"关风说道。

"那这样不是前功尽弃了？那个我们绑走的小男孩并没有危险，我已经确认过了。是有人要阻止第二人民医院的项目申请，等到两天后的项目申请会结束后，他们就会放了那个男孩。"陈池说道，"我见到了马爷的几个客户，他们几乎都是林城的地下买家，我觉得可以将网扩大一些。"

"好，你说的这些我会和秦处长汇报，如果有下一步安排我会想办法联系你。"关风说完，挂掉了电话。

挂掉电话，陈池看到电话亭上的报纸头版，国内著名钢琴明星陶美美昨天晚上告别演出后离奇失踪，目前警方已经立案，整个网络媒体也在严密关注。

"真的失踪了？"陈池摸了摸鼻子，不禁皱了皱眉头。这次的事情让陈池陷入了深深的矛盾中，今天马爷让他见的这几个人，看似平常，却不简单。还有那个神秘的梅花九，他总觉得有点熟悉，陈池感觉自己陷入了一个巨大的谜题里面……

第八章　慕残者

顾美玲和乔梦梦推开了病房的门。

"你们是什么人?"里面的保安警惕地问道。

"警察。"顾美玲拿出了证件。

"这?"保安看了看里面的人。

"让他们进来吧。"说话的是一个女人,她是陶美美的姐姐陶丽丽。

病房是套房,里面关着门,陶美美在里面休息。陶丽丽让人倒了两杯水,然后坐了下来。两名保安走到了门边。

"两位警官,不要介意,美美出事的事情现在闹得沸沸扬扬,很多记者都在想办法拍独家消息。"陶丽丽说道。

"理解。"顾美玲点了点头。

"陶小姐,其实,我们希望能见见陶美美本人,毕竟她是受害者,可能对于嫌犯的信息能提供得更准确一点。"乔梦梦说出了她们的请求。

"好,我来安排。不过我希望时间能短就短,她的情绪不好。所以一些基本发生的事情我可以告诉你们。"陶丽丽说完,讲起了案发当日的情况,"6月13日,也是美美钢琴告别音乐会的日子……"

陶美美因为要去国外留学,所以在6月13日举办了一次告别音乐会。一切都很正常,不过在结束的时候,有个粉丝闯到舞台上给她献了一束花,这种突发情况之前也有过,所以大家也没当回事。

在后台化妆间,陶美美和姐姐说想从紧急通道离开。因为每次从正门出去,都要和记者打交道,所以陶美美有时候就会选择从紧急通道离开,避开记者们。当时陶丽丽也没有多想,便让她独自离开了。结果,却出事了。

"不好意思,陶小姐,我问一下。美美她是一个人从紧急通道离开吗?为什么没有人陪她一起?这似乎有点太危险了吧?"顾美玲打断了陶丽丽的话。

"其实,其实最近美美和一个富二代在谈恋爱,也是为了避嫌。每次他们约会,对方都会派司机过来接她。这事比较隐秘,也只有我知道。因为以前都是这样安排的,所以这次也没注意,没想到出事了。"陶丽丽一脸懊恼地说道。

"对方派的人就是那个被袭击的蔡友德吗?"乔梦梦问道。

"是的。"陶丽丽点点头。

"如此看来，嫌犯应该不是第一次跟踪陶美美，可能之前就踩过点。只不过在她最后一次演出的时候才选择下手。"顾美玲说道。

"美美说嫌犯就是那个给她献花的男人，就是一个疯狂的粉丝。这倒霉的事情，怎么让她遇上了，以后美美都弹不了钢琴了。"陶丽丽说着失声哭了起来。

顾美玲和乔梦梦对视了一眼，两人没有说话。

陶丽丽慢慢停住了哭泣，然后说道："你们有什么想问美美的，现在跟我进去问吧，时间尽量短点，她现在情绪也不好。"

"好的，我们会注意的。"顾美玲点点头说道。

推开门，顾美玲看到了病床上的陶美美，她头发披散着，遮着脸，几乎看不到样子。她的两只手上全部缠着绷带。

陶丽丽走过去轻声对她说了几句，然后陶美美抬起了头，露出一张苍白憔悴的脸。

"美美，你好，我们是负责你案件的警察。"顾美玲坐到了床边。

陶美美没有说话，眼神呆呆地看着前方。

"你能不能跟我们说下那天晚上的事情？"顾美玲说道。

陶美美慢慢转过了头，目光落到了顾美玲和乔梦梦的身上，然后她微微皱了皱眉头，轻声说道："那天，那个男人给我花，他其实早就有预谋了，他是个变态，他打晕了老蔡，然后把我也弄晕了。等我醒过来的时候，已经到了一个陌生的地方，他拿着斧子，对我说，喜欢我很久了，后来，后来……"

"后来怎么了？"乔梦梦问道。

"后来他忽然变了，仿佛跟一个女人一样，声音又尖又细，并且两条腿突然跟断了一样，在地上挪来挪去，他拿着斧头来到我面前，然后，然后……"陶美美说到最后大哭起来。

顾美玲可以想象陶美美没有说出来的事情，嫌犯砍断了她的两只手，那双陶美美看得比命还重的手。

警察之前的记录里写得比较详细，比如嫌犯对她砍手后做的一些事情。听到陶美美的讲述，顾美玲基本上明白了整个案件的情况。

陶美美的情绪有点激动，顾美玲本来希望她能给嫌犯做一个模拟画像，但是陶美美并不配合。再加上整个事情的情况也问得差不多，于是便和乔梦梦离开了。

回到局里，秦政他们正在讨论案情，于是顾美玲便将她今天和乔梦梦调查的情况讲了一下。顾美玲认为，从犯罪心理这块看，嫌犯应该是一个慕残症患者，他对陶美美心仪已久，但是因为自己内心的残缺一直隐忍着情感，没有爆发。这点从他之前跟踪陶美美的事情能看出来。可能是因为陶美美的告别音乐会，刺激到了嫌犯，所以他才做出了过激行为。整个作案过程是蓄谋已久的，他先是在舞台上不按规则给陶美美送花，然后再在紧急通道外面打晕老蔡，等到陶美美上车后，掳走陶美美。

陶美美提到，对方到行凶的时候，突然变成一个女人的样子，双腿仿佛不管用一样。这是明显的慕残者犯罪心理。因为陶美美是一个正常女孩，嫌犯面对这样的女孩，无法做出正常性反应，所以他需要砍掉陶美美的双手，也就是夺取她最宝贵的东西，来从情感上占有陶美美。并且嫌犯可能在实施犯罪的时候，还假想自己就是一个双腿残疾的女孩。

"嫌犯的情况呢？之前调查说陶美美见过嫌犯的样子，你有做模拟画像吗？"秦政听完后问道。

"没有，陶美美的情绪不好，不太配合。不过我觉得不需要画像，因为他去现场献过花，所以应该能找到他的照片，这个要比画像更具体。"顾美玲说道。

"对啊，怎么忽略了这点！"秦政恍然大悟，"这样，关风，你和韩队长他们一起去陶美美演出的音乐厅调查一下，不行就找找那天参加音乐会的观众，务必找到嫌犯的照片。"

第九章　新命案

陈池盯着手机上的新闻，眉头皱紧。果然，陶美美还是出事了。虽然被放了回来，但是两只手却被砍了。

此时此刻，调查组一定在开会讨论陶美美的案情。陈池知道，关风他们肯定会想到慕残者，可是，真的是慕残者吗？如果真的是慕残者，嫌犯应该不会喜欢上陶美美，更不会成为她的粉丝，这个陶美美之前太完美了，尤其是那双手，白玉无瑕，据说价值千万。

"池子，能看出啥名堂吗？"这时候，旁边的可乐凑了过来，看到他在看新闻，不禁说了一句。

"可惜了，这个陶美美，这么漂亮的女孩被人砍了手。"陈池说了一句。

"真是想不明白，这么美的一个女人，为什么要砍掉她的手？要是我就把她关起来，然后每天都不放过她，哈哈。"可乐摇着脑袋大笑着。

"好了，给我闭嘴。"坐在前面的鬼哥回头骂了一句。

今天鬼哥带他们出去，陈池不知道要去做什么，不过鬼哥只带了陈池和可乐，其他人都没喊。在医院的事情让陈池获得了鬼哥的信任，包子的嫌疑也解除了，所以这次鬼哥特意让陈池跟过来。不过陈池心里还是有一丝担忧和恐惧，毕竟这次要和鬼哥以及可乐在一起，他们都是跑江湖的老手，稍不注意，就会露出马脚。

车子拐进一个地下停车场，进来之前，陈池环顾了一下四周，这个地下停车场应该荒废了很久，四周没什么居民区，也没有商场。它的上面是一个烂尾楼，车子下去的时候拐来拐去的，还有几个急转弯，亏得黑五开车比较稳，换其他人，还真不好开。

终于，车子开了下来。前面停着一辆车，开着远光灯，那也是地下停车场唯一的光。

"鬼哥，不太对劲啊。"可乐说话了。

的确，陈池也觉得有点不对，前面停了一辆车，并且开着远光灯，可是黑五开着车过去，却没见前面的车子有任何反应。

"黑五，车子先别熄火，到前面了，可乐去看看是什么情况。"鬼哥说道。

"好。"可乐点了点头，猫着身子，慢慢打开了车门。

车子开到了面前，只见前面车子的车门大开，并且能看到里面的人，不过他们有的躺着，有的坐着，全部都不动。其中一个陈池认识，他正是在马爷那儿见到的铁头，他整个人从车里垂了下来，俨然已经死去多时。

"都死了，他大爷的。"可乐骂了一句。

鬼哥下了车，陈池跟着走过去看了一下。

车里一共三个人，副驾驶一个，后面两个，三个人看起来都应该死了，铁头最惨，不但人死了，胸口还被人弄得血肉模糊。

"怎么这么惨？"可乐说道。

"好像还少个人？"陈池看到司机的位置，突然说道。

"走，快走。"鬼哥似乎想到了什么，立刻拉起陈池向车子前跑去。

"怎么了？"可乐不明白发生了什么事，不过还是跟着向车里跑去。

三个人上了车后，黑五一脚踩下油门，然后一甩方向盘，车子直接掉了个头，然后迅速向前驶去。

车子很快从地下停车场开了出来，可乐、陈池都不知道怎么回事。不过鬼哥那么着急离开，必然有他的想法。

等到车子开上大路，可乐问了一句："鬼哥，是发现什么问题了吗？"

"今天本来是有人约我谈陶美美的事情，结果我们到了现场发现铁头死在那儿了，如果让其他人发现，我们能说清楚吗？"鬼哥一边说着一边解开了自己的衣服领子。

听到这里，陈池明白过来，鬼哥果然是老谋深算。上次马爷说陶美美的事情，有人出一百万人民币，今天如果有人看到铁头死了，而鬼哥在现场，那么必然会认为是鬼哥想赚钱杀死了铁头。

"现在怎么办？"可乐问道。

"先回去。铁头死了，很有可能是自己人干的。池子，那天在的都是什么人，你再说下。"鬼哥转头看后面的陈池。

"铁头，和尚，还有一个女的，说是替梅花九来的。"陈池想了想说道。

"加上我，人都齐了。看来马爷是动真格的了。这次他要知道我们背着他去跟人见面，肯定会生气的。"鬼哥有点着急了，额头上沁了一层密实的冷汗。

"我倒有个主意。"陈池抿了抿嘴唇说道。

"你说。"鬼哥看着他。

"我们可以打个匿名电话报警，让警察过去。就算这事到马爷的耳边了，警察踏入的地方，他们肯定会认为铁头是因为被警察盯上了，所以对方杀了他。"陈池说道。

"好，就这么办。"鬼哥沉思了几秒，同意了。

电话是陈池打的，可乐在旁边看着。他们用了一个新号，陈池说的话也很简单，基本没什么问题。

回去的路上，鬼哥又说起铁头被杀的事情。陈池顺势问了一下情况，原来是有一个神秘人约鬼哥去那个停车场见面，说可以提供陶美美的信息。一直以来，鬼哥都是通过马爷来和对方见面的，当然如果事情成了，马爷会从中间抽走一些钱。不过，私底下，很多人对这种方式都不喜欢，因为什么事情都要经过马爷。不过，马爷在林城混了这么多年，人际关系复杂，谁也不敢得罪。

　　"我看事情没那么简单，新闻爆出陶美美已经被找到了，双手被砍。现在警察肯定也在找凶手，这个时候，铁头出事了，那么林城的地下买卖组织必然会再次成为警察眼里的焦点。凶手在这个时候杀了铁头，摆明就是让林城地下买卖组织的人被敲出来，让警察怀疑到他们身上。"陈池分析了一下。

　　"对啊，是这样的，这个凶手太阴险了，这招太毒了。铁头一死，警察必然会来调查，到时候整个地下买卖组织都会被警察盯上。"鬼哥恍然大悟。

　　"不仅如此，我担心可能还会有人出事。"陈池皱紧眉头，面前浮现出了和尚以及代表梅花九的那个女孩。

第十章　特征性

时间：2018 年 6 月 15 日

地点：林城开盘路与和平路交叉口北三百米原明乐商场地下停车场

案件明细：死者一共三人，尸体全部在一辆黑色的大众车里，副驾驶位置死者名叫刘飞，男，27 岁；车子后面两个人，分别是王胜利，男，24 岁；铁军明，男，28 岁。经过调查询问，刘飞和王胜利都是铁军明公司的人，这个铁军明有个外号叫铁头，他表面是一家贸易公司的老总，其实生意做的都是地下走私违禁品。三个人中，刘飞和王胜利属于击打性杀害，只有铁军明存在多次伤害性伤口，尤其是他的胸口，被凶手用利器多次刺伤。

调查走访：报案人用的是一张没有登记的电话卡，因为现场距离大路比较远，并且没有摄像头，所以没有目击者。死者的车上有一个黑色的耐克包，里面有十万人民币，根据现场情况推测，死者应该是和凶手进行某种交易，导致被对方杀害。并且很显然，对方不是为了钱财。

关风合上了案件报告，然后走到车子面前看了看。铁头他们的尸体已经被法医部拉走做进一步鉴定了，现场画着死者的尸位图以及法医推测的第一现场。

"第一现场应该是在这里，法医根据脚印推测，对方就一个人。从铁头他们被杀倒地的情况看，对方能迅速将三人放倒，那真是有点不可思议。"林城公安局刑侦队的警察疑惑地说道。

"没什么。"关风四处看了看，"这里没有灯，凶手只要能控制灯光的熄灭，然后在黑暗中进行杀害就易如反掌。"

"对啊，对啊。"那个警察恍然大悟。

"铁头他们的手机在吗？"关风问道。

"找到了，不过已经全部毁掉了。韩队长让拿回去看技术部能不能修复一下里面的内容。"

"关队，过来一下。"这时候，前面的韩民喊了一句。

关风走了过去，只见韩民蹲在地上，脑袋斜看着前面。

"怎么了？"关风问道。

"看这地上的灰尘车印，好像还有其他车子来过。"韩民说道。

"凶手的车子吗？"关风说。

"不是，除了凶手的车子，还有一辆车子来过，并且车印比较重，里面应该不止一个人。"韩民说道。

"你是怎么看车印的，我这看不清楚啊。"关风疑惑地看着前面。

"这里因为长时间没人来，地面到处都是灰。你从现场肯定看不出来，我们和法医的车都来了，车印肯定都乱了。刚才我问了一下，我们的车和法医的车都是从左边入口进出，所以右边这边的车印应该就是死者的车子和凶手的车子的车印，但是这里有一个转下来的斜坡，上面有三个车子的车印，这说明除了死者和凶手的车子外，还有第三辆车进来过。"韩民分析了一下。

"厉害，佩服，这都能分析出来。"关风对韩民竖起了大拇指。

"不过没什么用，这附近没有监控，也没目击者，就算知道现场还有第三辆车，也没办法找到啊。"韩民说着站了起来，拍了拍手上的灰尘。

关风没有说话，最近接连发生几起案件，让本来就够忙的调查组的同事们几乎崩溃。本来是调查人体器官贩卖案的，结果没想到又遇到了两起暴力抢包，其中一起还涉及人命。关于陈池的事情，他和秦政反映了一下，秦政也认为如果陈池能发现更多、更大的线索，晚几天回来也没关系。

法医部送来了进一步的检查结果，发现铁头胸口被刺的凶器和陶美美被砍去双手的凶器属于同一种凶器。

"会是同一个人做的吗？"林刚问道。

这时候，许之昂走到电脑边，将铁头的死亡照片放大，然后处理了一下，他将铁头的死亡现场特写了一下，旋转了角度。这样一来，所有人都看到在铁头尸体的胸口上，那些伤痕竟然组成了一个诡异的图像，像一个恶鬼一样。

"这个图像看上去有点熟悉。"关风皱了皱眉头。

"恶鬼像。"林刚脱口说道，然后他找到手机翻看了一些照片，"你们看这个。"

林刚翻出的一张照片，上面也有一个和恶鬼像一样的图像，那是陶美美被砍的双手伤口上印出的一个形状，如果不是看这个恶鬼像，只会觉得那应该是被砍的利器留下的痕迹。

"这双手伤口上的形状是怎么弄出来的？"其他人惊呆了。

"我知道了，之前见过一个案例，这个恶鬼像应该是在凶器上，凶手在砍陶美美的双手时，让凶器加热，这样也能快速凝固陶美美的伤口。"旁边的韩民一下子站了起来，说出了原因。

"只能是这样。"关风点了点头，"本来还想着这两个案子是不是可以并案，现在看来凶手就是一个人，他的作案特性就是这个恶鬼像。只是不明白，这个恶鬼像代表的是什么呢？"

"凶手既然已经两次作案，可能之前还有其他案子，只不过被我们忽略掉了。我相信铁头肯定不是他最后的杀人目标，凶手应该还会杀人，这明显是连环杀人案。我们现在要马上分析出凶手的犯罪心理以及作案动机，否则只能眼睁睁看着凶手继续行凶。唉，要是陈池在就好了，他应该可以给我们一些不一样的看法。"林刚说道。

"那要不我们申请让陈池结束他的卧底工作，直接回来？"关风问道。

"我觉得可以。"林刚点点头。

许之昂没有说话。

"这个陈池有说的那么神吗？现在他不是好好地在做卧底工作，要知道他用的线人是我们多年的线人，这么唐突地回来，兴许会影响到我们线人的安全啊。"韩民不太同意。

这时候，顾美玲和乔梦梦推门走了进来。顾美玲去调查凶手的照片，乔梦梦又去找陶美美那边询问了一些问题。

"怎么气氛这么凝重？"顾美玲坐下来看了看其他人。

"你照片查得怎么样？"关风问道。

"已经找到了，不过我觉得对方应该戴着人皮面具，不是本人。"顾美玲说着拿出手机，找到了凶手的照片，甚至还找到了一段凶手献花的视频，"所有的照片上的样子都是一样的，并且没有表情，眼睛也不眨，这显然是戴着比较好的人皮面具。这种面具，在网上花个几十块就能买到，好点的几百块钱。"

"其实想想也能清楚，凶手既然要犯罪，怎么可能让监控或者其他人拍到自己的样子呢？"韩民说道。

"乔梦梦，你这边呢？"林刚看了看乔梦梦。

"我又找陶美美沟通了一下，这次陶美美心情比上次好点，她讲了一个细节，她说在她遭遇凶手施暴的时候，凶手逼着她穿上了一件人皮婚纱，她可以确定那个婚纱是凶手杀人后取皮缝制的，整个过程她感觉仿佛是压在死人堆里一样，但是凶手却非常兴奋。"乔梦梦说道。

"所以我总结了一下，这个凶手不仅是有慕残爱好，他更是心理变态。我们应该重新对他进行心理分析，模拟画像。"顾美玲说道。

"那你们觉得，要不要把陈池叫回来？"关风再次问出了这个问题。

第十一章　爱情伤

流星划过天际，落入夜幕，你落入我心底。

17岁生日那天，他在QQ上打出这句话，发给了安晴。那个时候，他和安晴已经在网上聊了三个月零十五天，虽然没有见面，甚至电话都没打过，但是他已经深深爱上了这个网络背后的女孩。

安晴没有理他，三个月零十五天以来，第一次没有回复他消息，但是安晴的QQ一直亮着。

爱情是什么？

去除掉天地间万物，只剩你和我。

他相信安晴是喜欢他的。可是也有人说，你至少得确定对方是一个女的，兴许她是一个已经结过婚的，又或者对方根本就不是一个女人呢。

互联网时代，任何事情都有可能发生。

他不愿意去问，不愿意去碰触，除了相信，还有恐惧，也许真的如同其他人说的那样，万一安晴不是女的，他该怎么面对？

"祝我生日快乐，即使只剩孤独陪我长行。"他在签名上写下这句话，然后下了QQ。

晚上下课，他借用同学的电脑，打开了QQ，然后铺天盖地的消息几乎要让电脑停滞，他看到了安晴的留言，全部都是安晴的留言，全部都是一句话，让我陪你走下去，生日快乐。

他们约好见面了。

火车长长的轨道，将深爱的人的目光拉得长长的，目送到天际边。

他到达林城的时候已经是凌晨，天空下起了零星小雪。他没有什么钱，一个穷学生，于是在对面的麦当劳躺到了天亮。他们约好早上八点在火车站门口见面，可惜，他等了一上午，并没有见到安晴。

雪越下越大，仿佛那首别离的歌，一旦疼痛认真起来，连下雪都变得那么认真。

临走之前，他第一次拨通了安晴留给他的电话，他曾经想过电话接通的声音会是什么样子。可是最终，电话却没人接。

他向前走去，浑身冰冷，悲伤难过，到最后干脆蹲到地上哭了起来。

一个轮椅慢慢来到了他的面前，一个女人推着一个女孩，女孩戴着一顶红线帽，她的眼里全部都是泪水，嘴角颤抖着。

雪又下了起来，像是一出俗气的偶像剧。

安晴在一次车祸中失去双腿，从此自闭，不愿意与任何人说话。他是唯一闯入安晴世界里的人。

哪个女孩不怀春？哪个女孩不向往爱情？

只是从美好的网络世界走出来，她不敢面对自己。所以一次又一次举步维艰，想要放弃。可是，最后，当她看到自己心爱的男孩在雪地里痛苦流泪的时候，她终是无法忍受，走到了他的面前。

我们的爱情如此艰难！所以结局一定是美好的。

若干年后，他已经是一名优秀的整形医生，虽然年轻，但是很多人慕名找他。但是再好的医术，也无法修复安晴的双腿。他唯一能做的就是给她一个幸福的家，一个她期待的完美的婚礼。

为了他们的婚礼，安晴设计了一件婚纱，从领子到绣花，从长宽到厚度，她每天都会修改婚纱的细节。

命运在最美好的时候，被划上了一道伤痕。

安晴在一次外出购物的时候失踪了。

一个人失踪，看起来就像一条鱼被扔进了河里，怎么找都找不到。她的一切都还在，婚纱设计了一半，衣服、化妆品、照片、提包，所有的一切都在，可是独独人不见了。

他报警几次，却没有任何消息。

直到有一天。之前为了结婚接了一个私活，帮一个黑市的人换一个眼膜，然后他在对方的资源库里竟然看到了安晴。她闭着眼睛，脸色苍白，眉头间还带着一丝恐惧与害怕。

是谁绑走了安晴，这已经不重要。重要的是，他的世界空了一个人，从此再也填不满。

婚礼那天，他谁也没叫，黑暗的房间里，安晴坐在轮椅上一动不动，他播放着婚礼进行曲，两人结婚了。

他租了一个冷棺，将安晴的尸体放在了地下室，然后他要为她做一件最美的婚纱。不但如此，他还要把那些拿走安晴身上东西的人一个一个找到，并且将东西再拿回来。

现在，他终于把给安晴的婚纱做好了，虽然有些瑕疵，但是他相信安晴一定会喜欢，因为上面全部都是那些害她的人的东西。

昏黄的灯光下，对面的墙壁上贴满了报纸、纸条以及照片。他站起来，走到那些照片面前，照片下面写着上面的人物介绍，有的已经画上了一个红色的×。

他的目光落到了其中一张照片，上面的男人歪着头，看上去凶神恶煞的样子。他拿起笔在对方的脑袋上画了一个×号，最后用笔照着那个男人的脸戳了过去。

桌上的手机响了起来，他回过身，拿起来看了一眼，是一条短信："河边公园见。"

他回了一个字："好。"

桌子上有一个黑色的包，他打开看了一眼，里面是人民币。他伸手在那些人民币中间摸索了一番，然后抽出一把锋利的手术刀，他迅速在面前画了几个圈，面前的一张海报立刻被削成几片，掉落到了地上。他收起手术刀，然后将包的拉链拉上，背到背上，往外面走去。

约好的地方是林城的三里河。三里河解放前是乱葬岗，终日阴森静谧，即使是白天，也很少有人过来。这样的地方，最适合做见不得人的事情。

他把车子停在了三里河口，然后下了车，徒步向前走去。

对方已经到了，在三里河边等着，一辆汽车，打着双闪。

他没有急着过去，而是躲在一边静静地看着。对方一共三个人，两个人在外面抽烟、说话，另外一个在车里。

手机再次响了起来，他看了一眼，是对方在催他。

他吸了口气，然后走了过去。

看到他过来，两个抽烟的男人掐掉了烟，然后站直了身体，车子里的人也打开车门走了出来。

"东西带了吗？"对方问道。

他走过去，把包放到了车头上面，然后拉开了拉链，灯光下面，看到的全是崭新的人民币。

"好。"对方伸手准备去拿包，但是却被他拦住了。

"我要的东西呢？"他问道。

"在后面，过来吧。"男人说着带他走到后面，打开了后备厢。他走过去打开了里面的东西，那是一把斧头，上面雕刻着一个凶神恶煞的恶鬼，看上去阴森鬼魅。

"这东西不好找，我可是费了不少劲。"旁边的男人说道。

他拿起那把斧头，仔细看了看，然后忽然照着旁边的男人用力一挥，砍在了他的脖子上，跟着迅速捂住了男人的嘴，男人身体挣扎了几下，慢慢不再动弹。他松开了男人，然后拉开了包的拉链，从里面拿出那把手术刀，转身向前走去……

第十二章 下一个

陈池再次见到了阿影,她依然戴着口罩,这次还戴上了一副无框眼镜。

这次陈池是和鬼哥一起来到马爷这里。他们要商量铁头和和尚被杀的事情。

昨天晚上,和尚被人杀死在三里河,死状凄惨。

如果说铁头的死是偶然,那么和尚的死已经确定,凶手的目标就是他们这些干地下走私生意的人。在林城,地下走私的生意,除了铁头、和尚,也就剩下鬼哥和梅花九了。

来之前,陈池给关风打了一个电话,关风说调查组希望他结束卧底工作,回归警队。陈池认为现在凶手的目标应该就是林城地下走私者,他目前正好在这些走私者身边,他完全可以在这边进行案件调查,然后和调查组一起寻找凶手。所以,陈池的意见是暂时先不回去,留在鬼哥这边,因为凶手的下一个目标极有可能就是鬼哥。

"你为什么还跟着阿鬼?"阿影走过来问道。

"那个男孩你们送走了吗?"陈池没有回答她的问题。

"送走了,他只是一个被利用的砝码,不会伤他。"阿影说道。

"听说昨天和尚被杀了。"陈池又说道。

"这不该是你管的事情,我以为你的工作结束了,应该离开了。"阿影说道。

"什么意思?"陈池感觉阿影话里有话,不禁盯着她问道。

"你自己知道什么意思。"阿影避开他的目光。

这时候,可乐出来了,对着陈池喊道:"池子,过来一趟,鬼哥找你。"

陈池回头应了一声,然后向前走去。

"这不是你该来的地方,你还是早点离开吧。"后面的阿影又说话了。

陈池没有理她,继续向前。

还是在上次马爷和大家开会的地方,只不过,铁头和和尚已经不在了。上次没来的梅花九,这次来了。让陈池意外的是,梅花九竟然是一个女人,穿着一身职业装,人长得很漂亮,上次替她来的地雷站在她后面。

"池子,听阿鬼说你对这次铁头和和尚被杀的事情比较有想法,你来说说什么情况。"马爷上来对陈池说道。

"也谈不上什么想法，只是直觉。我平常喜欢看一些推理小说，书上一般都是这么写的。凶手杀死了铁头和和尚，这不是摆明针对的是林城地下走私的人吗？那这林城地下走私生意，没几个人，现在也就剩下鬼哥和梅花九了，所以我觉得凶手下一个目标可能就是鬼哥和梅花九。"陈池说道。

"正好，他要是找我，我弄不死他。"鬼哥冷哼一声。

"阿鬼，你觉得铁头和和尚比你差哪儿了吗？为什么他们会被人干掉呢？你脑子怎么还不如你这个小弟？"马爷瞪了鬼哥一眼。

"我觉得凶手的目标就是我们，不过这种事应该让警察来查。"梅花九说话了。

"这不胡扯吗？我们是做什么生意的？怎么跟警察说？难道说警察先生，我们是地下走私者，现在有人要杀我们？好吧，就算警察帮我们，抓住了凶手，接下来就是让我们自己交代地下走私的事情了。"鬼哥拍了一下桌子说道。

"阿鬼，不要着急，听梅花九说完。"马爷看了看鬼哥。

"铁头和和尚的死，警察肯定会查到我们头上。就算你躲，能躲得过去吗？这次凶手摆明了是针对我们，就算你不找警察，警察也会找上门来。我的意思很简单，保命是第一，其他的都好说。"梅花九从口袋里拿出了一根细支烟，点上以后，吐了一口气。

"我觉得梅花九说的没错，警察肯定会想到我们这边的，到时候就算你再不愿意，警察还是会查。"九爷说道。

"要找警察你们去找吧，我就算死也不可能找警察帮忙的。"鬼哥站了起来，然后抬头向外面走去。

"阿鬼，你这……"马爷话没说完，鬼哥已经走了出去，陈池跟着鬼哥，所以也只好低头离开。

"阿鬼，你这么着急走，铁头和和尚的事是不是你找人干的？"梅花九冷声说了一句。

"你胡说什么？"鬼哥站住了。

"我听人说，铁头死那天你也去了现场。这你怎么解释？"梅花九问道。

"我需要给你解释吗？铁头死了，对我有什么好处？你竟然怀疑我？"鬼哥愤怒地说道。

"我听说之前你和铁头合作过，后来闹翻了。因为这件事，你后来连见都不敢见他。"梅花九说着轻轻弹了弹手指。

"梅花九，你什么意思？"鬼哥看了看旁边的马爷问道，"马爷，你不会相信她说的话吧？她是做什么的？她是专门做假货的，满嘴谎话，能相信吗？"

"阿鬼，她说的话也不是没有道理啊！"马爷抿了抿嘴唇。

"阿鬼，我是做假货的，但是从来不卖给自己人。你可不一样，去年，和尚的一个表妹被你的人绑了，要不是马爷发现得早，恐怕她的肾啊，心啊，肝啊，早被你卖个精光了吧?"梅花九说着站了起来,然后冷笑一声,"今天你不说清楚,我怕你是走不出这个门。"

站在梅花九后面的两个人和马爷后面的人顿时走到了门边,挡在了鬼哥和陈池面前。

"我,我能说两句吗?"旁边的陈池说话了。

"你说。"马爷点了点头。

"鬼哥确实去过现场,不过我们到的时候铁头已经死了。不管以前铁头和鬼哥有什么恩怨,这件事绝对不是鬼哥干的。凶手选的地方在那个废弃的停车场下面,那个地方距离市区比较远,为什么在那里下手?原因很简单,就是希望铁头的死不太早被人发现。但是跟警察报警的人是我们,这个有电话卡,你们可以去查。"陈池说道。

"谁知道你们是不是贼喊抓贼呢?"梅花九冷哼一声。

"是,我们有可能贼喊抓贼,但是如果真是我们干的,也不至于费这么大劲吧?还有一点,当时车里有一包钱,要是我们干的,钱我们会丢那儿吗?这很明显,铁头应该是去跟人交易,然后被对方杀了。"陈池说道。

"不瞒你们了,那天我之所以带人过去,也是有人约我,说有好东西给我。当时我也就想着过去看看是什么,没想到铁头死在那里。当时我就觉得不对,害怕被人怀疑,所以很快离开了,并且让人打了报警电话。"鬼哥的情绪也稳定了很多,补充了一下。

"和尚昨天也被杀了,我刚才听人说了,好像他也是去和人交易的。这两点可以看出来,那个凶手就是以交易的名义约铁头和和尚过去。对方这么做的原因是什么?最大的可能性是报复,因为对方并没有取走现场的钱。所以我们现在应该想一想这个凶手的身份,不要互相怀疑,因为下一个受害者很可能就是我们其中某一个。"陈池说道。

"怎么想?找我们报仇的人多了去,难道一个一个把之前的事情翻出来?"梅花九说道。

"铁头和和尚都被杀了,这说明凶手的杀人动机必然是和他们有关系的,甚至可能和我们每个人都有关系。我听鬼哥说过,铁头是卖违禁品的,和尚是倒卖文物旧物的,鬼哥做人体器官,现在知道梅老板是做假货的,马爷负责联系客户,那不知道有没有一件事情是大家所有人都参与过的呢?"陈池问道。

"难道是那件事?"马爷脸上一变。

鬼哥和梅花九似乎也想到了,脸色变得有点难看。

"什么事情?"陈池问道。

"你说的这些事情这么神,你不会是警察吧?"梅花九盯着陈池忽然问道。

"对啊,梅老板这么一说,我也觉得你小子还真有点警察的样子啊?"马爷看着陈池跟着说道。

"池子，你跟我说老实话，你不会真的是警察吧？"就连旁边的鬼哥的眼里也有一丝疑惑。

"哈哈。"陈池忽然笑了起来，然后说道，"不错，我是警察。"

第十三章 意外发现

老耿是负责三里河河道附近的卫生工作的。林城人对三里河有所畏惧,不过老耿却一点都不害怕。当年打仗的时候,他还来过这里。尤其是现在,老伴死得早,也没一儿半女,他一大把年纪了,自己也没退休金,做这个工作正好可以拿个生活费。

今天一大早,老耿过来便看到三里河河边停了一辆车。这种情况少见,走过去一看,顿时吓了一跳,车里躺着两个人,血肉模糊的,他慌忙拿起手机报了警,挂完电话走到后面才发现,后面不远处还躺着一个人,也是被砍得血肉模糊。得亏老耿当兵出身,要不然早被吓傻了。

林城刑侦队队长韩民因为有其他事情不能来现场,所以关风直接带着调查组的人到了现场。

法医和其他工作人员正在勘查现场,关风和顾美玲看了一下前面的 1 号死者和 2 号死者,林刚和许之昂则去看了一下后面的 3 号死者,乔梦梦过去和现场调查的警察进行了简单的沟通。

"看这个,和上次的案件一样的标志。"顾美玲指着前面两具尸体的胸前,那里分别有一个被血浸湿的恶鬼像。

"不错,他们两个都是被割喉而死,刀子很细。"关风仔细看了看 1 号死者和 2 号死者脖子上的伤口。

"和上次死在车子前面那两个人一样。"顾美玲点点头,"只不过上次在地下停车场,没有灯,对方没有防备,这次他们进行了反抗,你看他们的手上,都被刀子割伤了。"

"不错,看他们的伤口位置和形状,应该是凶手突然出手,他们用手和凶手搏斗,可是最后还是被凶手割喉。凶器就是一把手术刀。"这时候,乔梦梦和法医走了过来,听见顾美玲的话,法医说话了。

"后面那个人什么情况?"关风问道。

"后面那个有点奇怪,你们过来看一下。"法医说着,带着他们走了过去。

林刚和许之昂正在看现场,3 号死者并不在车上,但是在后备厢旁边却有一大摊血,这些血顺着路往前有一段距离,死者倒在前面。

"这里应该是 3 号死者被杀的地方,后备厢那里应该是凶手动手的地方。"法医指着死者倒地的地方说道,"奇怪的是凶手如果在后备厢那边动手杀死了3号死者,然后将3号死者背到这里,那么可以解释这段距离上的血液,可是在这里还有一些溅落状血迹,可能是3号死者当时并没有死,凶手将3号死者背到这里的时候,3号死者再次和凶手发生争斗产生的血迹。"法医说道。

"你说凶手背着3号死者?"林刚问道。

"背,或者扛着,因为只有这样3号死者当时的血才会落在地上,形成现在地面上的血液痕迹。如果是拖着的话,应该是拖痕。"法医解释了一下。

"凶手连杀三人,这的确风险性很高。如果我是凶手,我会怎么做呢?"林刚站起来走到了车子旁边,"我自然是要让三个人分开,先杀掉能力最强的,或者是他们中的领导者,然后再逐一处理剩下的。"

"案发在深夜,地点在这偏僻的三里河,那必然是有一些见不得光的事情要谈。凶手如果和杀死铁头的是一个人的话,那么这次的死者应该也是从事地下走私生意的吧。他们约好交易,然后凶手事先准备好凶器,在3号死者到后备厢给他看东西的时候,对3号死者突下杀手,肯定还要捂住死者的嘴,以免惊动前面的两个人。3号死者被杀后,凶手再到前面对前面的人行凶。"顾美玲说道。

"凶手应该也受伤了。"许之昂忽然说话了。

"什么?"顾美玲问道。

"对啊,这地上的血应该不是凶手背3号死者过去留下的,可能是凶手准备离开的时候,3号死者追过来,然后袭击了凶手。"关风顿时眼前一亮。

"这点我们回去检验下现场血迹就明白了,如果是有两人的血液,那说明凶手也受伤了。"法医说道。

"就算我们知道凶手是怎么杀人的也没用啊,现在凶手的信息一点都不知道。"顾美玲叹了口气。

"凶手不是受伤了吗?他肯定会找地方包扎伤口,我们要不要对全市的门诊医院进行搜查,就查案发这段时间,相信应该能找出嫌疑人吧。"林刚说道。

"不,你忘了,凶手杀人用的是手术刀,想必他一定有一定的医学从业基础,甚至可能自己做过外科医生,那么他受了伤,肯定不会去找医院或者诊所,自己就能处理。"关风说道。

"对,从现场的血液来看,凶手受的伤并不重,他能离开现场,肯定能自己解决。"法医赞同了关风的意见。

这时候,一个警察走了过来,他低声对关风说道:"死者的信息已经确认了,这是资料。"

关风接过调查资料,打开看了一下,然后说道:"3号死者尚天虹,31岁,林城尚天贸易有限公司老总,也是林城地下走私者之一。1号死者和2号死者都是他的员工,也是他的手下。根据尚天虹的手机信息,他在和一个人交易一把伏法神斧的古物,你们看,这是伏法神斧的样子。"

关风将文件上的一张图片给其他人看了一下,那个神斧的斧头一面上,是一个凶神恶煞的恶鬼像,和陶美美手臂伤口上以及铁头胸前伤口上的恶鬼像一模一样。

"我查一下这个斧头的来源。"乔梦梦说着,拿起了手机。

"看来凶手真是同一个人。"顾美玲说道,"这个斧头上的恶鬼像一定有什么特殊的意义,又或者可能之前的恶鬼像是凶手幻想出来的一种想法,然后这个斧头的出现让凶手得到了虚拟的认证。如果真的是这样的话,凶手的犯罪心理会升级,之前的一些想法会变得更加肆无忌惮。"

"什么意思?"林刚问道。

"之前杀人可能是源于复仇,又或者某种激情情绪,这个虚无的恶鬼像是他信赖的一种依靠。可是当他发现真的有这个东西的时候,凶手会认为这是上天给他的认可,他的犯罪心理会升级,会变得更加肆无忌惮。"顾美玲说道。

第十四章　凶手心理

马爷笑了起来，然后拍了拍桌子："你们这是干什么？池子要是警察，我们现在这算什么？准备被一窝端了吗？"

"我看我们还是说说刚才的事情吧？"鬼哥看了看梅花九说道。

"警察不警察的事情，我们后面再说。现在我们先说正事，你们还记得那件事情吗？就是半年前，铁头找我们说的那件事。"马爷继续了先前的话题。

"你是说那件事？"梅花九问道。

"不错，那个时候，林城正是雨季，当时雨下得很大，铁头来找我……"鬼哥点点头，皱紧了眉头，说起了那件事情。

鬼哥当时正在谈一个生意。一个肾病患者在医院一直找不到合适的肾源，他的一个朋友介绍了鬼哥，这是一件铤而走险的事情，因为鬼哥要做的是找一个有合适肾源的活人，取出他的肾，给患者换上。这些事情在医院是做不了的，只能找人暗地里做。鬼哥之前做的生意都是器官走私，这从活人身上取肾，还真有点让他接受不了。鬼哥心里还是有些犹豫。

"那个人无父无母，也没老婆孩子，就他自己一人，别说丢了一只肾，就是丢了命，也不容易查出来的。"对方说得很轻松。

正是在这个时候，铁头来了，说有一个生意，问鬼哥要不要做。

铁头说的生意是马爷搭的线，马爷的一个客户提出想要一件特别的东西，需要铁头、和尚、梅花九以及鬼哥四个人一起合作才能做出来。客户要求马爷帮他做一副特别的婚纱手套，手套要求用一些特别材料来做，比如用到一些真人的皮肤做基底，再加上一些特别的东西。所以这个业务用到了专做人体器官生意的鬼哥，走私违禁品的铁头，贩卖特别东西的和尚以及造假的梅花九。

对方给的价钱很高，所以四个人接下了这桩买卖，并且按照对方的要求，开始准备所需要的材料。铁头和和尚要找的东西并不复杂，他们稍微找人帮忙就找到了。梅花九的工作是最后一步，也不费事，唯独鬼哥这儿有点麻烦，因为对方给了一些真人皮肤组织要做婚纱手套的外表，所以鬼哥这边做事非常小心。可是在梅花九做最后工作的时候还是出了问题。对方提供的真人皮肤出了问题，没办法用，只能报废了。无奈之下，他们只好商量出去绑一个女孩，用她的皮肤来代替对方提供的皮肤。

他们选中了一个双腿残疾的女孩，找来一个地下医生。一开始事情办得很顺利，可到最后医生给女孩做缝合手术时，出了问题，救不活了。于是，鬼哥一不做二不休，将女孩身上能用的器官都取走，然后让马爷联系客户卖了那些器官。这件事情也成了四个人心照不宣的秘密。

"那后来那个女孩的尸体，你们怎么处理的？"陈池问道。

"那个女孩没什么亲人，失踪后也没见有人找，就被我们放到了仓库的冷库里。不过后来不知道谁把她偷走了。"鬼哥说道。

"被人偷走了？被谁偷走的？你们没有察觉吗？"陈池愣住了。

"因为仓库里东西比较多，人也杂，所以确实不知道是谁偷走了。刚被偷走时我们害怕被警察找上门，但是过了一段时间，也没人过来，便忘了这事儿。"鬼哥说道。

"其实，我们应该早就想到这件事的。要知道最开始被杀的人并不是铁头，应该是朴医生。"这时候，马爷说话了。

"朴医生？莫非是那个帮你们做事的地下医生？"陈池忽然想到了一个人。

"不错，朴医生在铁头被杀前死在了家里，当时我们都以为是意外，也没当回事。现在想来，朴医生应该是被人杀了的。这个对我们下手的人，肯定是那个女孩的亲人，他是来复仇的。"鬼哥点了点头，突然明白了过来。

听到这里，陈池也明白了过来。所有的问题似乎迎刃而解。杀人者就是为那个被鬼哥他们杀害的女孩复仇的，之前想不明白的问题陈池也明白了过来。铁头和和尚都是死于和对方交易，那是因为在这个杀戮的过程中，铁头和和尚的角色就是交易，所以他们死于交易现场。那个朴医生是动手术刀的，他的死应该更不简单。

离开的时候，陈池向马爷要了一份那个女孩身体器官买卖的客户资料，因为这些人可能都会是凶手要杀害的对象，甚至这些人可能已经遭遇了不测。陈池需要马上和关风他们联系，将这里的情况告诉他们，并且让他们查下这些人现在的情况。

因为铁头、和尚相继被杀，鬼哥也害怕了，他让可乐和丧鸡一步不离地跟着自己，手里的业务也停了下来。这样一来，陈池反而没时间出去打电话了。好不容易逮住一个机会出来，陈池快速给关风打了一个电话。

"我们这边也在寻找凶手的动机，真是没想到会是这样的情况。你放心，我这儿会快速查下，有结果第一时间告诉你。你自己要多加小心。"关风说道。

"放心吧，现在他们巴不得我是警察，要知道，凶手一天不抓住，鬼哥和梅花九以及马爷都会有生命危险。我现在唯一担心的是凶手的犯罪心理会发生变化，他会由当初只是为了复仇的心理变成连环杀人凶手的心理。这样的话，很多事情就难办多了。"陈池讲出他的担心。

"好的，我们这边会注意的。"关风说道。

陈池挂掉电话，一转头，发现鬼哥和可乐竟然站在他身后，目光阴恻恻地看着他："你果然是警察。"

第十五章 爱情

林城华天大酒店,百合厅。

今天是雷平和杜晓梅结婚的日子。

雷平和杜晓梅两人能走到今天,是很多人没有想到的。因为不久前,杜晓梅还在为自己能不能活下去而发愁。

婚礼现场来了不少人,除了亲朋好友,还有一些网友、新闻媒体记者,甚至还有林城第一人民医院的医生和护士。

你相信这世界有爱情吗?

雷平和杜晓梅的爱情,在网上非常火。故事的源头很简单,雷平和杜晓梅是很普通的打工族,因为杜晓梅的心脏出了问题,没有钱医治,于是,杜晓梅在网上帮雷平找女朋友,希望自己死后她可以帮忙照顾自己深爱的男人。这个看起来很平常的举动,在这个太过浮躁、缺少真情的社会忽然被人推到了高处,然后各方力量开始帮助他们,希望他们能够好好的,希望杜晓梅能够康复,两人能够结婚。

用一个网友说的话,看他们的爱情,就像是在看自己的爱情一样,他们的美好就仿佛自己的美好一样。

网友和媒体的帮助,甚至让林城第一人民医院提出免费为杜晓梅更换心脏,给她新的生命,给他们爱情重生的路。在万千网友的期待下,杜晓梅开始了全方面的治疗。可惜的是,医院和医疗库里的心脏都不匹配。这让他们刚刚燃起的希望,又熄灭了。

没有合适的心脏供体,即使其他条件再符合,也无能为力。为了帮助杜晓梅,医院将她的心脏供体情况进行了全网求助,可惜一直没有合适的供体出现,而杜晓梅的身体也越来越差,即将走向死亡。

正当所有人都觉得没有希望的时候,一个神秘人出现了。没有人知道他的来历,杜晓梅醒过来的时候,发现病床旁边的桌子上放着一个盒子,护士走进来打开一看,竟然是一个心脏供体。要知道,心脏在离开身体,没有血液供给的情况下,只有六个小时左右的保存期。这个神秘的心脏就这样出现在了杜晓梅的身边,经过医生检查,和她的身体匹配度非常高,于是医生快速进行了手术。手术非常成功,杜晓梅出院后,他们趁热打铁,在确定身体无恙的情况下,举行了婚礼。所以，今天是雷平和杜晓梅的结婚日，也是林城很多关注他们情况的网友和帮助他们的人的高兴日。

婚礼司仪为了这次的婚礼也准备得非常充足，将雷平和杜晓梅的爱情之路用图片做成了一个平面电影展示。

婚礼庆典马上要开始了，这个时候，杜晓梅正在酒店房间里的化妆间，她今天很漂亮，这个他们期待太久的婚礼，更像是她的重生庆祝日。不知道为什么，杜晓梅觉得自己并不像想象中那么高兴，倒是雷平显得特别高兴。

化妆师出去了，杜晓梅想一个人待会儿，她微微闭上了眼，靠在旁边的椅子上。自从换了这颗神秘的心脏，她总有一些不安的情绪，虽然医生说那可能是身体和心脏的排斥作用，等习惯了就会好的，可是她总觉得好像哪里不对。有时候，她会想这个心脏的主人到底是什么人，是男是女，他（她）生前是做什么的，甚至有时候杜晓梅会做一些奇怪的梦，在梦里总能看到一些零碎的片段，她猜想这会不会是自己体内这个心脏之前主人的信息呢？

啪，有个声音突然传进了杜晓梅的耳朵里，她顿时睁开了眼，然后看到眼前竟然站着一个男人。他目光直直地盯着杜晓梅，两只眼睛又黑又亮，眸子里仿佛是一池看不见底的湖水。

杜晓梅也看着对方，静静地看着，她的心扑通、扑通剧烈地跳动着，她觉得好像在哪里见过这个男人。

"小梅，你好了吗？"忽然，门外传来了雷平的声音，然后雷平推开门走了进来。

"恭喜。"那个男人对着杜晓梅点了点头，然后转过了身，看到后面的雷平，他微微笑了笑，又说了一次："恭喜。"

"谢谢，谢谢。"雷平不明所以地看着男人。

男人走了出去。

雷平走到了杜晓梅的身边问道："这个人是谁啊？"

"不知道，可能是网友吧？"杜晓梅说道。

"网友怎么可能来这里找你？你真的不认识吗？"雷平疑惑地问道。

"我说了不认识，你怎么不相信我呢？"真的不认识吗？那个男人的眼神，让杜晓梅心里有种说不出的感觉，好像他们认识了很久一样。

"你干什么？婚礼马上要开始了，我不想和你吵，你能不能正常点？"雷平有点生气了。

"我怎么不正常了？我是不正常，你要是觉得我不正常，那你去找一个正常的女人。"杜晓梅脱口说道。

"你胡说八道什么？"雷平勃然大怒，指着杜晓梅。

"别以为我不知道你打什么算盘，你……"杜晓梅的话说了一半，外面有人走了进来，是婚庆公司的人。

"两位新人,婚礼马上要开始了,你们收拾一下,过来吧。"

"好,我们马上过去。"雷平笑着说道。

杜晓梅也没有再说什么,两人收拾了一下,一起走了出去。

婚礼现场很热闹,司仪深情地叙述了雷平和杜晓梅的感情以及他们的经历,所有人都回忆起了他们守护雷平和杜晓梅的日子。台上的雷平和杜晓梅也是热泪盈眶,不过杜晓梅偶尔会看一眼台下的一个角落,那里坐着去化妆间找她的那个男人,他安静地坐在那里,虽然离舞台比较远,但是不知道为什么,杜晓梅却觉得自己能感觉到对方的目光和热情。

婚礼顺利结束了,仿佛是一场准备好的电影,剧本都已经写好。杜晓梅和雷平给所有来宾挨个敬酒,感谢,微笑,合影。一直到下午两点半,所有客人才离开。

杜晓梅一直想着能见到那个男人,可惜没再见到,这让杜晓梅心里有一点点难过。

林城华天酒店免费给雷平和杜晓梅提供了一间新婚浪漫房,婚礼一切收拾好后,雷平直接躺在床上,不想动弹。

杜晓梅看着宾客名单,有的确实不认识,因为可能是网友,也可能是听说这件事过来的。

杜晓梅的眼前又出现了那个男人的样子,他的目光如水一样,他会是谁呢?

突然,雷平从背后抱住了杜晓梅,然后两只手在她身上开始摩挲起来,嘴唇也贴着她的耳朵开始游走。

"干什么?"杜晓梅顿时有一种说不出的反感。

"你说干什么?这洞房花烛夜,可不能白白浪费了。"雷平笑嘻嘻地说道。

"医生说现在还不可以,要等身体恢复。"杜晓梅说道。

"恢复什么,来吧。"雷平说着一把将杜晓梅抱了起来,然后直接向前面的床走去。

"放开我,放开。"杜晓梅用力地挣扎着,双手拍打着雷平,却没有丝毫作用。

"放开什么,你别再拒绝了,我为了你失去了太多,今天我要你补偿我。"雷平已经被欲火烧光理智,他疯狂地撕扯着杜晓梅的衣服,亲吻着杜晓梅的脖子,仿佛一只野兽一样,这让躺着的杜晓梅显得更加脆弱无助。她的心跳几乎都要停止了,她的眼泪流了出来。

这时候,一个人突然出现在了他们身后,然后雷平一下子被对方拎了起来,接着被一拳打倒在地。

杜晓梅睁开了眼,然后看到了来人。

"跟我走吧。"那个男人向杜晓梅伸出了手,杜晓梅毫不犹豫地站了起来,然后跟着对方一起走了出去……

第十六章 以身涉险

铁闸门被拉上了。

陈池知道，自己的噩梦要降临了。

三个男人走到他身边，他们也许是马爷的人，也许是梅花九的人，又或者是可乐找的人。陈池被绑在一根铁柱上，鬼哥和可乐已经对他进行了一轮殴打和逼问，现在换人了。

"小子，你还是不说吗？"其中一个男人走过来说道，他的手里拿着一根橡胶棍，在手上轻轻拍打着。

"说什么？"陈池抿了抿干涸的嘴唇，低声问道。

"你一个警察跑到鬼哥身边是为了什么？"那个男人说道。

"哈哈，我一个警察跑到鬼哥身边？这还用我说吗？他们不是已经问到答案了？我劝你告诉马爷，别管我了，管好他们自己吧，要知道有一个杀人狂魔正盯着他们。"陈池笑了起来。

"让你笑。"那个男人被陈池的笑声刺激到了，拿起橡胶棍用力朝陈池打来。

砰砰砰，这时候，铁闸门突然响了起来。

那个男人停了下来，示意旁边的人去开门。

门外站着两个人，一个是阿影，另一个也是女人，戴着口罩，看不清样子。陈池的身体非常虚弱，被对方打得几乎没有任何力气，他低着头，都不愿意抬头看是谁来了。

"马爷让我把人带走。"阿影说道。

"好，好的。"男人连连点头，然后对旁边的两个男人使了个眼色，他们立刻走了过来，把陈池身上的绳子解开了。

陈池感觉有点晕，尤其是绳子解开后，身体的束缚一下子没了，整个人反而虚软了很多，他一下子栽了下去，还好旁边有个人扶着他，连拉带拖将他弄了出去，然后上了一辆车。

陈池闻到了一股淡淡的香味，他感觉身边是一个女人，于是模模糊糊地说道："怎么？打我找不到答案，换女人来了？告诉你们，我可不吃这套。别想用美人计，老套。"

旁边有人低声哭了起来，再后来是车子发动的声音，最后陈池晕了过去。等到他醒过来的时候，已经在医院了。

陈池起身想坐起来，却发现身上一阵剧痛，他不禁轻哼一声。

"你醒了？"旁边有人听见他的叫声，立刻走了过来，竟然是乔梦梦。

"我，我怎么在这里？"陈池看到乔梦梦，顿时愣住了。晕倒之前的事情慢慢浮现在脑海里，他记得有人敲门，然后进来两个女人，都戴着口罩，除了阿影，另外一个看上去有点熟悉，难道？他抬起头，看着乔梦梦不禁问道："昨天晚上和阿影一起来的那个女人是你？"

"是啊。陈池，你身上还疼吗？好点了吗？"乔梦梦心疼地摸着他的手。

"没事，好很多了。你跟我说说，你怎么找到我的？"陈池笑了笑说道，然后他用力撑着，慢慢坐了起来。

乔梦梦拿起一个苹果，一边削一边说事情的经过。

告诉乔梦梦他们陈池出事的人是一个陌生的女人，她打电话打到了前台，又给关风发了消息。事情紧急，接到电话和信息后，关风立刻联系了其他人，想办法进行营救。后来，还是那个陌生女人提出了一个办法，她可以帮忙将陈池带出来，后面的事情则需要调查组协调派人去接人，最好是派个女警员过去。

"阿影。"陈池顿时知道那个女人是谁了。

"是，我听那些人喊她阿影，是她了。"陈池明白了过来。

"她是什么人？"乔梦梦低声问道。

"她是马爷的人，不过她如果放了我，怎么跟其他人交代呢？"陈池咬着嘴唇说道，然后一下子坐直了身体。

"你，你没事吧？"乔梦梦看他的样子有些奇怪。

"没事，其他人呢？去查案了吗？"陈池问道。

"是啊，你知道雷平和杜晓梅吗？就是之前在网上炒得比较火的那对患难夫妻，杜晓梅心脏有问题。"乔梦梦说道。

"哦，想起来了，记得你还让我们给他们捐过钱。"陈池点点头，"难道他们出事了？"

"对啊，就是他们。他们昨天举办了婚礼，结果晚上却发生了意外，杜晓梅失踪，雷平被杀。本来这案子是韩民他们负责的，不过因为之前我们也关注过他们，所以林刚和许一昂他们也去现场。关队长和顾美玲去厅里开会了，目前我们追查的这个案子，影响不好，上面一直给老秦施压。"乔梦梦说道。

两人正说着话，门被推开了，关风冲了进来，看到陈池，他兴奋地叫道："你没事吧？我一回来就听说你醒了，真让人担心。"

"这不，卧底任务失败，昨天和你打电话后被鬼哥他们发现了。所幸有人救了我。"陈池说道。

"我们早就想让你回来了，卧底的工作真的不适合你。回来了就好了，我们大家又可以在一起工作了。"顾美玲笑着说道。

这时候，关风的手机响了起来，他看了一眼，是林刚打来的电话。

"是吗？那行，我们马上过去。"关风说完挂掉了电话。

"什么事？"顾美玲问道。

"林刚说他们在勘查雷平死亡现场的时候发现了一个疑点，和我们现在调查的恶魔像连环杀人案有关系，他希望我们过去看看。"关风说道。

"事不宜迟，我们现在就过去吧。"顾美玲点点头。

"我，我和你们一起去吧。"陈池听到关风的话，于是说道。

"你身体还没好，先休息吧。等我们回来了，我给你讲情况。"关风说道。

"别，这种事情现场才是最重要的。我身上的伤真的没什么，忍忍就好了。你们也知道，虽然这段时间我不在这边，但是这个案子我可没丢。你们就这么扔下我，我肯定受不了。"陈池说着直接从床上下来了，忍着痛装着没事的样子。

"好好好，带你去。"关风太了解陈池的性格了，只好答应了他。

"可是医院怎么办？医生肯定不允许的。"乔梦梦说道。

"那就靠你了，你帮我搞定。谢谢了。"陈池握住乔梦梦的手说道。

"你……"乔梦梦还想说什么，陈池已经拉着关风一起向前走去，他虽然看起来没问题，但是走路还是有些勉强。

乔梦梦叹了口气，只好坐了下来。

手机突然响了起来，有一条信息。

乔梦梦打开看了一眼，然后愣住了，几秒后，她给对方回了一个消息："我马上过去。"

第十七章　复仇

杜晓梅看着眼前的男人，他是那么陌生，却又那么熟悉。就像是一个藏在水里的月亮，镜中的鲜花，明明已经靠近，却怎么也看不清楚。

"很抱歉，新婚之日把你带来了。"男人打破了沉默，他说话很温和，像是一个犯错的孩子。

"没事，你也看到了，那不是我要的婚姻。"想起雷平，杜晓梅的眼泪不禁落了下来。自从他们的故事被网友推到风口浪尖后，雷平就变了，他们之前最单纯的感情故事变成了他对外牟利的手段。雷平利用这点，拿了很多钱。他们之间的爱情越来越少，最后只剩下一个对外宣称的故事。

"你一定好奇为什么我会找到你吧？"男人倒了杯水，放到了杜晓梅旁边。

"是，确实很奇怪，我一直想知道的是，我们是不是见过？又或者我们之间是不是有过什么？"杜晓梅点点头。

"我给你讲个故事吧。听完你就会明白。"男人点了一根烟，轻轻抽了一口，氤氲的烟气在眼前慢慢飘散，他的样子也有点模糊，只不过他声音清晰地讲起了故事。故事很简单，男孩和女孩在网上认识，因为女孩双腿残疾，历经各种艰辛，两人最后走到了一起。可是，等他们准备结婚的时候，女孩却失踪了。男孩找遍所有地方，都没有找到。直到后来，有一次，男孩和同事帮人做了一件私活，然后男孩突然看到了女朋友，确切地说，那是男孩女朋友的尸体，她的很多器官已经被人拿走，只剩下一具空壳。男孩想办法把女朋友的空壳尸体带走了，并且开始调查女朋友被害的真相，甚至女朋友身体内的器官去了哪里他都调查得一清二楚。

"我换的这颗心脏难道是……"听完男人的话，杜晓梅不禁脱口说道。

"不错，你现在的心脏的确是我之前女朋友的。所以你才会觉得我这么熟悉。同样，你才会什么都不想直接跟我走。"男人说道。

"为什么不报警呢？"杜晓梅问道。

"没有证据，再加上很多事情不是想象中那么简单。"男人摇了摇头，一脸悲伤地说道。

"这真的太难过了。"杜晓梅说道。

"不，我不难过。我要让所有害她的人都付出代价。"男人冷哼一声说道。

"你应该报警，警察肯定会查出来的。一个人的力量太薄弱了。"杜晓梅劝他。

"你说得对，我让你过来就是希望你能帮我一个忙。"男人看着杜晓梅说道。

"你说。"杜晓梅抬起了头。

"你跟我来。"男人说着带着杜晓梅向前走去。他们离开了房间，走到了院子里，然后向旁边的一个地下室走去。

杜晓梅心悬在嗓子眼里，但是她并不害怕，反而希望能和男人就这样一起走下去。杜晓梅跟着男人越往下面走，她的心跳得越快，几乎要从嗓子眼里蹦出来。他们来到地下室，推开一道铁门，然后走了进去。

男人摸索了一下，打开了灯，光亮照亮了里面的情景。中间有一个插着电的冷棺，发着嗡嗡的声音，旁边还有一张床，其他的都是一些杂七杂八的东西。

看到那个冷棺，杜晓梅心跳骤停，她慢慢走了过去，然后看到了冷棺里的人，那是一个面色灰暗，皮肤甚至有些发黑的死人，不过因为冷棺的低温看上去还没那么糟糕。

不用说，冷棺里的人就是男人的女朋友。

"我还有一件事情没有做完，等我做完了，你帮我一个忙。或者，到时候再说吧。"男人话到嘴边了，又咽了回去。

"你想说什么？"杜晓梅看着他。

"到时候我再和你说吧。对了，你现在有什么感觉吗？"男人指了指心脏的位置。

"先前感觉挺强烈的，这会好很多了。毕竟，这个心脏原本是属于她的。她们此刻重逢，自然是高兴得很。"杜晓梅说道。

"谢谢你。"男人真诚地对杜晓梅说道。

杜晓梅没有说话，她不知道此刻说出的话是自己的话，还是内心说的话。

从地下室走出来，男人推开了旁边一个房间的门："这是当初我们准备结婚时布置的房子，一切都没有变。如果可以，你今天就在这里睡吧。明天天亮了，你想回去了，再回去吧。"

杜晓梅没有说话，她看着眼前房间的布置，一切看起来是那么熟悉，那么顺眼，但是却是第一次见。她慢慢走过去，抚摸着房间里面的家具，最后坐到了床上。

男人轻轻关上了门，然后离开了。

夜色阑珊，星星挂在天上不说话，像是谁的秘密。

男人重新来到了地下室，然后推开门，走到冷棺的前面，看着冷棺里的女人，他伸手摸索了一下，然后低声说道："今天就是最后一个了。"

男人戴上口罩，走到了冷棺后面对着的房间里，然后拉开了灯，里面有一个光着上身的男人，他被铁链绑着，听到响声，立刻大声叫了起来。

"鬼哥,你好,终于轮到你了。"男人蹲到了那个被绑男人的面前。

鬼哥愣住了,他盯着眼前的男人,他觉得似乎在哪里见过他,但是却又想不起来。不过眼前他知道,对方一定是为了那个双腿残疾的女孩而找自己的。

"鬼哥,你做了太多亏心事,走私人体器官,甚至还找一些活人做犯罪的事情。这些事情加起来,你死了都不够偿还他们。不过如果让警察就这么带走你,太便宜你了。你还记得她吗?"男人说着从手机里翻出了一张照片。

"是她?"看到照片上的人,鬼哥惊声叫了起来。然后他顿时明白了过来,大声喊道:"果然,果然是为了她。"

"还有你更想不到的。"男人收起了照片,轻轻取下了他脸上的口罩……

第十八章　婚礼变故

　　林城华天大酒店 10 楼 1012 房间是案发现场，这个房间正对着电梯口。陈池和关风走进去的时候，正好看到勘查现场的人从里面出来，林刚和一名法医正在说话。看到陈池他们，林刚挥了挥手。
　　"现场情况怎么样？"关风问道。
　　"这是勘查现场的法医，他可以详细介绍一下。"林刚指了指对面的法医说道。
　　"我们进去说吧，正好尸体还没有抬走。"法医说着带着他们走进了现场。
　　陈池和顾美玲走在后面，他因为身体还没恢复，所以顾美玲扶着他。走进房间里，陈池四下看了看，这是一个酒店套房，因为是做新房用，所以里面布置得非常喜庆，从地毯到桌子上的装饰品，都用的红色，里里外外，都能看得出来是精心布置的。
　　死者雷平就躺在卧室的旁边，他光着上身，躺在地上，下身穿了一条黑色的内裤，因为伤口多处在后背，所以血将他的后背几乎染红了，粗略数一下，他的前胸后背应该被刺了十几刀。
　　新婚之夜，遭遇这样的杀害，对谁来说都是感觉特别难过的，尤其是他们两个是网络上很多人看好的一对。
　　"死者死亡时间是夜里十一点半左右，他的伤口在胸前，应该是一种锐器，对方先刺在了死者的胸口，然后死者倒在了地上，也就是现在死亡的位置。然后凶手又冲上去在死者后背刺了多刀，直到死者没了呼吸。"法医根据现场的情况简单介绍了一下。
　　"新娘呢？酒店的工作人员有什么异常吗？"陈池问道。
　　"不见了，我们来的时候也发现了这个问题，根据酒店的监控，死者被杀前半个小时，新娘和一个陌生人离开了酒店。韩队长他们走访了酒店的工作人员，没什么发现。"林刚说道。
　　"监控拍到了陌生人？那好办了，让韩队长多派人手，相信很快能找到嫌犯。"关风说道。
　　"只是拍到一个背影，确定对方是一个男的，其他的画面基本上没有什么线索。"旁边的林刚说话了。

陈池蹲下看了看雷平的尸体，他的脸上还有残余的妆，婚礼的幸福余晖还没有散去，而此刻却已经成了一具冰冷的尸体。这背后会是一个怎么样的真相呢？在来的路上，顾美玲简单地把雷平和杜晓梅的事情告诉了他。陈池对他们的事情有所耳闻，但是并不真正了解。实在没想到，如此令人期待的一场爱情，到了修成正果的时候，却出了这样的意外。凶手这么做，真的让人气愤。

杜晓梅在雷平被杀半小时前离开了现场，半个小时后雷平被杀。也就是说，凶手杀人的时候只有雷平一个人在。杜晓梅为什么离开了雷平？这本是他们的新婚之夜，可是杜晓梅却和另外一个陌生男人离开了，并且雷平应该也是知道的。这段爱情出了什么问题呢？

"在想什么呢？"旁边的关风突然拍了陈池一下，陈池这才发现自己竟然用手指在死者雷平的尸体上面轻轻画着圈。

"不好意思，刚刚想事情太入神了。"陈池慌忙站了起来。

扑哧，旁边的顾美玲不禁笑了起来。

"有什么想法吗？"林刚咳嗽了一下，转移了话题。

"其实现在关键问题在杜晓梅身上，昨天晚上本来是他们的新婚之夜，可是看监控她却和一个陌生男人离开了。那个陌生男人是谁？会不会就是凶手呢？这些是这个案子的重点，至于雷平的死，我觉得这个没什么，普通的杀人方法而已。凶手敲开门，当时雷平肯定以为是杜晓梅回来了，所以才只穿了一条短裤，结果没想到来的是凶手。凶手在雷平毫无防备的情况下，直接刺中了他的胸口，然后便是一阵殴打，最终在雷平身体不支摔在地上的时候，凶手再次扑上来，对准他的后背进行连续刺杀，直到其身亡。"陈池推测了一下当时雷平被杀的情况。

"不会是杜晓梅出轨了，情夫来杀人的吧？要是这样，他们的情况可真的比电视剧剧情还要令人意外啊。"顾美玲突然说道。

"你们说这个案子和我们调查的案子有关系，在哪里？"陈池抬头看了看林刚。

"你不说，我还忘了。在这里。"林刚说着蹲下身，指了指雷平的胸口，"这里有一个恶鬼像，我们现在调查的案件里都发现了这个恶鬼像。"

陈池仔细看了看，雷平的胸口上，透过那些血迹，隐约可以看出来一个恶鬼像。因为有些地方被血浸透，所以不是特别清楚。

"这几次的凶杀案中，铁头，和尚，他们的死亡现场都出现这个恶鬼像的东西。我查过这个恶鬼像，这是一个救赎的意思。凶手每次在现场都会留下这个东西，这个恶鬼像对凶手非常重要，只是不知道它对凶手到底有什么意义。"顾美玲说着叹了口气。

这个时候，韩民从楼下跑了上来，他急匆匆地说道："杜晓梅回来了。"

这个消息让所有人喜出望外，他们顿时跟着韩民一起下了楼。

杜晓梅是自己回来的，楼下的酒店前台说她看起来似乎并不知道雷平被杀了，听人说起的时候，杜晓梅顿时惊呆了，一个人坐在那里，无论谁跟她说话都一语不发。

关风走过去想说话，顾美玲却拦住了他，然后顾美玲走了过去，坐到了杜晓梅的身边。

陈池他们坐到了旁边，时不时看看旁边的杜晓梅和顾美玲。

"鬼哥那边什么情况？"林刚问了一句。

"那边提起过一件事，他们曾经帮一个客户做过一副人皮婚纱手套，然后绑架过一个女孩，用女孩身上的部分皮肤做材料，结果没想到在给女孩做缝合手术时出了意外，于是他们便杀了女孩。本以为自此无事，结果当时参与那场交易的人一个接一个出事，所以他们怀疑凶手和当时他们杀害的那个女孩有关系。我来这儿之前让乔梦梦去查了，不过，茫茫人海，也不知道好查不好查。"陈池说道。

第十九章　疑点重重

"那个女孩我见到了,不,我见到的是女孩的尸体。"旁边的杜晓梅忽然说话了。

"什么?"林刚回头看了看杜晓梅。

"那个女孩的尸体只剩下一个空壳,器官都被他们挖走了。他杀人是为了给女孩报仇。"杜晓梅说道。

"他在哪里?你知道地方吗?能带我们去吗?"陈池问道。

"我知道,他说我的心脏就是那个女孩的,他让我带你们过去。"杜晓梅点点头。

调查组由杜晓梅带路,来到了凶手的住处。这个深藏在林城一个很普通的住宅区的楼房里的人,就是他们寻找已久的凶手,可惜,等他们赶到的时候,凶手已经死去,安然地躺在冷棺里面,和他的爱人手牵手,闭着眼睛,恍如两个熟睡的婴孩。

真相,杜晓梅全然知晓,她只是不知道该如何和警察说明。不过,经过顾美玲和陈池的引导后,她慢慢讲出了自己遇到的和见到的真相。凶手的真面目也缓缓被揭开。

恶魔像是凶手无意中看到的一个画像,然后他把它作为帮女孩复仇的标志。曾经他们有自己的名字和姓氏,男的叫梁飞,女孩叫顾安安,他们通过网聊相识,因为女孩双脚残疾,两人差点错过彼此。最终,他们走到了一起。梁飞成了林城一家医院的医生,顾安安则在家里做兼职,守候他们未来的家。顾安安希望在结婚的时候,能穿上她亲手缝制的婚纱,可惜在他们即将结婚的时候,顾安安失踪了。

为了找到顾安安,梁飞辞去了医生的工作,用尽各种办法。等他找到女孩的时候,顾安安已经奄奄一息。他把女孩的尸体带走了,然后用自己的方式珍藏了起来。他知道女孩一定死不瞑目,那件婚纱还没有完成,于是他决定帮女孩完成,用那些伤害女孩的人的生命来完成。

杜晓梅换下来的心脏,就是顾安安的心脏。所以,她在结婚的时候,看到梁飞,才会莫名地感觉熟悉,甚至愿意被梁飞拖着手离开雷平。虽然顾安安已经死了,但是她的心还爱着梁飞,即使她换了身体,心却没有变。

在冷棺的旁边,还有一个被杀死的人,他不是别人,正是鬼哥。

见到梁飞的样子,陈池才明白为什么铁头、和尚、鬼哥能这么容易被人杀死或者被人绑走,因为梁飞不是别人,正是马蜂。在梁飞的住处,警察找到了日记本,上面记录了梁飞到鬼哥身边后的一些事情。

梁飞因为觉得医院工作赚得太少,曾背地里兼职偷偷帮鬼哥做一些事。可是他怎么也没想到有一天会在鬼哥那里见到自己心爱的人,并且已经濒临死亡。从那以后,他的心里便只剩下了仇恨,他要为顾安安报仇,那些伤害过顾安安的人,全部都要付出代价。

这个案子的结束有点突兀,真相仿佛一下子就出现在了眼前,这让陈池他们有些不适应。不过秦政说了,查案自然会面对各种各样的案子,有的甚至是凶手主动自首的,只要能找到真相就行,不错杀一个好人,不放过一个坏人。

后面的手续交给了韩民他们。重新回想整个案子,陈池想起了自己在鬼哥身边卧底的时候,梁飞(马蜂)的话很少,看上去总是满腹心事。现在看来,当时他一定是在策划复仇。陈池无法想象,梁飞每天除了要应付鬼哥他们,晚上竟然还出去杀人。

梁飞是为了给顾安安报仇,为什么放过了马爷和梅花九呢?

一堆解不开的问题,让陈池有点头晕,他站起来走出了办公室。经过法医科的时候,看到那里还亮着灯,于是陈池走了过去。法医科里,法医薛明还在查看资料,登记信息。

"老薛,怎么还没回去?"陈池不禁走过去问道。

"今天现场的三具尸体的一些数据还没做完。对了,刚才还发现个情况,准备明天跟你们说的,这个梁飞也做过心脏移植手术。"薛明说道。

"梁飞也做过心脏移植手术?"听到这里,陈池顿时皱紧了眉头。

"我发现他移植的心脏是人工心脏,应该是价格不贵的,用不了多久。"薛明点点头说道。

重新回到办公室,陈池盯着黑板上的案件分析图。

最开始的伤者是陶美美,梁飞绑架她后并没有杀了她,而是将她的双手砍掉,用的是一把印有恶鬼像的斧头。接下来便是铁头和他的两个手下,杀死铁头后,梁飞在他的胸口刺了一个隐性的恶鬼像形状。然后是和尚和他的手下被杀,同样现场也发现了恶鬼像。最后是雷平和鬼哥。

结案报告中,韩民是以梁飞用恶鬼像为复仇标志为顾安安报仇来结案的,但是在这几个受害者中,有几个比较牵强,比如陶美美和顾安安并没有什么直接恩怨,她和顾安安被绑架的事情没有任何关系,为什么会被梁飞带走并且伤害呢?当时调查组猜测,陶美美会不会和马爷他们接的那个人皮婚纱手套的客户有关系,因为正是那桩生意让马爷绑走了顾安安。但是经过调查,并没有任何发现。

相反马爷和梅花九也算是绑架顾安安的人,但是为什么梁飞没有对他们下手,尤其是马爷,他是整件事情的策划者,按说梁飞应该第一个杀了他的。

陈池走到黑板前，拿起笔在上面加了两个信息，一个是关于雷平和杜晓梅的信息，一个是梁飞也做过心脏移植手术。

雷平和杜晓梅与梁飞和顾安安唯一的关系便是顾安安的心脏移植到了杜晓梅的身上。当初顾安安的心脏应该在鬼哥手上，是谁将她的心脏送到了杜晓梅的病房呢？媒体爆料的神秘人是谁呢？雷平作为杜晓梅生死患难，不离不弃的男朋友，为什么会被梁飞杀死呢？

第二个信息，梁飞也做过心脏移植手术，为什么移植的是人工心脏？

陈池感觉要被这些谜题撑破了脑袋，这时候，他忽然想到一个办法，于是站起来推门走了出去。

陈池找到了丧鸡。

在鬼哥那里，丧鸡和陈池以及梁飞关系最好。

"真没想到，一个是警察，一个是凶手。我真算倒霉到家了。"丧鸡哭丧着脸说道。

"至少都没害你。"陈池说道。

关于梁飞的情况，丧鸡回忆片刻后告诉了陈池。梁飞比陈池早来几个月，别看梁飞不吭声，但是他很有能力。那段时间很多事都是他做的，包括对一些器官的保存、出售。丧鸡现在回想起来，才发现当初梁飞看到顾安安的身体时的反应太过异常，不过当时大家都挺异常的，因为毕竟是一个还没有完全死透的人。梁飞当时当机立断，说要用顾安安的器官，需要马上动手，因为如果人死了，很多器官就用不了了。鬼哥同意了，让梁飞和那个地下医生在一起做事，他们做了三天三夜，终于按照鬼哥的要求，完成了一切。

"那梁飞当时有什么异常吗？"陈池问道。

"他很疲惫，几乎都站不住了。那个和他一起的医生说他需要好好休息，梁飞后来休息了四五天才缓过神。"丧鸡想了想说道。

"那个地下医生叫什么？你知道吗？"陈池心下一动，脱口问道。

"上次在马爷那儿不是说了，那个地下医生死了，好像被人杀了。"丧鸡说道。

"那如此一来，梁飞和那个医生在一起做的事情就没有人知道了。"陈池叹了口气。

"他们能做什么事情？无非就是那些人体器官了，反正别人也不懂这个。"丧鸡说道。

"鬼哥之前出售人体器官的账本你知道在哪里吗？"陈池想了想问道。

"鬼哥被杀的那天，警察带人过来全部拿走了。不过我这儿还有一份备用的，你现在要看我给你拿，或者你回去找你同事看去。"丧鸡说道。

"现在我看下吧。"陈池说道。

第二十章　始作俑者

马爷走到地下车库,他感觉有人在跟踪他,不过每次回头却没有任何发现。这种感觉自从梁飞自杀后已经没有了,现在却又突然出现。他决定走慢一点,看看到底是谁在后面。

果然,他往前走了几步,后面的人又出现了,蹑手蹑脚地。马爷走到前面拐弯的地方,闪身侧贴到了旁边的墙壁上,那个人走了过来,马爷一下子跳出来,卡住了对方的脖子。

"啊,啊。"对方尖叫了起来,不过因为脖子被卡着,只能发出低沉的声音。

马爷仔细一看,对方竟然是一个20多岁的女孩,他顿时松开了手。

"为什么跟着我?"马爷问道。

"你,咳,咳,你。"女孩咳嗽了几下,慢慢缓过来。

"你不是那个……"马爷看着女孩有点熟悉,名字到嘴边却说不出来。

"我是杜晓梅,是我举报了梁飞,案子才破的。"杜晓梅说出了自己的身份。

"对,是你。你找我什么事?"马爷认出了她。

"我们可以到车里谈吗?"杜晓梅看了看四周,然后说道。

"可以。"马爷说着走到车前,打开了车门。

两人坐进车里,杜晓梅说话了:"我想和马爷谈笔生意。"

"请说。"马爷看着她。

"鬼哥的冷库,现在只有我知道在哪里。我想马爷应该对这些东西有需求。"杜晓梅笑了笑说道。

马爷愣了下,然后微微点了点头:"你竟然知道阿鬼的冷库。"

"当然,马爷如果不需要,我可以找其他人聊聊。"杜晓梅撩了撩额前的头发。

"需要,我当然需要。不过,我也是有条件的。"马爷笑着,一只手放到了杜晓梅的大腿上,来回地抚摸着。

"马爷,你知道为什么梁飞杀了铁头、和尚和鬼哥,却没有杀你和梅花九吗?"杜晓梅没有动,也没有反抗,而是盯着马爷。

"为什么?"马爷问道。

"因为铁头和和尚都曾经侵犯过顾安安。"杜晓梅说道。

"你什么意思?"马爷脸皮颤抖了下问道。

"只是梁飞不知道,你也曾经侵犯过她,只不过你比较聪明,没有光明正大地去做。你迷晕了她,然后对她施暴,让她记不清楚。"杜晓梅往前凑了凑,一字一句地说道。

"你,你怎么会知道?"马爷惊呆了。

"你猜猜?"杜晓梅突然露出一个诡异的笑容,然后她的手上多了一个电击棒,对着马爷的脖子迅速按了过去。

马爷一惊,想要推开杜晓梅的时候已经晚了,一阵电流窜入他的身体,他眼前一黑,登时晕了过去。

杜晓梅发动了车子,向停车场出口开去。等到她来到出口时,忽然发现前面有一辆车停在中间,车里走下来两个人,来到了她的车子旁边。来人不是别人,正是陈池和顾美玲。

"杜小姐,等你很久了。看来马爷比起其他人,确实不好下手。"陈池看着车后面躺着的马爷,沉声说道。

杜晓梅看着陈池和顾美玲,松开了方向盘。

陈池和顾美玲将杜晓梅带回再次审讯的消息惊动了整个林城公安局,尤其是刑侦队,所有人认为这个案子已经结束了,可是陈池突然告诉他们,凶手并没有被抓住。这不禁让所有人都充满疑惑。

审讯室里,杜晓梅坐在陈池对面,顾美玲负责记录审讯过程。

"姓名。"

"杜晓梅。"

"年龄。"

"23。"

"职业。"

"无业。"

……

一些基本信息确定后,陈池开始了审讯工作。他端起面前的水,慢慢晃了晃,然后问道:"你喜欢菊花水还是白开水?"

"什么意思?"杜晓梅不太明白。

不只杜晓梅不明白,所有人都不明白。

"回答问题就好。"陈池说道。

"菊花水。"杜晓梅脱口说道,不过马上改口,"不,白开水。"

"为什么会是这样的回答呢?"陈池问道。

"两个都喜欢不可以吗?"杜晓梅反问道。

"那应该说是杜晓梅喜欢菊花水,梁飞喜欢白开水吧?"陈池说道。

"什么意思?"杜晓梅盯着陈池。

"好了,现在我来给你讲个故事,也许你就明白了。其实故事大家都知道,关于梁飞和顾安安的。只不过有一些内情,大家不清楚,比如梁飞也换过心脏。"陈池说着站了起来,"梁飞之所以换心脏其实很简单,是为了救心爱的女人顾安安。当初他发现顾安安奄奄一息的时候,不希望爱人就这么离开,于是,他做了一个大胆的决定,那就是将顾安安的心脏取下来,安到了自己的身上。这样一来,他和顾安安就能在一起了。幸运的是,顾安安的心脏成功安置到了梁飞的身上,然后他便开始了自己的复仇计划,说白了,复仇的就是顾安安,她的心脏驱使着梁飞杀人。她要把所有伤害过她的人全部杀掉,起初是陶美美,因为陶美美是梁飞一直都很喜欢的一个钢琴师,顾安安嫉妒她,所以她驱使着梁飞对陶美美下手。刚开始,他们并没有杀害陶美美,而是砍下了她的手。接下来,才是顾安安对伤害自己的人复仇的真正时刻,铁头和他的手下,和尚和他的手下,以及鬼哥,这些人在绑走顾安安后,都曾经侵犯过她,所以她才会驱使梁飞杀了他们。"

"你在说什么?"杜晓梅冷哼一声问道。

"我说的话你很清楚,因为顾安安的心脏在梁飞的体内驱使其办完这一切后,梁飞又把顾安安的心脏给了你。然后梁飞带你到他和顾安安所在的地方,完成了他和你之间顾安安的心脏交接,同时让一切真相浮出水面,想要了结此案。我一直不明白,为什么梁飞要杀了雷平,现在看来,应该是雷平发现了你们之间的秘密,所以杀他灭口吧?现在你明白我的问题了吗?我该称你为杜晓梅,还是顾安安呢?"陈池冷声问道。

看着监控器的调查组和刑侦队的人们震惊了。他们怎么也没想到,陈池会提出这样的推理。

"梁飞已经死了,你爱怎么说就怎么说,证据呢?"杜晓梅说道。

"这是鬼哥冷库里的器官出入记录,三个月前,梁飞为了救顾安安,将他的心脏拿出来,换上了顾安安的心脏。一个月前,梁飞将顾安安的心脏取出来,放到了你的病房,然后让它进入了你的身体里面。你要证据,其实很简单,顾安安在三个月前就死了,她的心脏即使用最先进的办法来保存,也支撑不到给你移植的时候,能够做到的话,只有一个办法,那就是把它移植到梁飞体内存活。"陈池说道。

"那梁飞呢?如果他在一个月前将顾安安的心脏移植给我了,他又怎么活?"杜晓梅问道。

"法医已经解剖了梁飞的尸体,他在取下顾安安的心脏后,安置了一颗用不了多久的人工心脏。"陈池说道。

"你说什么?"杜晓梅惊呆了。

"他知道自己活不了太久了,为了帮助你,所以选择用人工心脏来支撑最后一段时日。他这么做,是希望你能好好活下去。梁飞自以为利用恶鬼像,可以让我们相信这一切都已经结束了。可惜,你这条只剩下心脏的生命,已经被复仇蒙蔽，你在进入了杜晓梅的身体后，依然选择要复仇，所以我猜想你应该会去找马爷。一切已经结束了，你又何必如此执念？梁飞为了你，已经牺牲了太多，并且心甘情愿做你的工具，可是你却依然不甘心，想让杜晓梅再做你的工具。顾安安，你只剩下一颗心了，难道还不明白吗？只有放下一切，才会心安。"陈池厉声说道。

　　杜晓梅捂住了双眼，然后低声哭了起来，继而放声大哭。

第二十一章　往事

案子的真相令人唏嘘不已。

陈池没有再跟进后面的进展。

那个给马爷下订单制作人皮婚纱手套的人，刑侦队韩民会继续跟踪。马爷对犯罪事实也供认不讳，陈池想很有可能梅花九也会落网。现在想想，总的来说，他的卧底工作也算不错，至少抓住了马爷。

手机响了起来，是乔梦梦打来的电话。

"在哪里？"乔梦梦问道。

陈池这才想起来，自从乔梦梦把他救回来后，后面审讯工作，乔梦梦都没出现，也不知道她去了哪里。

"汽车站门口有个咖啡厅，你过来一下，有个人想见你。"乔梦梦说完挂掉了电话。

陈池犹豫了一下，然后转动方向盘，掉头向汽车站开去。

停好车，陈池看到了乔梦梦说的那个咖啡厅，他推门走了进去，看到乔梦梦和一个女人坐在一起，那个女人背对着门，看不清样子。

"什么人啊？"陈池走到她们身边坐了下来，看到对面的女人，他愣住了："是你？"

"是我。"女人是阿影，她依然戴着口罩，看不清样子。

"当初你被马爷抓住，是阿影带我救了你。"乔梦梦说道。

"是，是吗？有一点印象，谢谢你。"陈池说道。

"这次我找你是希望你能帮个忙。"阿影说道。

"你不会让我放了马爷吧？"陈池笑了起来。

"是的，确实是这样。马爷是我的救命恩人，我必须救他。"阿影一本正经地说道。

"这不可能，我是警察，马爷是犯罪嫌疑人，我不可能做这种事情的。"陈池摇了摇头。

"一年前，你曾经为了你的父亲，做过这样的事情，难道不记得了吗？"阿影说道。

"你到底是什么人？一年前，一年前我的确帮我父亲做过这样的事，可是结局呢？我依然救不了我的父亲，从那一刻开始，我对自己说，我不会再做这种让自己抱憾终身的事情。"陈池的情绪一下子激动起来。

"你不需要做什么的，我们的人会想办法。"

"好了，不要再说了。我走了，你救我的事情我会记得的，除了违法的事情，我什么都可以答应你。"陈池说着站起来，转身准备离开。

"陈池。"阿影一下子拉住了他的手，然后从背后抱住了他。

"你干什么？"陈池往后退了一下，想要甩开她，阿影摘下了她脸上的口罩，露出了一张清秀的脸，只是此刻脸上挂满了泪珠，眼里全是哀伤。

"苏梅，怎么会是你？"陈池心头一震，登时愣在了那里。

"是我，陈池。"苏梅抱住了他，低声哭了起来。

苏梅，那个当初救了他，将他带到苏家村的女人，如果不是她，陈池早已经死在了那个大雨倾盆的夜里。

一杯咖啡重新续杯，一首音乐从头开始。

谁还记得是谁先说离开。

乔梦梦不知道什么时候离开的。

最后，天黑了。

陈池和苏梅离开咖啡厅。

他们谁也没说话，甚至没有告别，最后分开。

陈池回到了车里，坐了很久，然后发动车子向林城公安局开去……

第二卷 幽灵的谎言

楔子

2019年4月，安城。

春雨贵如油。

虽然已经是晚上，但是因为一场雨的缘故，人们纷纷走上街头，呼吸着雨后清新的空气，享受着春天带来的舒爽。

陆飞翔拿出手机，看了看微信，那个人还没有回复。他犹豫了一下，给对方再次发了一条消息。

"马路街梅姐足疗店，去得晚就没人了。"对方终于回消息了。

马路街是安城一条比较特殊的街，这里白天没有人，所有的门面房也都紧闭着，可是到了晚上却热闹非凡，两边的门面房全部开放，每个门面房门口都会站一个浓妆艳抹、搔首弄姿的女人，有人经过，尤其是男人，那些女人便会热情地打招呼，有的甚至直接拉着客人往门面房里面走。

走到街口，陆飞翔有点犹豫了。这样的街道，他当然知道是做什么的。如果被人发现，他都不知道该怎么解释。他真后悔没有和同事一起过来。这是神秘人提供的线索，他本来将信将疑，也不知道真假，没想到对方给的位置竟然在马路街。

算了，已经走到这里。陆飞翔咬了咬牙，向马路街里面走去。他一边拒绝着那些女人的热情呼喊，一边看着两边的招牌，终于，在不远处，他看到了对方说的那个梅姐足疗。

梅姐足疗和其他门面房一样，只不过门口没有人，里面亮着灯，粉色的灯光带着暧昧的气息。陆飞翔敲了敲门，发现门竟然没有关，自己开了。

"有人吗？"陆飞翔边问边往里面走去。

屋子里面静悄悄的，陆飞翔扫了一眼，里面很小，只有一张桌子和一个躺椅，旁边的桌子上放着一些化妆品。旁边拉了一个小布帘，陆飞翔走过去拉开了小布帘，然后看到里面有一张床，床上趴着一个女人，光着上身躺在床上，背对着陆飞翔。

"不好意思，不好意思。"陆飞翔慌忙低下了头，拉住了布帘。

可是，等了半天，陆飞翔也没听见里面的女人有任何反应，确切地说，女人在里面好像没有发出任何声音。他不禁再次问了一下："你好，能听见我说话吗?"

女人还是没有任何声音。

陆飞翔心里顿时有种不好的感觉，尤其是想起那个神秘人说的话，去得晚就没人了。想到这里，他再次拉开了布帘，直接走了过去。

女人躺在床上，脸朝下，身体一动不动，下面全部是血，因为被女人的身体压着，所以看不出来。

陆飞翔伸手在女人的鼻息间探了一下，早已经没了呼吸。

陆飞翔拿起手机，刚准备报案，突然听见旁边的衣柜里传出轻微的声音。陆飞翔收起了手机，然后拿起旁边一根木棍，慢慢向衣柜走去。

衣柜里没有人，空荡荡的。

陆飞翔松了口气。

这时候，忽然有人从背后勒住了他的脖子，然后一个带着刺鼻气味的毛巾盖在了他的口鼻上，他用力挣扎了几下，对方松开了他，不过很快他的眼前开始发晕，他想看清楚身后的人，但是整个人却栽倒在了地上。

不知道过了多久，陆飞翔被一阵嘈杂的声音惊醒。他睁开眼，发现自己竟然被人绑着，旁边是几个女人，还有两名警察，正在向那几个女人询问着什么。

"他醒了，警察同志，他醒了。"一个女人看到陆飞翔醒过来，慌忙说道。

两名警察转头看了看他，然后没有理他，继续和那几个女人说着什么。

"是110的同志吗？"陆飞翔费力地抬起头，冲着那两名警察喊道。

"是，刑侦队的人正赶过来。"一名警察回答了他的问题。

"我就是刑侦队的，我口袋里有证件，我有警官证，我来这里是查案的，你先把我扶起来。"陆飞翔说道。

那两名警察对视了一下，然后走了过来，将陆飞翔拉了起来，但是并没有解开他身上的绳子。

"我叫陆飞翔，安城公安局刑侦队二大队的，我来这里是查案的，然后被人袭击了。"陆飞翔舒了口气，然后介绍了自己的身份。

这时候，有人走了进来，为首的是一个面目阴沉的男人，他看到屋子里的情况，不禁皱了皱眉头。

陆飞翔看到来人，于是喊道："梁队，梁队。"

"好像是二队的陆飞翔。"梁队旁边的人轻声说了一句。

"怎么回事？"梁队走过来询问旁边的警察。

"我们接到110报警说这里有人杀人了，然后过来看现场，发现一个女人死在了床上，这个人在现场晕倒了，他的手里拿着凶器，是周边的群众将他绑了起来。我们进来后怕破坏现场，所以没有动。"那名警察说了一下情况。

"梁队，我是冤枉的，我是来查马佳瑶的案子的，我中了对方的圈套。你可以让马队过来吗？"陆飞翔大声喊了起来。

"马队现在正忙着呢。你放心,你要是被冤枉的,肯定没事。看看现场,法医过来了吗?"梁队对旁边的人交代了一下,开始工作。

陆飞翔太了解现场勘查取证过程了,法医过来后先是查看了死者的基本信息,然后又对他进行了一些指纹取证。

一直到凌晨三点,陆飞翔才被人松开了绳子,并且要把他送到派出所暂时安置。

"梁卫国,你什么意思?"陆飞翔彻底被惹恼了,大声叫了起来,"我要见马队,我要见侯局。"

"陆飞翔,这些要求不是不可以,只是得等等。不过我觉得你也没必要见领导,法医那边刚刚确定了,你手上凶器的指纹和现场的一些痕迹,都证明你就是凶手。"梁队走到他身边说道。

"这不可能,我是来查案的,我为什么要杀人?"陆飞翔大声问道。

"这自然要你告诉我们了,也许是你做了什么事,比如光顾了人家生意,不愿意给钱。"梁队冷哼一声说道。

"你胡说八道!"陆飞翔一听,顿时火冒三丈。

"老子是讲证据的,我们都是刑侦队的,没有证据,谁会乱说?法医在垃圾桶里找到了安全套,化验了里面的精液,发现和你的符合率高达百分之九十九,这你怎么解释?查案来马路街查?查案查到床上去了?"梁卫国一把揪住了陆飞翔的衣服领子,大声喊道。

"这不可能,不可能啊。"陆飞翔呆住了。

"知法犯法,别说马良民,就是侯局长也保不住你。你最好老实交代,否则,我们整个安城刑侦队都要被你拖累了。"梁卫国说着松开了陆飞翔。

陆飞翔呆滞地看着眼前,一屁股坐到了地上……

第一章　调令

2013年5月,陈池在与嫌犯搏斗中受伤,在医院抢救时,一个谁都没想到的人取走了他脸上的氧气罩。所幸的是,当时陈池已经醒过来。为了避免再次遭遇不测,陈池趁对方不注意,从病房跑了出来,慌乱中他从医院的天台栽了下去,正好摔到了一辆路过的运输车里。

当时,整个城市大雨倾盆。冰冷的雨水浇醒了陈池,他在运输车快要到终点的时候,挣扎着从车子里跳了出来,然后落在了一个陌生的路口。

与苏梅的相识就是在那个雨夜,那个陌生的路口。苏梅路过,看到了大雨中的陈池,于是将他救起,带他回了苏家村。

苏家村是苏梅的老家,这里的人与外界交往不多,对陌生人更是非常不信任。苏梅为了让陈池留下来,做了很多保证,甚至和村子里的人说陈池是她的男人。养伤的那段时间,陈池一直和苏梅的妹妹苏小葵在一起。关于那段时间的记忆,陈池已经记不清了,他只记得后来苏梅为了让他和苏小葵离开,在一个晚上偷偷送他们去了村口。当时,苏家村的很多人在后面追,苏梅转身回去帮他们拦住了那群人。

手机响了起来,是关风发来的微信。

"安城公安局的副局长铁生是我的同学,我已经跟他说了你的情况,到那儿他会照顾你。"

陈池收起了手机,没有回复他。

因为是苏梅的请求,他做了一件不该做的事情。他给马爷送了一碗红烧肉米饭,结果马爷吃完后,在拘留所用筷子自杀了。马爷本来已经准备交代了,一切都很顺利,可是在陈池送来这碗红烧肉米饭后却选择了自杀。这碗红烧肉米饭代表了什么?没有人知道。陈池成为重点怀疑对象,如果不是因为他之前屡破案件,再加上秦政帮他求情,他这次可能会被重点审查。不过,上面还是给了他一个惩罚,将他从调查组调到了安城公安局做一名普通刑警。

对于这个调令和分配,陈池毫无怨言。

离开的时候,陈池只告诉了关风,他不愿意看到组里其他成员的不舍与难过,尤其是乔梦梦,因为其他人不知道情况,乔梦梦是知道原因的,他甚至不知道该怎么和乔梦梦解释。所以,干脆就沉默到底。

车子忽然停了下来。

"干什么的？不要命了？"司机打开车窗大声吼着。

大巴里所有人都往外看着，陈池也往外看了一眼，只见乔梦梦和苏小葵站在车前，她们正一边和司机解释着什么，一边打量着车子里面。苏小葵眼尖，一下子看到了后面的陈池，于是她朝陈池跑了过来。

"陈池哥哥，你走怎么也不和我们说一声。"车窗外，苏小葵粉嫩的小脸上全是悲伤。

"你们怎么来了？快回去吧。"陈池不好意思地说道。

"走也不说一声，这是给你准备的东西。拿着吧。"乔梦梦说着把一个包递给了他。

大巴车重新发动了。陈池回过头，发现关风的车朝他开了过来，他叹了口气，没有说话。

两个小时后，车子到达安城。

陈池随着人潮走出汽车站，然后伸手拦了一辆出租车，直接去了安城公安局。

安城公安局的建筑风格和省公安局的建筑风格非常像，这让陈池想起了当年关风送他去调查组时的情景。那个时候他还不算一名标准的警察，没想到做了这么多年，还是没有改掉感情用事的毛病。

"是陈警官吧？"一个穿着制服的警察走到他面前，笑着问道。

"是，我是陈池。"陈池点点头。

"你好，我叫胡兵，这里的人都叫我胡子。铁局让我在这里等你，怕你来了不熟悉。走，我带你去办手续。"胡子热情地接过了陈池手里的行李。

铁局，自然是关风说的那个铁生。

在胡子的帮助下，陈池很快办理好了一切，然后来到安城公安局刑侦队。胡子给大家介绍了陈池，不过刑侦队的人对于陈池的出现没什么反应，仿佛没有听见一样。

"大家都忙，习惯就好了。"胡子有点尴尬地说道。

"没事的，理解。"陈池坐到了自己的位置上，然后开始整理东西。

陈池所在的刑侦队是安城公安局第二刑侦队，队长叫马良民，最近他们在负责一起毒品案，所以队里的精英都出去了，剩下的几个守大本营。对于陈池的到来，他们不屑理会。陈池倒也落个清闲，没事就看关于安城的资料和之前发生在安城的案件。

无所事事的日子过得飞快。这阵子，陈池观察到，有个50多岁的老人一直来找马良民，来过几次都没见着。陈池不禁问了一下队里的同事。

"你管那么多事干啥？要不是铁局长交代，早让你干活儿去了。"结果没想到，那个同事白了陈池一眼，将他撑了回来。

陈池想说什么，又不知道该怎么说，他有点气关风，这关风和铁生打了个招呼，倒让陈池成了同事眼里的特殊人物。

那个老人再次来刑侦队的时候，陈池正好在，于是便接待了他。

"马队长什么时候回来啊？"老人问道。

"这个不清楚，最近他在忙一个大案子。"陈池说道。

"这不行啊，同志，我儿子的事情得找他帮忙啊。"老人着急地说道。

"你儿子是……"陈池问道。

"我说陆叔叔，你别忙活了，这是从外地调过来的新人，你问他也是白搭。等马队长回来了，我让他第一时间跟你联系，可以吗？你别再为难我们了。"一个同事进来听见老人和陈池的对话，不禁插了一句。

"你，你新来的啊！怎么不早说？浪费我时间。"那个老人一听，顿时瞪了他一眼。

"我是新来的，不过……"

老人没有等陈池说完话，直接站起来甩手向前走去，和那个警察说起了话。

陈池愣了一下，然后无奈地叹了口气。

第二章　绑架案

安城光大酒店。

做完交接工作,已经是夜里一点多了。徐思琴打了个哈欠,揉了揉有点发麻的肩膀,准备下班。

徐思琴来安城光大酒店工作已经两个月零十八天,再过十二天,她就可以转正,成为酒店的正式员工。

换好衣服,徐思琴走出酒店,准备回宿舍。宿舍距离酒店不远,在对面不远处,走路几分钟就能到。

这时候,前面走过来一个人,他看上去50多岁,头发有点花白,走路很慢,并且猫着身子,捂着肚子,走到徐思琴身边的时候,他直接一下子坐到了地上。

"你怎么了?"徐思琴慌忙问道。

"老毛病犯了,姑娘,你能帮忙送我到前面吗?我家人在那儿等我。"老人指了指前面,那里是一个居民区的巷子口。

"来,我送你过去。"徐思琴说着扶起了对方,然后搀着他向前面走去。

"谢谢你啊,姑娘,你真是个好人。"老人说。

"没事。"

"这么晚了,你怎么还在外面啊?"老人问道。

"我刚下班。"徐思琴说道。

"真是太辛苦了。"老人说道,"不过,吃得苦中苦,方为人上人。"

"是啊是啊,你说得很对。"徐思琴连连点头。

"我到了,你回去吧。"老人的身体看起来好了点,他慢慢站直了身体。

徐思琴转过身,向前走去。

"对了,姑娘,忘了问你叫什么名字?我让家人好好感谢你。"老人干咳了一下问道。

"没事,不用了。"徐思琴拒绝了。

老人没有再说话,只是站在原地看着她。

徐思琴往前走了几步,回头看了一下,老人还在那里站着看着她,这让她有点不好意思,于是挥了挥手说道:"快回去吧。"

老人转过了身,颤颤巍巍地走进了旁边的巷子里。

徐思琴舒了口气，然后快速向前面走去。走着走着，她感觉身后似乎有人在跟着她，回过头看，却没有看到任何人。

四周静悄悄的，这一段路有点偏僻，没有路灯，只能借着月光照明。徐思琴刚刚落下的心顿时又跳到了嗓子眼里，她不禁加快脚步，快速向前跑去。可能因为跑得太急，地上有个坑没注意，一脚踩了进去，然后整个人一下子栽倒在了地上。

这时候，后面有个人影风一样跑到了她旁边，然后没有等徐思琴反应过来，对方已经压住了徐思琴的后背，然后一只手从背后伸过来，死死地捂住了她的嘴巴和鼻子。徐思琴想要挣扎，但是整个人身体被对方死死地按着，根本动弹不了，最后她感觉浑身酸软，眼前开始发昏，晕了过去。

看到徐思琴晕了过去，后面的人慢慢松开了她。然后，气喘吁吁地坐到了地上。后面的人不是别人，正是刚才让徐思琴送回家的求助老人。

老人将徐思琴从地上扶起来，然后像刚才那样让徐思琴的手搭着自己的肩膀，扶着徐思琴向前面的巷子口走去。远远看去，好像是徐思琴被老人搀扶着。

徐思琴做了一个冗长的梦，在梦里她看见自己被一只巨大的怪物追赶，她拼命向前跑，却逃不掉，那个怪物露出一张血盆大口，一口将她吞了下去。她吓得大叫起来，然后醒了过来。

"这是什么地方？"徐思琴这才发现自己手上竟然铐着一条铁链子，眼前黑漆漆的，什么也看不见。她试着往前摸索，却什么也没摸着，空荡荡的。晕倒之前的记忆漫上来，她这才意识到自己被绑架了。

"有人吗？有人吗？"徐思琴开始大声叫了起来。

"好了，别叫了，叫了也没用。"这时候，不远处突然传来一个低沉的声音，听上去似乎是一个男人。

"你是谁？"徐思琴一下子愣住了，又惊又喜。

"这重要吗？我们都被关在这里，连对方样子都看不清，只能通过对话来确认自己还活着。"男人说道。

"呜呜呜，呜呜呜。"忽然，角落里传来一个男孩子的哭声，听上去十二三岁的样子。

"肖宁，好了，别哭了，哭有什么用？"男人说了一声。

"赵大海，你说这人到底要干什么？把我们绑在这儿是什么意思啊？难道跟电锯狂人一样，要一个一个地杀了我们吗？"肖宁惊恐地说道。

"新来的，你叫什么？多大了？说说怎么被抓来的？"赵大海没有回答肖宁的问题，而是问起了徐思琴的情况。

徐思琴愣了一下，然后讲了她被欺骗，然后被弄晕的经过。

"嗯，林欣，用的手段和绑你的一样。"听完徐思琴的话，赵大海说话了。

"我们，我们这儿有几个人啊？"徐思琴愣住了，不禁问道。

"加上你四个。"赵大海说道。

"我想回家。"肖宁说着又低声抽泣起来。

其他人没有再说话,大家都沉默着。

黑暗的环境里,徐思琴有点不适应,迷迷糊糊地睡着了又醒,醒了又睡着,一会又做噩梦,让她几乎分不清是在现实还是梦里。

砰,不知道什么时候,突然传来了一阵声响,然后有什么东西落在了地上。其他人纷纷开始在地上摸索起来,徐思琴也跟着摸索了一下,竟然摸到了一瓶水和一块面包。早已经饥肠辘辘的她,立刻撕开面包塞进嘴里。其他人也饿坏了,大口大口地吃着。

一瓶水下肚,徐思琴的情绪稳定了很多,不过很快她就觉得困意十足,再次睡着了……

第三章　见面

林刚拧开车子上的收音机，里面正在播放一则寻人启事，他刚想换个频道，坐在副驾驶上的关风阻止了他。

"寻人启事，肖宁，男，12岁，安城一中三班学生，上身穿白色李宁牌短袖，下身穿牛仔裤，耐克运动鞋。于三天前失踪。希望广大听众朋友们能提供线索，联系电话：136××××3498；联系人：张警官。"广播里传来主持人的声音。

"这不是安城公安局提供给我们的案宗里失踪的人吗？"坐在后面的顾美玲说道。

"对，不只肖宁，短短半个月时间，失踪了四个人，有男有女，职业不同。"关风说道。

"这只是个失踪案，安城公安局怎么申请让我们过来？以往找我们破案，至少都是连环杀人案这种大案或者疑难案件。"林刚有点不太明白。

"一般来说，失踪案超过半个月，都会变成凶杀案。"顾美玲顿了顿又说，"会不会是因为陈池在那边，老秦才接了这个案子？"

顾美玲的问题，正是所有人心里想问的。安城这个案子说难不难，说不难也挺难。也许因为陈池被调到了安城，所以秦政特意接了这个案子，希望陈池参与进来，又或者说只是一个巧合？

"也不知道乔梦梦现在情况怎么样了？"林刚打破了沉默。

因为之前陈池是乔梦梦从鬼哥那里救回来的，所以在陈池涉嫌帮助马爷的事情上，乔梦梦也被怀疑，省厅方面还在对她进行调查询问，这次的案件，自然也无法参与。

"清者自清，如果她真的和陈池一样犯了错，那么自然要接受惩罚。不过大家也不用替他们担心，马爷的一个心腹在逃跑的时候被兄弟警方抓住了，很快会送过来进行审讯，他知道马爷所有的事情，即使马爷自杀了，他的秘密也会浮出水面。"关风说道。

"那太好了，如果马爷的事情清楚了，陈池和乔梦梦自然也就没事了。"顾美玲欣喜地说道。

"对了，我听说安城公安局刑侦队这边有两个支队，两个队长不太和气，经常对着干。"林刚跟着说了一个情况。

"这个事情我也听他们的铁局长说过，虽然两个支队不太和气，但是我们过来的话，他们应该会配合我们工作，就算他们两个支队都不愿意配合，总有一个人会配合的。"关风说道。

"你说陈池啊。"林刚顿时笑了起来。

"你这么一说还真是，不知道的还以为陈池是我们派过来做卧底的，哈哈。"顾美玲也笑了起来。

半个小时后，他们来到了安城公安局门口。

下了车，关风看到铁生和几名警察走了过来，然后笑呵呵地握住了他的手。

关风和铁生寒暄一番，然后一行人一起去了安城公安局会议室。

"来来来，老关，我给你介绍下。"铁生指着旁边几个人，他们是安城公安局的几名领导、刑侦一队队长梁卫国和刑侦二队队长马良民。

"早听说你这边两个刑侦支队，一个比一个厉害，今日一见这队长们，都是干将啊。两位队长，我们这次过来，还请你们多多配合啊！"关风笑着说道。

"关队长客气了，之前我去省厅学习的时候曾经听过你讲课，你才是我们需要学习的榜样。"马良民长相敦厚，眼神温和，说话慢条斯理的，字字清晰。

"就是，关队长，你是我们铁局长的同学，那肯定很厉害的了。"梁卫国也跟着说道。

"老关，你看，两名队长，你随便选，毕竟我这儿还有其他案子要跟，所以你就选一个跟着你们干事。"铁生指着梁卫国和马良民说道。

"铁局，我之前有个同事叫陈池，不是调到你们这边了，他在哪个支队呀？"关风问道。

"关队长，陈池在我这边。"马良民说道。

"那行，我们就选马队长这边吧。陈池是我们的老队员，正好可以协调一下，也方便工作。"关风说道。

"行，一切听你的。梁队长这边如果没事了，我也会让他过来帮你们。总之一句话，到了我这儿，你就别客气。"铁生拍了拍关风的肩膀说道。

接下来，铁生带着关风一行去了安城公安局旁边的宾馆。"你们就住在这里，开会的话就来我们会议室，二十四小时都可以。至于其他设备，你有什么需要给我打电话，我第一时间安排。"铁生说道。

"铁局长，你真是太贴心了。"顾美玲说道。

"你们是过来帮我们的，再说我和老关可是老关系。于公于私都要好好招待你们。"铁生说道。

"那什么都不说了，我们抓紧时间破案，等到案子破了的那天，好好喝几杯。"关风看了看其他人，大声说道。

调查组的大本营设在了安城公安局的第一会议室，2楼就是刑侦队办公的地方。关风安置好工作后，第一时间来到了2楼，然后看到了坐在电脑面前的陈池。

让关风没想到的是，陈池竟然在玩游戏，还是电脑里最基础的游戏，扫雷。

陈池玩得很专注，根本没有发现有人在后面。倒是马良民看到了关风，走过来的时候，陈池才抬起了头。

"你这挺悠闲啊！"关风开口说道。

陈池没有说话，拿起旁边一个案宗，打开表格，在上面开始输入结案报告。

"陈池刚过来，还不熟悉我们这边的流程，所以先让他做一些文案性的工作。"马良民说道。

"也好，让他先熟悉一下这里的工作。"关风咬着嘴唇，然后转身离开了，走到门口的时候，他忽然想起了一件事，回头说道，"马队长，让陈池把那四起失踪案的全部情况整理好，打印五份送到会议室。"

"好，好的。"马良民尴尬地笑了笑。

第四章　二选一

半个月前，林欣和男朋友分手了。说是男朋友，其实就是一个好吃懒做的花心大萝卜，不但花着林欣的钱，还背着林欣偷吃。要不是林欣的朋友亲眼看到，拍下照片和视频，林欣还会被他继续骗下去。

林欣生活在一个不幸的家庭，情商一直比较低，之前做过一个有钱人的情妇，还背着那个人和心爱的男人一起偷过对方的钱财，以为心爱的男人会对她好，结果对方却卷走了所有的钱，抛弃了她。后来，谈过几次恋爱，都被对方骗得团团转。林欣在酒吧工作，经常看到那些因为爱情喝得烂醉如泥、哭得一塌糊涂的人，没想到她也有这么一天。

那天她一个人喝了很多酒，后来一个男人坐在她身边，陪着她喝，默默地坐在一边，也不说话，没酒了就要酒。最后，林欣醉在了他的怀里，咻咻地笑着说："我宁可让你这个陌生人带我回家，也不要回去见那个混蛋。"

男人确实带她走了，不过不是回家，而是带到了地狱。

酒醒后的林欣发现自己被囚禁了，这真是屋漏偏逢连夜雨，刚脱离狼窝，又入了虎穴。林欣甚至想不起那个囚禁她的男人是什么样子，多大岁数，叫什么名字，那天她喝得晕晕乎乎，只记得男人说，有时候，命运这个东西，谁都无法掌握。好不一定是好，坏也不一定是坏。

接下来的半个月，陆续有三个人被送进来，他们都和林欣一样，不是被骗，就是被绑架过来。

四个人在漆黑的空间里，看不见彼此，只在上厕所的时候，有一盏昏黄的白炽灯。平常吃的都是面包、矿泉水、火腿肠这些速食品，已经让他们吃得几乎没有味觉了，再这样下去，可能他们不被饿死，也会疯掉。

今天，房间里的灯突然亮了，并不强烈的灯光让他们长时间在黑暗中的眼睛有点不舒服，过了一阵子才适应。然后，他们看到了那个绑他们过来的人，那是一个男人，穿着一件黑色的雨披，戴着口罩，看不清样子。

"你谁啊？"

"快放了我们。"

"你个王八蛋，我杀了你。"

"放了我们啊，你要钱吗？"

"求求你，放了我们吧。"

"你到底要做什么啊！呜呜呜。"

四个人从愤怒地咒骂慢慢变成了哀求地哭泣。

男人站在他们前面不远处，等到他们停下来后，说话了："每个人的命运都是自己无法掌握的，好不一定是好，坏也不一定是坏。你们知道为什么会被囚禁在这里吗？"

"不知道，不知道啊。"

"不清楚。"

"你到底要做什么，直说吧。"

回答不一，没有答案。

"那我告诉你们。"男人从口袋拿出了一张纸，然后看着上面的内容念了起来，"林欣，18岁那年，做了一个男人的情妇，他的老婆曾经央求你离开他，可惜你没那么做，后来他的老婆跳楼自杀了，你却和另一个男人偷走了男人的钱财，最后导致那个男的也跳楼自杀。"

林欣低下了头，一语不发。

"肖宁，9岁那年，你因为怨恨隔壁邻居，趁人不注意，偷偷溜进对方家里，将他年近70岁的父亲从楼梯上推下来，导致对方坠亡。他们怎么也没想到，自己的父亲不是失足坠楼，而是被你推下来的。"男人继续盯着纸上的内容说道。

肖宁浑身发颤，瑟瑟发抖。

"赵大海，开出租车十年，经常在夜总会、KTV、洗浴中心这些娱乐场所门口拉客，有时候碰到一些喝醉酒的女孩，便趁机对其侵犯，甚至抢劫对方钱财。一年前，一个来自明城的女孩被你拉到十里镇，你不但侵犯了她，还将她卖给了当地一个流氓，最后这个女孩不堪其辱，割腕自杀。警察虽然抓了那个流氓，但是你的罪恶也不可饶恕。"

"你怎么会知道？你到底是什么人？"赵大海大声叫了起来。

"还有你，徐思琴。16岁你在农村和一名男孩子定亲，收取了对方巨额定亲款，然后你却背着他在外地与其他男人谈情说爱。事情败露后，你不但不思悔改，还让外面的男人对其大打出手。逼他写下清债书，男孩不堪受辱，撞车身亡，他的父母也一疯一病。这些情况，你可清楚？"

徐思琴没有说话，呆呆地看着前方。

"现在给你们一个机会，两两一组，选择对方，然后我会给你们一个离开的机会。五分钟后，我进来带人。"男人说完，转身离开了。

如果说四个人之前的熟悉只是因为被关在同一个房间里，那么现在彼此熟悉的应该就是他们所犯下的罪过。每个人都有秘密，甚至每个人都背负人命。

"这个人到底要做什么？他不会杀了我们吧？"肖宁年龄小，惊恐地问道。

"谁知道，他肯定是个神经病。要是落入我手里，我非弄死他不可。"赵大海咬着牙说道。

"那我们还要听他的吗？两人一组选择？"徐思琴问道。

"选吧，不然还不知道他会做出什么事情来。我们两个女孩一组吧？"林欣看了看徐思琴说道。

"好。"徐思琴点点头。

很快，那个男人走了进来，他看了看四个人，然后问道："选好了吗？"

"选好了，我们两个女的一组，他们一组。"林欣说道。

"那行，今天你们两个女的先跟我走。"男人点点头，然后从口袋里拿出了一根电击棒。

"去哪里？你要让我们去哪里？你这是干什么？"林欣看到男人拿着电击棒，顿时叫了起来。可惜，对方根本不理她，直接对着她按下了电源，林欣身体一阵发颤，直接晕了过去。

"不要，我不要。"徐思琴看到这一幕，顿时惊呆了，害怕得连连摆手。

可惜，男人根本不理会她，直接将她也电晕了。

然后，男人解开了她们手上的铁铐，扛着她们走了出去。

"她们，她们这是要去哪儿？"肖宁颤抖着看了看赵大海问道。

"不知道，谁，谁知道呢？"赵大海也害怕极了，颤抖着说道。

第五章　戴罪者

　　关风以前跟过几起失踪案，大多数是儿童妇女失踪案，都是个案。多人失踪案比较少见，原因是嫌犯一般很难安置失踪者，除非是杀死一个，再绑架另一个，不过这样的话，尸体会快速曝光，案件也就从失踪案上升为凶杀案了。除非是有安置失踪者的出口，比如孩童或者妇女被拐卖，否则失踪案很难出现群体性。所以，群体性的失踪案比较少，要么是单一的失踪，要么就是从失踪案上升为凶杀案。

　　安城的失踪案比较奇怪。首先是时间，在短短半个月内，连续发生了四起失踪案，从警察调查的监控录像看，凶手是一个身高一米八左右的男人，他具有很强的反侦查能力，很少在有摄像头的地方出现，之所以锁定他，是因为在四起失踪案的附近监控录像，都发现了他。其次，失踪对象有男有女，年龄大小不一样，职业不一样，家庭背景也不一样。一般来说，失踪案无非为人或者为钱，为人的话大多数都是孩子或者妇女，这样的对象适合转化金钱，男人很少成为目标，原因是第一不好制服，第二转换金钱率不高，尤其是现代社会。

　　"两个女人，一个学生，一个男人。这是目前失踪的人，他们中间有学生、酒吧工作者、宾馆服务员，还有出租车司机。结合失踪案的特点，我认为这可以排除金钱或者贩卖人口的动机，这样的四个人，可能是因为某件事，成了嫌犯的目标。"看完资料，林刚说出了自己的想法。

　　"有这个可能。还有一种可能是这四个人是嫌犯的仇人，从嫌犯的年纪看，应该有四五十岁，这四个失踪者中，除了出租车司机赵大海，其他人都比他的年龄小，看上去也没什么交集。唯一可能性就是在其他事情上和嫌犯有恩怨，又或者说和嫌犯的孩子有什么恩怨。"关风分析道。

　　"嫌犯接连绑架四个人，说明是早有预谋，并且对这四个人的情况非常了解，选择好绑架的时机，一击即中。通过资料可以看到，嫌犯绑架这四个人的时候，每个人都是在没有防备的情况下，所以很有可能嫌犯之前和这四个人有过接触。既然他处心积虑，这么费劲地绑架这四个人，肯定不会简单地杀害他们，否则根本没必要这么麻烦。从犯罪心理这块看，我认为嫌犯可能绑架这四个人是故意给警方看，并且会有下一步计划。你们可以看下安城刑侦队从监控中心调查的资料，每次绑架，现场的监控录像都没找到嫌犯的影子，但是在附件的监控摄像头下面，竟然能找到嫌犯的正面照，显然，这不是巧合，更不是嫌犯的疏忽，确切地说，嫌犯应该是故意留下这个线索的。"顾美玲跟着说道。

"嫌犯之前和这四个人接触过，难道说是他们认识的人？可是安城这边的走访，这四个人的家人或者朋友，从来没见过符合嫌犯信息的人啊！"林刚说道。

"不，接触并不是要认识。比如说我们对一个陌生人的理解是从来没见过，那么在见到第一面的时候，就会有抵触和警惕的心理，这是我们人体下意识的反应。但是如果你见过这个人，比如他可能找你问过路、借过火、买过东西，那么下一次你见到他，就会有信任感。嫌犯自然是通过这种方式来拉近和失踪者的距离。"顾美玲解释了一下。

"原来如此。如果像你说的这样，那么嫌犯绑架这四个人的目的是什么，我们现在还真的分析不出来，只能等对方下一步出现后才能明确破案计划吗？"林刚跟着说道。

"从目前掌握的资料看来，确实如此。不过嫌犯在如此短的时间内绑走四个人，肯定不会等太久，他应该马上会有下一步行动。"顾美玲说道。

这时候，门被推开了，马良民跑了进来，气喘吁吁地说道："关队长，有新情况，案子有新情况了。"

"怎么回事？"关风一听，站了起来，其他人也走了过去。

"在报案中心，走，现在过去。"马良民说道。

"什么意思？"关风愣住了。

"对方要求我们必须在报案中心，他才说下一步情况。"马良民说道。

"对方是谁？绑架四个人的嫌犯吗？"顾美玲问道。

"对，我们边走边说吧。"马良民说着，往前走去。

在路上，马良民讲起了事情的经过。今天报案中心十点多的时候，接到一个电话，对方说有急事要找刑侦队。报案中心的同事按照惯例登记对方的信息，但是对方却并不配合，只是说要找刑侦队的人，后来问急了，对方说，刑侦队不是在找失踪的四个人吗？我这有线索，如果要听，让他们来接电话，否则失踪的人便会变成尸体。

报案中心立刻给刑侦队打了电话，可是当时接电话的人是梁卫国那边的人，他们没有及时转交给马良民这边。马良民知道后，立刻跑到报案中心，但是对方已经挂了电话。马良民感觉对方应该还会来电话，所以派了个人，专门过去等电话。果然，到了下午两点多，对方再次打来了电话，于是马良民一边让人稳着对方，一边过来通知关风他们。

一行人很快来到了报案中心，因为情况特殊，报案中心和马良民的人都围着电话，一边和对方沟通，一边查询对方电话的具体位置。

看到马良民他们赶了过来，在接电话的警察对对方说："我们这边的负责人过来了，你有什么需求可以和他们说。"

"很好，我的需求很简单，今天晚上八点半，我会放掉一个人质，到时候我告诉你们去哪里接人。"对方说道。

"你有什么需求？请告诉我们，我们会尽量满足。"关风说道。

"我不是说了，今晚八点半，我会通知你们。"男人有点不耐烦地说道。

"那好，我们八点半等你电话，被你绑走的四个人现在安全吗？"关风顺势问了一下。

"他们没事。"对方挂掉了电话。

负责追踪信号和定位的同事摘下了耳机，然后对视摇了摇头，他们没有追踪到对方电话的位置。

"看来只能等晚上对方来电话了。"林刚叹了口气说道。

第六章　阴谋

明达大厦，2013年由国内知名商业公司和安城城市投资部合作开发，可惜在大厦盖成后，双方出现分歧，不再继续合作。于是，一栋好好的十八层大厦，成了一座烂尾楼，也成了安城特有的一个风景。

赵大海和肖宁被推到了一辆车上，然后车子开到了明达大厦门口。

夜里八点，明达大厦四周一片荒凉，唯一的光亮就是车子的远光灯。司机就是绑架他们的男人。他们被拖着来到明达大厦的楼顶，然后两人分别被一根绳子缠绕拴住身体，另一头则系在旁边墙壁凸出来的钢筋上。

"半个小时后，警察会过来救你们。除了你们身体上面被绑的绳子以外，我还在你们身上绑了一个炸弹，这个炸弹的遥控就在我手上，我会看着你们所做的一切。我对你们只有一个要求，一会警察来救你们了，你们只要想办法互相谦让，简单地说，就是让警察救对方，那么另一个人就会活下来，如果你没有说服成功，警察救了你，那么我就会按下遥控器，将你炸得粉碎。最后，祝你们好运。"男人收拾好一切后，对赵大海和肖宁说道。

"等等，你这是什么意思？警察如果救了谁，你就要杀了谁吗？"赵大海问道。

"对啊，你是要让我们互相谦让吗？就是不让警察救自己吗？"肖宁也叫了起来。

"不错，你们只要互相谦让，不让警察先救自己，就能活下去。"男人点点头，然后转身离开了。

与此同时，调查组正在焦急地等待嫌犯的电话，因为有了这个口头约定，铁生也过来了，一屋子人守着电话，心里充满了焦急与不安。

晚上八点半，电话准时响了起来。

关风一下子站了起来，所有人的目光都集中在那部电话上。坐在旁边的接线员看了看关风和马良民，然后按下了电话的免提键。

"让我猜猜现在在听电话的人都有谁，刑侦队的队长梁卫国、马良民，应该还有领导吧，对了，还有省厅过来的专家警察吧。"一个阴沉的男人声音阴恻恻地从电话里传出来。

"你到底要干什么？"关风问道。

"给你们失踪的人的信息啊，你们可以过去救他们啊。对了，你们只能派一个人过去，这个人的名字叫陈池，听说他是一名很厉害的警察，可惜窝在安城刑侦队做废物。"对方笑呵呵地说道。

"好，地方在哪里？"关风和马良民对视了一下，然后问道。

"明达大厦天台。陈警官，你只有一个半小时，否则两个人质就会从18楼的天台上摔下来。"对方说道。

"等等，两个人质，为什么是两个，不是四个吗？"关风忽然发现了一个问题。

"祝你好运，陈警官。"对方说完挂掉了电话。

"陈池，陈池呢？"关风转头对着人群大声喊了起来。

"陈池呢？怎么没见到陈池？"马良民也跟着问道。

这时候，门被推开了，陈池端着几杯水站在外面，看到里面大声喊自己的马良民和关风，不禁轻声说了一句："我，我去给大家倒水了。"

"还倒什么水，快走。"关风走过来，拉着他，快速向外面跑去。

马良民开着车，陈池和关风坐在后面。陈池还不知道发生了什么事情，关风简单地跟他说了一下大致案情。很快，他们来到了明达大厦，快速向楼上的天台跑去。

推开天台的大门，陈池看到了一幕熟悉的场景。

两根绳子系在前面的钢筋上面，绳子的另一头是两个人。

两个人因为恐惧、害怕，身体无法承受，所以尽量两只手抓着旁边边缘角，因为绳子是绑在一起的，所以谁都不能胡乱晃动，轻则另一方会脱落，重则两人都掉下去。

当年，陈池的父亲和苏小葵就是这样被犯罪嫌疑人悬挂在天台顶上，最终陈池失去了父亲。

旁边突然响起了一阵手机铃声，马良民看了一眼，发现角落里一个手机在响。他走过去拿起来，接通了电话。

"陈警官来了吗？"电话里传来一个男人的声音，正是给警察打电话的男人。

马良民走到陈池面前，将手机递给了他，陈池按下免提键，然后问道："我是陈池，你到底要干什么？"

"陈警官，我知道你的事情。你父亲当年就是在这样的选择下出事的。现在，你应该走出那段阴影了吧。同样的游戏，二选一，你只能救一个，至于救谁，怎么救，就看你的了。"对方说完，挂掉了电话。

陈池看了看马良民和关风，然后走到了那被绳子吊在天台外面的两个人旁边。他们的绳子重叠在一起，两头分别由一根绳子缠在一起，形成了一个既保护对方，又能抛弃对方的形态。

"你们不要怕，我是警察，来救你们。你们叫什么？告诉我你们现在知道的具体情况。"陈池轻声问道。

"我，我是赵大海，先别说其他的，救孩子，先把这孩子拉上去。"赵大海对陈池说道。

陈池走了过去，刚想看看那个孩子的绳子情况。

"不要，先救叔叔吧。我这儿没事的。"没想到那个小男孩竟然说出了这样的话。

"不，先救这孩子，他还小，未来日子还长。我求你了，警察同志。"赵大海悲伤地说道。

陈池没有说话，仔细看了一下他们被绑起来的样子，以及绳子下面的情况。关风和马良民也走了过来，他们想要试着将两个人拉上来，但是让他们意外的是，他们竟然拒绝了。

"陈池，有什么办法吗？"关风看了看时间，距离对方给的时间只有不到半个小时了。

"我看了一下，这条绳子串着他们两个人，其实根本没有危险性，他们现在的样子应该是自己不想上来。"陈池看了一下绳子的机关，然后说道。

"什么意思？自己不想上来？"旁边的马良民呆住了。

陈池点点头，然后重新走到了天台旁边，盯着趴在边角的两个人一语不发，他的眼神充满了警惕与追问。看到陈池的眼神，赵大海和肖宁都被吓得低下了头，不敢对视。

"说说吧，到底怎么回事？"陈池又问了一句。

"我，我们没事啊。"肖宁脱口说道。

"对，对，我们没事。"赵大海跟着说道。

"那你们说说为什么你们要我救对方，而不是救你们自己呢？"陈池问道。

两个人不说话了。

"是不是对方要求你们这么做，否则会有其他事情发生？"陈池又问道。

"是，是的。"赵大海承认了。

"那是什么？"陈池继续问道。

赵大海没有说话，肖宁也没有说话。

"那好，如果你们不说，我就把你救上来吧。"陈池说着拉住了赵大海身上的绳子，假装往上面拉。

"我说，我说。那个人说如果我们没有让警察救对方，那么便会按下炸弹遥控器，我们身上还绑着炸弹。"赵大海一见陈池要救他，立刻说出了原因。

陈池愣住了，旁边的关风和马良民也愣在了一边。

"不是说四个人质，为什么现在只有两个？"陈池忽然转头问关风。

"对，是四个人失踪了，另外两个是女孩，我当时也问了嫌犯，但是他没回答我。"关风点点头。

"另外两个女孩还在那边,我们当时是被关在一起的。"这时候,下面吊着的肖宁说话了。

"把他们拉上来吧。"陈池迟疑了几秒,然后转头对关风和马良民说道。

"什么?直接拉上来吗?"关风问道。

"不错,直接拉上来。"陈池点点头。

"不是说有炸弹吗?如果贸然拉上来对方会引爆的。"马良民说道。

"放心,他们身上的炸弹不会爆炸的。你们拉上来吧,没事的。"陈池摆了摆手说道。

关风看了看马良民,然后两人将肖宁和赵大海拉了上来。虽然陈池这么说,但是赵大海和肖宁还是害怕极了,一直叫着让他们停下来。

关风解开了赵大海身上的衣服,并没有发现什么炸弹,同样,在肖宁身上也没有发现炸弹。看来,那个所谓的炸弹是嫌犯吓唬他们的。

这时候,嫌犯留下的那个手机响了。陈池拿出手机,犹豫了几秒,接通了电话。

"陈警官,你果然厉害啊,这么短的时间就确定我的炸弹是假的。"对方笑着说道。

"不是我厉害,是你太笨了。"陈池说道。

"不错,你说得很对,是我太笨了。"对方不但不生气,反而承认了。

"另外两个人质呢?她们在哪里?"陈池问道。

"陈警官,你至少应该告诉我,为什么你确定他们身上没有炸弹。"对方问道。

"因为还有两个人质,既然你把四个人质分成两批,那么第一批人质要么肯定不会有问题,要么肯定会有问题。既然你想和警察玩游戏,那么第一局怎么可能上来就让人质出事?如果是那样的话,第二批的人质营救,你觉得警察还会信任你的话吗?所以我猜你所谓的炸弹,应该是假的。"陈池说出了原因。

"果然有一套,你说的不错。那另外两个人就是我们真正游戏的开始了,明天我会跟你们联系的,再见,陈警官。"对方说完,挂掉了电话。

第七章　因果

门被推开了，一名警察走到马良民耳边轻声说了几句话，然后离开。

"什么事？"关风看了一眼马良民。

"赵大海和肖宁的家属来了，他们在外面闹着要见人，局长让过来问一下，看什么时候能放他们走。"马良民说道。

关风没有说话，看了看旁边的陈池，陈池正在想着什么事情，手扣着下巴，一语不发。

"毕竟赵大海和肖宁都是人质，他们被关了这么久，是不是可以让他们先回去，等有需要再让他们过来不就可以了吗？"马良民说道。

"再等一下。"陈池一下子站了起来，离开会议室，然后直接向旁边的房间走去。

昨天肖宁和赵大海被救回来以后，因为还有一些情况不太了解，所以暂时安排他们在会议室旁边的房间里休息。

推开门，赵大海和肖宁正在说着什么，看到陈池，他们立刻站了起来。

"是，是可以走了吗？"肖宁怯生生地问了一句。

"可以，不过有个事要问问你们，嫌犯为什么要绑架你们？你们身上有什么地方值得嫌犯对你们下手呢？"陈池问道。

"我们，我们不清楚啊。"赵大海眼神有点闪烁。

"这世上从来就没有无缘无故的好与坏，无论如何做事都是有因才有果。你们如果不告诉我们的话，即使你们回去了，对方还会找到你们。到时候你们可能就不会像这次这么幸运了。"陈池说道。

"真的，真的没有啊。我们不知道，不知道的。"赵大海和肖宁换了个眼色，两人一起说道。

陈池迟疑了几秒，然后转过身慢慢走了出去。

"怎么样了？"关风看到陈池走出来，立刻走过来问道。

"现在资料情况查得如何了？"陈池没有回答他的问题，而是问了他另一个问题。

"乔梦梦和顾美玲正在查，许之昂也过去了。"关风说道。

这时候，陈池的手机响了起来，是乔梦梦打来的电话。

"查得如何了？"陈池问道。

"还真让你猜对了，肖宁和赵大海以及失踪的另外两个女孩，他们都曾经涉嫌人命案，只不过后来因为证据不足或者和对方商量好补偿，对方放弃了追诉。其中，赵大海曾经涉嫌和一个叫何晴的女孩……"听到这里，陈池突然站起来，转身一把推开了赵大海和肖宁临时休息的大门。

"陈警官，怎么了？"看到陈池气势汹汹地冲进来，赵大海不禁有点愕然。

"赵大海，肖宁，我现在给你们最后一次机会。嫌犯为什么绑架你们，你们不清楚吗？如果不清楚，要不要我来帮你们回忆一下？"陈池冷笑一声说道。

"你什么意思？"赵大海看着陈池的样子，不禁有点害怕。

"赵大海，你作为一个夜班司机，最喜欢去一些娱乐场所门口载客，原因是可以拉到一些夜场女人。你还记不记得一个叫何晴……"

"陈警官，你别说了，不要说了。"赵大海的脸色一下子变得惨白，嘴唇哆嗦着，大声喊道。

看到赵大海的样子，肖宁也低下了头，犹豫了几秒后他说道："那个人就是抓住了我们的把柄，要我们接受惩罚。"

"仔细讲一下你们的事情，还有另外两个女孩的情况。"陈池说道。

"好，好的。"肖宁点了点头。

关于四个被绑架的人所涉及的命案，调查组让马良民这边配合找到了当时的案宗。四起案件看起来确实都是意外，如果不是当事人自己讲出来，还真的看不出来这些案件背后的意外情况。

"这个嫌犯肯定有能够接近案宗的工作环境，或者他有熟悉的人能够得到这些信息。要知道这些案宗在档案室都属于机密文件，怎么会轻易泄露出去呢？"马良民说道。

"现在不是讨论这个的时候，现在要考虑的是对方下一步会做什么。对方并没有对赵大海和肖宁下杀手，但是不代表林欣和徐思琴也这么幸运。最主要的是，我们应该找出嫌犯的动机是什么。他绑架这四个人，然后告诉世人他们所犯下的罪过，他是在为人复仇？又或者说是在做一个私刑执法者？"陈池说道。

"对方的动机确实很怪异，如果是一个私刑执法者，他为什么没有惩罚肖宁和赵大海？如果是为人复仇，何必搞这么多事情，直接下手不就完了？为什么非要找陈池，还要搞这些游戏？"林刚皱紧了眉头，说出了大家心里的疑问。

"负责侦查这四起案件的是你们还是梁队长那边？看看有没有什么共同点，先不要想得那么复杂。"一直沉默的关风说话了。

"对，关队长说得没错，也许没那么复杂。我看看这四起案件负责的警察，好像有三起都是一个叫陆飞翔的警察，另外一起的负责警察是郑新明。"顾美玲说着拿起案件，看了一下后面的人员签字。

"陆飞翔？"马良民听到这个名字，脸色一变。

"是你们队里的吗？"关风问道。

"是我们队里的。难道，难道这几个绑架案是针对陆飞翔的？"马良民嘴唇颤抖了一下说道。

"陆飞翔怎么了？他人在哪里？还有这个郑新明，也是你们的人吗？"陈池看到马良民的样子，不禁问道。

"其实这四起案件应该都是陆飞翔负责的，郑新明是别的部门的人，这个案宗上有他的名字，是因为当时陆飞翔同时负责两个，所以写了郑新明的名字。陆飞翔现在不在局里，他因为涉嫌杀人，被抓了，现在正在走司法程序。"马良民迟疑了一下，说出了陆飞翔的情况。

"被抓了？涉嫌杀人？具体情况讲一下。"关风看着马良民说道。

"其实陆飞翔是一个很得力的下属，之前他负责一个杀人案，结果不知道什么原因他竟然成了凶手，还强奸了受害人。当时我没在安城，梁队长接手的案件，所有人证物证都没问题，后来检察院拿走资料，我还帮他申请再次对现场和证据进行了复查，可是没有任何新发现。"马良民一脸可惜地说道。

砰砰砰，会议室的门被敲开了，一个男人走了进来，他50多岁，戴着一副眼镜，看上去斯斯文文的。

"你找谁？怎么来这里了？"许之昂问道。

"各位好，我找陈池警官。"男人文质彬彬地说道。

"我就是。"陈池一听找自己的，于是走了过去。

"你好，陈警官。"男人微笑着看着陈池，然后不疾不徐地说道，"游戏现在开始了，我想你们应该也知道我是谁，我需要的是什么了吧。"

"是你？"陈池顿时明白了过来。

所有人都惊呆了，立刻围了过来。马良民甚至从背后拿出了手铐。

"大家不用紧张，我既然来了，就没想过离开。不过你们肯定也不能对我怎样，因为另外两名女孩还在我手里，如果没有我的钥匙，她们肯定活不了。而我的要求其实很简单，想必你们已经猜出来了。"男人声音不高，但是字字清晰。

"真是第一次见到这么猖狂的人，竟然来公安局挑衅。"马良民愤声说道。

"你们时间不多，不，确切地说是那两个女孩的时间不多了。莫非你们还没明白我的意思？"男人看着所有人，最后目光落到了陈池的身上。

"你是陆飞翔的父亲，你要我们帮你给陆飞翔翻案。"陈池的目光和男人的目光对到一起，然后一字一句地说道。

"不错，我是陆飞翔的父亲陆晨，我的要求就是你们还陆飞翔清白，因为他是被冤枉的。"男人点头说道。

第八章 翻案

2019年3月11日，安城解放区民生路派出所接到报案，一名名叫马佳瑶的女孩失踪三天，报案的是马佳瑶的父亲马东成。马佳瑶，女，21岁，是一名酒吧打碟师。因为职业关系，她几乎都是昼伏夜出，平常和父亲的联系也不多。根据马东成讲述，马佳瑶的母亲在她很小的时候就离开了他们，所以马佳瑶性格有点孤僻，高中毕业后就选择出去打工，做得最长的一份职业就是现在的打碟师，收入也不错。每个月都会给父亲转钱，这次马东成一直没等到马佳瑶的转款，所以才来找女儿，看看是什么情况，结果发现马佳瑶已经失踪三天了，没去上班，也没回家，手机打不通，身份证这些东西都没拿。

安城警方接到报案后，立刻将情况上报了公安局刑侦队，他们认为马佳瑶很有可能遭到了绑架，或者说遭到了杀害。刑侦队联系各地分局派出所，查看了安城内所有的无名尸资料，都没有发现符合马佳瑶的情况。正当警方庆幸，可能马佳瑶并没有出事的时候，2019年3月13日，也就是马东成报案后的第三天，有个神秘人给报案中心打了一个电话，说在安城新区东湖附近发现一具尸体，和马佳瑶特别像。

警察带着马东成一起去了新区东湖，经过马东成辨认，那具尸体正是他的女儿马佳瑶，并且法医勘查现场后发现马佳瑶的左肾被人取走，心口也有手术刀动过的痕迹。

失踪案一下子变成了凶杀案，成了整个安城议论纷纷的新闻热点，网上也被炒得火热，安城公安局局长要求刑侦队限期破案，于是两个刑侦支队分配好工作后，全员出动，一起进行破案工作。

陆飞翔作为马良民的得力手下，自然成了刑侦二队的主要负责人员。当时马良民正好因为之前破获的一个贩毒案，和缉毒局进行一些工作配合，所以就没太过问陆飞翔的工作。

等到马良民结束缉毒局那边工作后，忽然接到陆飞翔杀人的消息，他立刻赶往现场，询问情况。

根据法医和刑侦队一队队长梁卫国的讲述，陆飞翔来到了马路街一家叫梅姐足疗的足疗店，然后和梅姐（梅凤莲）发生了性关系，事后因为钱财和梅姐发生冲突，导致他杀死了梅姐。法医在梅姐的尸体旁边找到了他们用过的安全套,并且里面找到了属于陆飞翔的精液,在梅姐的下体里面也找到了属于陆飞翔的体液 DNA。

梅姐上身赤裸,死在床上,致命伤口是胸口的匕首所致,现场留有的凶器上化验出了陆飞翔的指纹,并且经人辨认,那是陆飞翔去西藏旅游买回来的匕首。梅姐足疗旁边的店面人员也证实,陆飞翔进入梅姐足疗店的时间,正好符合陆飞翔做案时间。陆飞翔杀人后并没有离开现场,而是晕倒在了现场。等警察到现场后,他才醒过来,对自己做的一切矢口否认。但是最终一切证据显示他就是凶手。

关风放下了手里的文件,其他人也陆陆续续地看完了。

"因为是刑侦队的人,所以当时我到现场后,进行了仔细的勘查和询问。当时的现场一切询问和调查都不会有问题。这一点,马队长不是特别放心,后来还专门向上面申请,进行了二次取证,最后结果是一样的。"因为当时刑侦队第一个到达现场的是梁卫国,所以他第一个解释了当时的情况。

"当时你有没有觉得奇怪?"陈池看了看梁卫国问道,"比如,一个刑侦警察怎么会出现在梅姐足疗店里,并且还是大白天?还有,陆飞翔是一个老刑警,又怎么会杀了人还留在现场,并且凶器、带有他精液的安全套全部留在现场?这是不是太奇怪了?"

"他说他是查马佳瑶的案子,然后被人袭击了,所以晕倒在地上。这种情况也不是没有,但是也可能正因为他是老刑警,特别了解我们查案的方式,所以故意这么做的。这种案子我们一直听说过。之所以断定他是凶手,是依据法医的鉴定结果,被杀害的梅凤莲的体内找出了陆飞翔的体液,并且在现场的垃圾桶里,找到了一个用过的安全套,里面的精液也是陆飞翔的。这无疑证明,至少和梅凤莲发生性关系是铁证如山。"梁卫国说道。

"现在陆飞翔的父亲陆晨绑架了四个人,放走了两个,另外两个不知所终,他要求我们还他的儿子清白,否则就会杀死另外两个被绑走的女孩。"关风说道。

"你们觉得陆飞翔是被冤枉的吗?"陈池扫视了一下其他人,然后问道。

"陆飞翔做警察五年,早两年是做110巡警的,做事很努力,后来来到刑侦队一直在我身边做事,大小的案子我们也经历过不少。有一年冬天,我们去抓一个杀人犯,大晚上蹲点,因为怕暴露,连羽绒服都没穿,全队蹲点七个人,坚持到最后的就他一个,你跟我说他杀人,我真不相信。可是,警察是讲证据的,现场的物证、人证,只能让我哑口无言。"马良民说话了。

"我刚才看了资料,有几点不太符合逻辑。陆飞翔没有喝酒,大白天跑到梅姐足疗和对方发生关系,这个梅姐还比他大十几岁,这实在有点不符合情理。如果陆飞翔真的要找女人犯罪,何必在大白天,并且在做事后杀人,还晕倒在现场。至于梁队长说的因为他懂刑侦,可能是故意这么做,我觉得正好相反,正因为懂刑侦,他才知道证据的重要性,会故意在现场留下物证,还让别人看到,做足人证吗?"陈池讲了自己的分析。

"可是我们后来做了二次复查,现场的证据和人证确实证明陆飞翔就是嫌疑人。我们不是没有尝试过。"马良民说着低下了头。

"有时候证据和证人一样,会说谎的。我提议,现在为了两名人质的安全,对陆飞翔的案子重新调查,这一方面可以保证陆晨不会对人质下杀手,另一方面也能搞清楚陆飞翔到底是不是被冤枉的。"关风看了看对面的安城公安局局长。

"那行,只是时间要快,毕竟这案子时间拖得越长,影响越大。"局长同意了关风的提议。

第九章　恶魔

墙壁上的线条在流动，像墨汁泼上去一样，淅淅沥沥的。

这是他此刻内心的心情。

漆黑的房间里，只有电视开着，没有节目，全部是白色的星点，映衬着他邪恶的脸，眼神里充满了诡异的目光。

"甜蜜蜜，甜蜜蜜，你笑得甜蜜蜜。"

一个尖细的女声，在他脑子里唱起这首甜蜜的歌曲，他感觉身体开始发冷，四肢微微抽搐，仿佛有无数根针在刺着他的皮肤，是那种钻心的疼。他抬起头，看到了一个巨大的黑影站在面前，黑影在电视光线的照耀下，露出一张小丑的脸。

"你，准备好了吗？"小丑发出怪异的声音。

他抬起头，身体的关节开始吱吱作响，如同一个拼接的玩具人，不断调整着自己的关节，最终他站直了身体，两只手慢慢放到胸前，做出一个怪异的手势。

桌子上的手机突然响了起来，有人发来视频聊天请求，他走过去，按下了接通键。

手机上出现一个戴着面具的人，只能看到两只眼睛，发出鬼魅的光。

"我在。"他的声音已经变成了另一个人，听上去冷静异常。

"正义可能会迟到，但是从来不会缺席。你所期待的事情正在一步步地发生，如同我们头顶看到的太阳，它会永远照耀你的路。一切魔鬼，终将被天罚者消灭。"戴着面具的人沉声说道。

"天罚者，永在。"他用手敲了一下胸口，大声喊道。

视频电话挂断了，他站了起来将手机装到了口袋里，然后推开门走了出去，门口有一面镜子，临走的时候，他回头看了看镜子里的自己，然后露出了一个诡异的笑容。

街上人很少，已经是后半夜，偶尔有出租车从面前快速驶过。他走得不紧不慢，沿着路灯，最后来到一条偏僻的街道。

他打量了一下，确定四周没人，然后转身走进了旁边的巷子里。

巷子比较长，很黑，没有光。

他走到中间后，坐到了旁边，然后开始安静地等待。

几分钟后，一个人影从巷子对面的入口走了进来，像他一样，对方先是四处看了看，然后慢慢走了进来，等到借着微弱的光亮看到有人在里面后，对方加快了脚步，快速走了进来。

他站了起来，拉了拉脸上的口罩，然后挺直了胸膛。

"我终于见到你了，先生。"对方的声音充满了惊喜，微微带着颤意，竟然跪在了地上。

"不用客气。一切都是你听从天罚者的结果，所谓种瓜得瓜，种豆得豆，你听从了天罚者的意见，自然可以得到你所期盼的结果。"他想伸手将对方扶起来，但是手刚伸出去却停了下来。

"是，是的。先生说得对。"对方连连点头。

"你起来吧。"他摆了摆手。

对方站了起来，但是依然显得毕恭毕敬。

"后面怎么做？那两个人质需要放走吗？还是等警察查清楚案子再放她们走。"对方问道。

"先等等，后面再通知你。"他沉思了几秒，然后说道。

"可是，她们已经被关半个月了，我怕时间再长，会出问题。你知道的，那是两个女孩，她们老被关着，总担心出问题。"对方絮絮叨叨地说着。

"按照之前的办法，不会出问题。"他有些厌烦了，冷声说道。

"可不可以和天罚者商量一下，警察现在已经开始查案了，那两个女孩其实放了也没什么。如果真出了问题，到后面我孩子没事了，我这儿却出了事，这不太好的……"

"陆晨，你还记得当初你跟我说的话吗？"他打断了对方的话，直接喊出了他的名字。

"记得，当然记得。"陆晨点了点头。

"我觉得你可能忘了，我们现在回忆一下吧。"他吸了口气，慢慢向前走了两步。

"是，是您帮我的，不，是您介绍天罚者帮我的。要不然，我的儿子只能等死，可是他明明是冤枉的。"陆晨结结巴巴地说着。

"这世上有很多事情，并不是一定有原因有结果的。就拿爱情来说吧，不是你付出了就一定会有回报，很多事情你付出了，到最后可能什么都得不到，但是很多人还是在义无反顾地付出。当初你走投无路，天罚者看到了你的脆弱与无助，于是帮了你。不是每个人都这么幸运，不是谁的求助都能得到回应。所以，你应该珍惜、感谢。"他对陆晨说道。

"我知道，我知道。"陆晨连连点头。

"既然知道，就不要有其他想法。那两个人质现在情况怎么样？"他话锋一转，问起了人质的情况。

"人还好，就是精神越来越差了，有时候会大叫。"陆晨说道。

"好，我知道了。"他点了点头，然后说道，"今天就到这里吧，有事我会再通知你。"

"好。"陆晨微微低了低头，他犹豫了一下，再次说道，"真的不能早点放了那两个人质吗？万一她们出事了，后面该怎么办？"

"你放心，一切事情都会有解决办法的。"他皱了皱眉头，生气地说道。

"好。"陆晨不再说什么，抬脚向前走去。

他没有动，目光看着陆晨隐约模糊的背影，一个声音在他耳边响起来，仿佛是无数个尖锐的刀子一起划过玻璃表面，他的脑袋开始疼起来，仿佛那无数把刀子全部戳进了他的内心。

他的身体开始不自觉地扭动起来，身上的关节开始发出了扭动的声音，他想拒绝，但是却没有办法阻止，他只好眼睁睁看着自己的身体像一台机器一样，开始重新组合，最后他慢慢抬起了头，眼里闪出鬼魅的目光，他的嘴角微微翘起，从腰里慢慢抽出一把闪着寒光的匕首……

第十章　蓝色海豚

陈池打开门，发现门外站着一名女警，她是楼下接待室的一名工作人员。

"陈池在吗？"那位女警问着，往会议室看了看，关风和林刚他们正在看着资料，讨论着什么。

"我就是陈池。"陈池皱了皱眉头，然后轻声问道，"有什么事吗？"

"你就是陈池呀。"女警脸一红，伸了伸舌头，然后说道，"有个人在下面等你，是个女孩。"

"女孩？是什么人？"陈池愣住了。

"她说你下来就知道了，对了，还说让我帮她保密，我估计是你女朋友吧？"女警嘻嘻一笑，然后摆了摆手，"你快下去吧，别让人等急了。"

陈池回头刚想和关风说什么，关风和林刚却笑着对他说："快去吧，别在这儿了，你看看是不是乔梦梦来找你了。"

陈池耸了耸肩，然后下楼了。

走出公安局大厅，陈池四处看了看，并没有发现有人，他刚想回去找那个女警问问情况，却看见门口有辆车打了下双闪，然后鸣了一下喇叭。

陈池疑惑地看了看那辆车，然后走了过去。刚走到车边，只听车门响了一下，自动开了。

"上来吧。"坐在司机位置的人说话了，是个女的。

陈池坐到了车里，抬起头看到了前面人的样子，顿时愣住了，竟然是苏梅。

"我怕对你影响不好，所以才在这里。"苏梅说着发动了车子，然后向前驶去。

"你要带我去哪里？"陈池问道。

"你放心，就是找个安静的地方说说话。"苏梅说道。

陈池还想说什么，但是话到嘴边又咽了回去。

车子开出繁华热闹的主街，最后来到一条河边，苏梅停下车，没有说话，也没有下车。

"你怎么会来这里？"陈池打破了沉默。

"为了你。"苏梅打开了车门，然后下了车，她穿着一件短袖，头发披散着，月光下,宛如一个静止的舞者。

陈池也下了车,站在了她旁边,不知道该说什么。

"我知道这次让你为难了。"苏梅转过头看着陈池,"你知道的,我们苏家村从来都不是一个好地方,我讨厌那里,可是又拒绝不了,我不像你和小葵,你们可以离开,我离不开那里。马爷的事情不能暴露,否则会牵连到我们整个苏家村。"

"听上去,你们跟犯罪集团一样,你这么跟我说,是想问我怎么做吗?苏梅,我当初帮你是因为你救过我,可是,没有下一次。下一次,无论是你,还是苏家村,只要犯罪,我不会客气的。我也希望你能离开那里。"陈池说道。

"陈池,你知道为什么你离开苏家村,但是苏家村的人并没有找你吗?苏家村从来不会让一个警察活着离开的。"苏梅转过头看着陈池。

"我不喜欢别人威胁我。"陈池说道。

"因为你和苏家村有撇不开的关系,因为我,我的问题,让你陷进来了。"苏梅说着,眼里闪出了泪花。

"苏梅,这不是你的错,你不需要自责。其实,我,我当年从苏家村离开后,我和小葵从一个坡上摔了下去,我有一些记忆是断断续续的。其实这样也好,至少在我记忆里你都是美好的,那些不好的东西不记得。"陈池叹了口气说道。

"你,你的记忆还没恢复?"苏梅惊讶地看着陈池。

"没有完全恢复,医生说应该是选择性地恢复了,不过并不影响生活。"陈池说道。

"那你不记得我们之前的事情?"苏梅睁大了眼睛,然后眼神慢慢黯淡下来,"怪不得,怪不得。"

"我记得你救了我,记得在苏家村你照顾我。苏梅,我这辈子亏欠过很多人,但是我都有办法补偿,唯独你,我不知道该怎么说,你和我是对立的,我真的担心有一天你做错事,我不知道该怎么面对,更不知道该怎么和小葵说。"陈池抿着嘴唇,痛苦地说道。

苏梅没有说话,忽然走到了陈池身边,然后抓住了他的衣服领子。两人一下子拉近了距离,近得能听见彼此的呼吸。

苏梅解开了陈池衬衫上的扣子。

"苏梅。"陈池想说什么。

"嘘,别动。"苏梅伸手捂住了他的嘴巴,然后又解开了他衬衫上的一枚扣子,伸手从里面拿出来一个吊坠,那是一个蓝色的海豚吊坠。

"你一直戴着它?"苏梅慢慢松开了手,颤抖着问道。

"小葵说这是我们在苏家村唯一的纪念,让我戴着。我,我也觉得挺好看的。"陈池说道。

苏梅一下子抓住了陈池的手,然后慢慢将他的手放到了自己的胸口。

陈池不知道苏梅要做什么，想缩手，却被苏梅牢牢地按在胸口，感受她的心跳。

苏梅抬起头，脸上全是泪，她喃喃地说："陈池，为什么我们要遇见？为什么你到了苏家村，又要离开？为什么你是警察？为什么？"

"苏梅，你别这样。"陈池看到苏梅哭了起来，顿时有点慌乱无措。

苏梅没有说话，只是哭着，最后干脆抱住陈池放声大哭起来。

陈池不知道苏梅为什么情绪忽然变得这么激动，他也不知道该怎么安慰她，只好轻轻拍了拍她。

这时候，手机突然响了起来，陈池一惊，慌忙推开了苏梅。

苏梅的情绪平复了下来。

"喂。"陈池接通了电话，"好，我马上回去，你们等我。"

旁边的苏梅听到陈池的电话，重新坐到了车里。陈池收起电话，跟着坐进了车里。

两人都没有说话，车子快速行驶着。

苏梅并没有将车子开到公安局，而是在附近路口停了下来。陈池知道，苏梅怕被调查组的人看到。

陈池下车往前走了几步，觉得需要说点什么，又回头敲开了车窗。

"我没事了。"苏梅说道。

"有空，有空可以去看看小葵，她很想你。"陈池说道。

"好。"苏梅笑了起来，身体往前倾了一下，去拿副驾驶上的纸巾。

陈池笑了笑，忽然愣住了，他这才看到苏梅的脖子上竟然也戴着一个吊坠，样子和他戴的那个特别像。

"你看什么？"苏梅发现陈池低头看着自己的胸口，顿时瞪了她一眼。

"我，我，不是的，我，我走了。"陈池顿时脸涨得通红，慌忙转身往前跑去。

苏梅透过反光镜，看到陈池狼狈逃跑的样子，扑哧一声笑了出来。她从胸口拿出了那个蓝色海豚吊坠，然后痴痴地看着。

原来他不记得了。可是时间忘不了，记忆会短暂失眠，但是总有苏醒的一天。如果可以，还是让他永远忘记吧。

车门突然被打开，一个男人坐了进来。

苏梅慌忙收起吊坠。

"你这又是何必，明知道是一碗毒药，难道非要喝吗？"男人说道。

"你不懂。"苏梅低下了头。

"我是不懂你，但是你这是在干什么？他就值得你这样为他？如果不是他，我们至于现在这样吗？苏梅，我真想过去把真相告诉他，当初你为了他受的苦，尤其是那个孩子……"

"苏强，你别说了，别说了。你再提这件事情，以后我们都不要见面了。"苏梅拍了一下方向盘，怒声说道。

"好，好，我不说了，不说了。"苏强摆了摆手。

"什么事？"苏梅冷声问道。

"陆晨被杀了。"苏强说道。

"什么？谁干的？"苏梅惊叫道。

"还能有谁，他的接头人，说是陆晨要向警察交代一切，怕被供出来。我们要快点离开这里，不能留下痕迹。我今天找你，就是怕你忍不住来找陈池，结果还是晚了一步。"苏强说道。

"没事，我见他，不会影响到其他事情的。"苏梅说道。

"但愿如此吧。"苏强叹了口气。

苏梅没有再说话，发动了车子，然后一踩油门，向前飞驰而去。

第十一章　推理

现场是在一条偏僻的巷子里,两名警察站在两个出口,将围观的群众拦在外面。法医和刑侦队的人正在勘查现场,关风因为出来办事,正好碰到刑侦队出警,便和他们一起来现场了。

陈池和林刚一起赶到了现场。

"死者确认了,正是陆飞翔的父亲陆晨。"看到陈池他们过来了,关风低声说道。

"陆晨?他怎么会被杀了?"陈池愣住了。

"我过去看下情况。"林刚说着向前面的尸体走了过去。

"早上刑侦队接到电话,说这里发生了命案,110到达现场后发现死者身上有身份证,便给刑侦队提供了死者的信息。陆晨来过刑侦队,所以身份无误。马良民他们正在和上级联系,希望得到进一步指示。"关风说道。

"还等什么?现在最主要的是找到被陆晨关起来的两名人质,陆晨被杀,会不会是因为这两名人质呢?"陈池脱口说道。

"许之昂和顾美玲正在和赵大海以及肖宁进行沟通,希望能找到他们被关押的地方。但是目前还没有什么新的进展。"关风说道。

这时候,马良民和法医走了过来。

"致命伤口是从背后刺进来,导致失血过多而死。凶手很聪明,现场没留下任何痕迹,就连凶器也没找到。从死亡时间看,应该是昨天晚上十点多。"法医说了一下基本情况。

"这么晚了,陆晨跑这里干什么?"马良民皱了皱眉问道。

"要么是有人约他来这里,要么是他约别人来这里。这地方偏僻,四周也没有摄像头,最适合做一些见不得人的事或者见一些不愿意露出真面目的人。"陈池推测道。

"陆晨本身就是绑架犯,他手里有两个人质。昨天他来公安局的时候,我们就应该扣着他,不让他出来的。"马良民恨恨地说道。

"昨天他来的时候不是说了吗?那两个人质随时都有生命危险,并且他也答应只要帮他查陆飞翔的案子,他就会放了人质。我们之所以让他离开,也是考虑到人质的安全。当时也安排人跟踪他,可惜跟丢了。"关风解释了一下。

"现在我认为比较着急的是两件事情，第一是尽快找到被陆晨绑架的两个人质，第二是找到杀死陆晨的凶手。"陈池分析了一下，"这两点可能会有一定的关系，也许杀死陆晨的凶手会和陆晨绑架的两名人质有关系，所以我们要尽快找到被陆晨绑架的两名人质。"

"行，我回去把死者的详细信息再分析筛查一遍，有什么发现就让人给你们送去。"法医说完后离开。

安城公安局副局长来到了现场，他一边安抚群众，一边申明会尽快破案。调查组和刑侦队对现场进行整理和勘查后，回到了公安局，开始进行案件侦破会议探讨。

林刚第一个发言，他在现场仔细看了尸体，然后进行了还原现场推测。"我是受害者陆晨，我绑架了四个人质，然后为了给儿子陆飞翔洗脱罪名，现在我放了两个人质，手里还有两个人质，这两个人质是我手里的砝码。一切都按照我的正常计划进行，然后天黑的时候，我接到了一个人的电话，对方约我去芙蓉巷。对方一定是让我觉得信任的人，所以即使天色已晚，我依然赴约。昏暗的芙蓉巷，我见到了对方。对方并没有让我有危险的感觉，于是在分开或者我转过身的时候，对方从背后突然下了杀手，然后杀死了我。"

"我们查过陆晨的手机，没有发现有通信记录，也没有信息。电信公司那边也查过，他在案发前后并没有接到过电话，但是收到过短信。可能他删除了。"马良民说道。

"那这个给陆晨发短信的人应该不是第一次，他们应该认识，否则陆晨不会把对方的信息删掉，甚至对方对于陆晨来说是一个非常特别的人，所以陆晨会删掉短信，帮对方保住信息不被泄露。"陈池说话了。

"既然认识，对方为什么要杀死陆晨？陆晨会不会因为做错了事，又或者说和对方发生冲突，导致对方心怀不满？其实，陆晨的诉求很简单，就是帮他儿子陆飞翔脱罪。现在我们已经答应帮他了，他又有什么理由自杀呢？"顾美玲问出了一个犯罪心理问题。

"陆晨之前是一名汽车修理厂的工人，他在单位工作表现很好。他学历不高，老婆死得早，平常喜欢喝酒，这样一个经历普通的人，突然成了一个反侦察能力很强的高手，并且每一步都计算得非常准确，这简直就是两个人。"关风轻轻敲着笔，看着手里的资料说道。

"我们还是尽快找一下被陆晨绑架的两个人质，她们应该处于危险边缘。"陈池看了看关风说道。

"我们之前试着和肖宁、赵大海沟通了一下，他们说陆晨非常谨慎，每次出去都非常小心，几乎没有什么线索。不过肖宁说了一个关键点，就是附近有一个报时钟，每到整点会报时。"顾美玲说道。

陈池没有说话，他在看资料里的一张地图，那是陆晨死亡现场的周边地理位置图。陈池一边看着地图，一边在上面用笔点着什么，看到其他人都没说话，他开始说话了："之前问过赵大海，他说他们距离安达大厦大约二十多分钟的车程，按照陆晨的开车速度，囚禁他们的地方应该在安达大厦附近三十里左右。因为安达大厦周边都是直线路，所以有四个备选地方，安达大厦东边三十里地的东旺广场、西边三十里地的北郊区、南边三十里地的北园区和北边三十里地的工业区。我们可以排除掉安达大厦北边的工业区和西边的北郊区，因为那里都没有居住的条件。

陆晨昨天被杀的位置是东旺广场西北边的芙蓉巷，那么两个位置中最有可能的就是东旺广场这个位置。我建议我们可以在东旺广场的居民区进行搜索，他们被关的地方在地下室，那么首先可以排除掉没有地下室的居民住宅楼。要想绑架四个人，并且在半个月内都不被人发现，很有可能是独门独户的地下室。"

"我们看下东旺广场的地理位置图。"马良民说着，让人在电脑面前打开了东旺广场的位置分布图，"你们看，东旺广场附近一共十四个小区，七十六家散户，这还不算一些门面房。这么多，我们怎么查？"

"肖宁不是说，在被绑架的期间，听见有钟声报时吗？"旁边的顾美玲说道。

"那范围可以缩小很多了。"林刚说着指了指中间的位置，"我刚才查看了，这个能报时的钟在东旺广场西南方向，也就是说能清晰地听见报时声音的位置应该在西南方向。"

"这不准确吧，难道这个时钟的东边就听不见吗？"顾美玲反问道。

"在时钟的东北方向，正好是东旺广场的购物楼，一共九层，正好挡住了时钟，所以住在东旺广场东北方向的人，每天早上并不能清晰地听到报时的声音。"林刚解释了一下。

"好，事不宜迟，咱们现在分头工作，林刚和顾美玲跟着马队长过去配合搜索工作，陈池跟着我处理陆飞翔的案子。"关风最后分配了工作。

第十二章　相信

陆飞翔被关在安城东区的拘留所,他的情况基本上已经定了,法院宣判后没异议的情况下,会被送到监狱服刑。

人生最讽刺的事情是什么,一个警察最后竟然进了监狱?

这不是港台片,不是小说情节,是发生在陆飞翔身上活生生的事实。

还能说什么?一切都已经发生,铁一样的事实。

陆飞翔直到现在还不明白,自己为什么会进来?那天发生的事情如同一个烙印,深深地印在他的身上,他每天都会重复思索,可是最终却想不通。

虽然他提出了异议,但是这件案子基本上已经尘埃落定。马良民以及其他朋友也为陆飞翔申请过证据复查,最后都确定之前的调查无误。如果说,还有人相信自己,坚定地认为自己没有杀人的话,那就只有父亲了。想起父亲,陆飞翔的心顿时就一阵剧痛,他知道自己深陷牢狱,最难过的便是父亲了。因为,在父亲眼里,自己的前程比一切都重要。

门打开了,一名警察走了进来,说道:"陆飞翔,有人找你。"

看来是父亲来看自己了,陆飞翔站了起来,收拾了一下情绪,然后走了出去。

让陆飞翔意外的是这次来的人不是父亲,是两个陌生人。

"陆飞翔,你好,我们是省厅的警察,现在负责你的案件。"其中一个30多岁的男人开口介绍自己,"我是关风,这是我的同事陈池。"

"什么意思?我的案子不是已经调查完了吗?"陆飞翔疑惑地看着他们。

"你认罪了?"旁边的陈池说话了。

陆飞翔没有说话,他盯着陈池,脑子里快速搜索这个名字,他好像听过这个名字,但是一时半会想不起来什么时候听过。

"的确,目前看,证据确凿。那你自己认罪吗?"陈池问道。

"你们到底要做什么?"陆飞翔不明白陈池和关风的意思。

"其实很简单,你父亲找到我们,他说你是冤枉的。不过,如果你已经放弃了,那我们也没什么坚持的必要了。"关风说出了原因。

"我父亲怎么会认识你们?他,他人呢?"陆飞翔有点不敢相信。

"你如果是被冤枉的,那么就配合我们,这是唯一的机会了。"陈池说道。

"你们确定可以帮我吗?马队也帮我申请过复查的,最后也没发现。"陆飞翔皱了皱眉头说道。

"我们会尽力帮你的,如果你真的是被冤枉的,我们肯定可以帮到你。"关风往前坐了坐,和陆飞翔的位置靠得近了点。

陆飞翔嘴角颤抖了一下,脱口说道:"我当然是被冤枉的,只是,铁证如山,根本让人无法反驳。就一点,那个叫梅姐的身体里有我的体液,这怎么可能,对方是怎么办到的?难道是催眠了我不成?"

"这就需要你好好配合我们,我们一起找出其中的原委。我相信这世上所有的假,都变不了真。"关风拍了拍桌子。

"好,你们想知道什么?"陆飞翔点了点头。

"案发的前一天晚上你都做什么了,还记得吗?包括案发当日的情况,你仔细回忆一下。"陈池问道。

"我记得很清楚,因为那几天都在调查马佳瑶的案子,所以基本上都没做其他事。案发的前天晚上,两个外地的朋友正好来了,我们一起吃了饭,到了十点多的时候,我回刑侦队查一些资料,回去的时候已经夜里一点多了。"陆飞翔回忆着当时的情况。

"中间有没有做其他事情?"陈池继续问道。

"也没什么特别的事情,因为折腾一天,太累了,我就直接回了家。第二天大概是一点十分的时候,我接到了一个电话,对方也没说自己是谁,只告诉我说马佳瑶的案子和梅姐足疗店有关系,如果我想破案,就一个人去问一下梅姐。我将信将疑地挂了电话,可是心里却一直不踏实。思来想去,我还是决定去一趟,结果没想到钻进了对方的圈套里。就是那个打电话的人,我让马队追查过对方的电话,结果什么也没查到。"陆飞翔说道。

"现在确定你杀人的是两点。第一,案发时只有你进了梅姐足疗,并且凶器在现场,上面有你的指纹。第二,也是比较致命的一点,就是在梅姐的身体里面以及现场的一个安全套里发现了你的体液。"陈池说道。

"不,还有一点。"陆飞翔说道,"梅姐足疗旁边的几个店主说在案发前天晚上见到过我去梅姐足疗店。这点正好和前面两点形成了一个关联点。其实我仔细想过,这次我被陷害,因为人证和物证太过确定,并且都是无可推翻的。人证确定我案发之前去找过梅姐,以此确定了我和梅姐之前见过的关系,案发之日,梅姐和现场安全套里的体液确定了我和梅姐发生了关系,并且我和梅姐身份悬殊,杀死对方的动机诱因出现,现场的凶器、指纹确定了我杀死梅姐的物证。唯一疑点是我杀人后没有离开,晕倒在现场。不过这个反驳已经没什么力道,因为有很多种可能,说这是我当时激情杀人后的反应,说我在杀人后出现了其他情况。总之,物证和人证之间的关联,让我杀人罪名铁定成立。"

"你分析得很透彻,如此看来,要想找出其中的破绽,还真的有点难度。"关风没想到陆飞翔对自己的情况分析得如此透彻。

"其实只要打破其中一点，其他的一切都会迎刃而解，就是梅姐体内和安全套里的体液之谜。"陈池说道。

"对，所有的证据里面，这一点是最大的谜题，说实在的，连我这个当事人都不知道是怎么回事。"陆飞翔苦笑了一下说道。

"我大概知道其中的谜底。"陈池抿了抿嘴唇说道。

第十三章　莫比乌斯环

安城东旺广场，这是位于安城东区唯一的一座大型商场。几年前，这里还是一片人烟稀少的荒地，附近只有一个不到五十户的村落，一到下雨天，路面被水淹没，泥泞一片，几乎寸步难行。

谁也没想到，东旺广场的开发商选中了这里，并且将它定位成安城重点投资项目，短短几年下来，居民住宅楼、商业铺子、商场超市陆续出现，并且成了东区最热门的一个商业圈。不过，这里原生居民并不多，他们得到赔偿款后，纷纷去了安城市中心买房，这里的很多房子便被出租或者被外地人买下来居住，久而久之，这里汇聚的大多数都是外地人。

林刚和顾美玲跟着马良民一起来到了东旺广场，然后很快找到了那座报时钟。报时钟位于东旺广场的西南方向，声音是从西侧方发出来的。根据东旺广场负责时钟的人讲，这个时钟一直都很准，每一个小时会自动报时。很多东旺广场的人，都会听它报时。

林刚拿出安城东区的地图，将东旺广场报时钟西侧方向的住宅楼圈了起来，一共四个小区，三排民房住宅。另外就是一些小商铺的房间，因为地图上登记不全，所以需要一个一个排查。

马良民带了两个队员，再加上顾美玲、林刚和许之昂，一共六个人。于是，六个人分为三组，分头行动。马良民和一名警察一组，负责商铺房的询问，顾美玲和另外一名警察负责民房住宅楼的搜寻，林刚和许之昂则负责余下的，因为他们的目标太多，其他组如果提前完成了，可以过来帮助他们。

走访调查是马良民和他下属的强项，不过这边的很多商铺没开门，所以走访了一阵子，马良民有点犯愁了，这样下去可不行，很多商铺门没开，等于根本没搜查，要知道陆晨现在死了，兴许这些关门的里面有一间正是陆晨的。

"马队，我有个主意，我知道这边的很多商铺都是东旺广场物业出租的，他们肯定有备用钥匙和租住户的联系方式，我们直接找他们，然后让他们帮我们一间一间查看不就可以了吗？"跟着马良民的警察叫黄伟峰，进入刑侦队之前曾经在东区做过基层民警，这也是马良民带他过来的原因。

"小黄，你这么一说还真是个办法，走，我们直接去东旺广场的物业。"马良民一听，顿时大喜。

推开物业的门,让马良民意外的是,林刚和许之昂也在物业,他们正在和物业说什么。看到马良民他们进来,林刚欣喜地说道:"来来来,正好,这是安城刑侦队的队长,你可以问他,我们真的是过来查案的。"

"怎么了?"马良民走了过去。

简单询问了一下才知道,原来林刚和许之昂跟马良民他们一样,想过来让物业帮忙,但是物业却不配合。

看到马良民的证件,物业松了口,然后派人过去帮助他们协调。

"要不和顾警官他们说下,也过来看看能不能省点时间?"马良民说道。

"我问他们了,他们不需要,顾警官这个人有点轴,她觉得可以通过自己的判断决定,依靠物业这些资料,太过表面。不过她的想法也对,我们现在通过物业筛选了,难保有察觉不到的疏忽啊。"林刚说道。

"这是肯定,物业这边给的帮助只是基本的,我们还要仔细筛查。"马良民连连点头。

物业将所有租出去的信息资料都拿了出来,从地图上看觉得没什么,现实中看起来才发现这是一个工程量比较大的工作。于是,林刚和马良民商量了一下,让许之昂和黄伟峰带着物业的两名工作人员一起筛选。林刚和马良民则去现场看看有没有什么突破口。

另一边,顾美玲和另外一个警察开始对小区进行询问调查。因为已经确定,人质在地下室,所以他们要锁定的范围就是一楼下面的地下室。小区的地下室不多,两个小时下来,基本上已经查看了个差不多。

"顾警官,这眼看着就完了,也许人并不在小区里。毕竟小区人多口杂,要绑架一个人在地下室,应该很难办到。我觉得最好的地点就是独门独户的,尤其是像农村那样的房子,在家里下面挖个洞,谁也不知道,想困多久就困多久。"

"你说的没错,不过陆晨他条件有限,并且他绑架人也不是为了困住他们,他绑架人的目的就是让警察知道,所以根本不会选择独门独户的。这种小区其实是最合适的,只要租住了其中一个房子,就带一个地下室。尤其是这一楼,在下面还可以自己设计地下室。"顾美玲说道。

"可是我们都快找完了,也没什么发现啊。"

顾美玲没有说话,只是在本子上画着什么。

天黑的时候,六个人在东旺广场门口碰头。折腾了一天,每个人都显得疲惫不堪。尤其是林刚和马良民,他们为了不出问题,把一些正在营业的商铺一个一个查看了一遍。毕竟时间有限,有些地方还是没有查完。

"本以为没多少,没想到工作量这么大。"林刚摸了摸头发说道。

"可不是,我们在物业公司那儿查看信息也挺费劲的。"黄伟峰跟着说道。

"大家有什么发现吗?"马良民环视了一下众人问道。

林刚和黄伟峰依次说了一下他们调查的情况,到了顾美玲这边,顾美玲拿出一张纸，在上面画了简单的路标和一个钟表，然后说："肖宁说他们在晚上能听见那个钟表报时，如果说所处的位置能够清晰地听见报时的话，那么为什么他们只在晚上听到过，白天却没听到呢？"

"是因为他们白天没注意吗？或者外面的环境太嘈杂？"黄伟峰问道。

"这不可能，白天再没注意，也不可能错过听见钟声的报时。"林刚脱口说道。

"那会是什么原因呢？"马良民愣住了。

"从这个报时钟的发声位置看，侧面可以折射到三个小区，分别是三号院、阳光小区和明月小区。其他小区我们也都仔细看了，没有符合条件的。如果要符合陆晨藏人的特点和其他线索参考的话，我认为就在这三个小区住宅楼进行搜查。至于刚才说的白天听不见声音，晚上却可以的问题，应该是地下室修建的是两层，并且是利用莫比乌斯环的形式修建的。"顾美玲说道。

"什么意思？"马良民从来没听过这个词，不禁有些愕然。

林刚也不明白。

"莫比乌斯环是德国数学家莫比乌斯发现的，简单地说，就是将一张纸条扭转一百八十度，两头再粘到一起做成的纸袋圈。"顾美玲说着，撕了一下纸条，然后做了一个莫比乌斯环，放到了桌子上，"在建筑学上经常会有这样的结构，就是人在下面一层，看着在地下一层，其实因为莫比乌斯的效果，是在一层的另一面，前面会有一个东西挡着，并且这个东西应该是到了晚上就停止了，所以被绑架的人质白天听不到报时，到了晚上才能听到。"

对于顾美玲的话，林刚和马良民他们依然面面相觑，不知所谓。

"这个也说不清楚，等找到人质了，我在现场给大家演示吧。"顾美玲看到他们的样子，不好意思地笑了笑。

第十四章　致命证据

"你知道谜底？什么意思？能说清楚点吗？"陆飞翔听到陈池的话，一下子激动地站了起来。

"2号坐下。"不远处的警察看到陆飞翔的样子，顿时喊了起来。

"陈警官，你说的是什么意思？"陆飞翔坐了下来，眼中满是着急。

"虽然我不太确定，但是我觉得你和梅姐的事情不能以体液来作为证据。我要知道的是，那天晚上，包括案发前日你的一些隐私情况，比如在性事这方面，你需要告诉我。"陈池沉思了一下说道。

"好。"陆飞翔咬了咬嘴唇，点了点头，"案发前日我说了，我在局里加班，后来回家睡觉了。我今年27岁，老实说，性事这块需求也有一些，但是因为之前和女朋友分手后一直都压抑着，所以对于这块的事情，我都是用工作来转移自己的注意力。我宁可自己解决，也不会去那种地方的，我是一名警察，怎么可能去那种地方？"

"可能我说得不太清楚，我想问的是你上次性事或者说你自己解决是什么时候？"陈池咳嗽了一下，低声问道。

"上次，应该是在案发日的半个月前吧，有十几天了。是在家里自己解决的。"陆飞翔刮了刮鼻子说道。

"不，你在说谎。陆飞翔，你必须告诉我实情，否则这个铁证是很难推翻的。"陈池摇了摇头看着他说道。

"我，我……也许是案发的两天前，怎么说呢？那天我和一个朋友喝酒，后来他带我去了一个地方做按摩，后来我就睡着了，醒过来的时候听朋友说，最后技师都会用手帮解决，我也不知道那个技师有没有帮我。"陆飞翔说着低下了头。

"你那个朋友叫什么？那个地方在哪里？技师是几号，叫什么还记得吗？"陈池问道。

"我那个朋友叫邱天，是安城美亚传媒公司的经理。那个地方在未来路的嘉年华足浴，技师是几号不记得了。当时我喝得有点多，基本上都是技师在操作，我都没动。"陆飞翔说道。

"好，这个情况我们回去会调查。你别着急，既然你是无辜的，那么我们肯定会帮你查清楚真相。"陈池冲着陆飞翔微微点了点头。

"我能问一下，是谁请你们过来的吗？是马队长吗？还是我父亲？"陆飞翔呆滞了几秒后问道。

陈池和关风对视了一下，然后低声说道："是你父亲，不过我想告诉你的是，你父亲为了你做了一些极端的事情，现在他遇害了。"

"什么？"陆飞翔一下子情绪又上来了。

"你别激动，我希望你能好好配合我们找出事情的真相，出来后找到杀害你父亲的凶手。"陈池说道。

陆飞翔慢慢坐了下来，目光望着前方，整个人微微颤抖。

从拘留所出来，关风和陈池上了车，发动车子后，关风看了看陈池问道："你为什么要告诉陆飞翔他父亲的事？"

"我希望他能全力配合我们，因为现在给他脱罪已经不是最主要的事情了，我们要查出杀害陆晨的凶手。你没看到吗？陆飞翔对我们还有所保留，刚才问他的时候，他还撒谎。"陈池说道。

"你问的是隐私之事，他自然有点抗拒，也可以理解吧。"关风说着踩住油门，车子开始向前驶去。

"不，现在他都要面临牢狱之灾了，哪还管得了那么多。我觉得他还是有什么事情在瞒着我们。不过，现在对他的那份铁证，我倒觉得开始出现漏洞了。走，我们去他说的那个嘉年华足浴看看去。"陈池若有所思地说道。

"顺便也去拜访一下陆飞翔的那个朋友，叫什么来着，对，邱天。"关风说道。

嘉年华足浴位于安城未来路与红星路交叉口，这个门头看起来很一般的足疗店，进去后让陈池和关风吓了一跳，尤其是前台大厅，几乎有七八十平方米，没有任何摆设，中间就是一个假山水池，里面有十几条胳膊粗的锦鲤游来游去。大厅门口站着几个穿着黑色西服的男人，看到关风和陈池进来，他们一起鞠躬，齐声欢迎，这倒让陈池有点不好意思了。

"贵宾今天做什么项目？"坐到旁边的沙发上，一名穿着白衬衫的男人立刻走了过来，半跪到地上问道。

"我们是……"陈池刚想说话，旁边的关风打断了他的话。

"那个，你们最贵的是什么？"

"我们最贵的是280元的高级按摩，两位需要的话，我帮你们安排。"男人说道。

"不是还有其他的吗？难道不是这个地方？"关风一听，假装有点不满意。

"不知道您说的朋友是哪位？"那个男人看到关风的样子，顿时低声问道。

"美亚传媒的邱总。"关风说道。

"哦，你们是邱总的朋友，真是不好意思。"男人脸上立刻换了一副表情。

"也不算邱总的朋友，邱总有个同学跟我们是朋友，之前他们来过，说这里不错。对了，好像是上月 15 日吧？你查下邱总的消费记录就行，对了，我就做他们做的那个项目，并且要同样的技师，不然我们就不做了。你明白的。"关风说着头往前低了低。

"明白，明白，我这就去安排。两位请先上楼。"那个男人连连点头。

关风和陈池上楼了，期间，陈池不停地看着关风，实在憋不住的他问了句："关队长，你可以啊，这地方你不会是熟客吧？怎么这么熟悉呢？"

"熟悉个屁，我和治安大队扫黄的时候一起合作过几次，有时候难免要上去做做样子，不然我们上来了，人跑了，没有证据，还查什么呢？"关风瞪了他一眼，

两人来到了一个房间，然后很快来了一个女人，40 多岁，笑眯眯地坐到陈池和关风身边。

"两位帅哥之前没来过吧？"女人问道。

"这不听朋友说的才过来的吗？"关风说道。

"那真好，听说你们是熟人介绍的，那我也不拖拉了。一会就让技师上来。"女人说着站了起来。

"我们就点上次邱总他们来点的那两个技师，要是不是的话，我们可不要啊。"关风说了一句。

"婷婷和安安嘛，她俩肯定来，要没她俩，我这可惨了。"女人笑嘻嘻地离开了。

"婷婷，安安？也不知道哪个是她的名字？"陈池问道。

"假的，两个名字都是假的。在这种地方，谁用真名字。不过不管真假，我们找的人，跑不了。"关风说道。

这时候，门响了，刚才的女人带着两个女孩走了进来。

陈池看了一眼，两个女孩都挺漂亮的，穿着短裙黑长筒袜，皮肤白皙，脸上带着微笑。

"这是那天那两个技师吗？"关风问道。

"是的，就是她们。"女人说着，走了出去，将门关上了。

两个女孩走了过来，分别坐到了关风和陈池两个人的身边。

"上个月 15 日，邱总来这儿玩，你们谁给他朋友做的服务啊！"关风问道。

"都那么久了，谁还记得啊，再说帅哥，你老提其他男人干什么啊！"给关风按摩的女孩叫婷婷，她一边说着话一边轻轻摩挲着关风的肩膀。

"就是，你们才是今天的客人。"另一个女孩自然是安安，她正帮陈池按肩膀，说话带点口音，听得不是特别清楚。

"你们谁要是回答对问题了，我给她红包。"关风说道。

"真的啊，那我告诉你，那天是我给他按摩的。"婷婷一听，欣喜地说道。

"不是你，你不要骗我，否则我会投诉你。"关风说道。

"好吧,其实那天给邱总朋友按的那个女的不来了,不上班了。"婷婷看到关风认真的样子,只好说实话。

"不上班了?"陈池愣住了。

"对啊,说是有事回去了。我们这行很正常,流动性太大。"安安跟着说道。

"那行吧,我们也得回去了。"听到这里,关风推开了婷婷,然后说道。

"哎,你们怎么这样?这是什么意思啊?"婷婷愣住了。

关风没有再说话,将她们推了出去。

拉开门,陈池看到门外站着几个人,为首的正是刚才那个女人,她看着关风和陈池,冷笑一声说道:"我看你们两个就不像是来这儿好好享受的客人,今天不说清楚,你们两个谁都别想走。"

第十五章　选择逻辑

"要不我把赵大海和肖宁带到这里来，毕竟他们曾经被囚禁过，虽然每次出来都蒙着眼睛，但是人的第六感总归会有熟悉气场的感觉的。"林刚说话了。

"我觉得是个不错的主意。"马良民点了点头。

顾美玲还在纸上推算着什么，对于林刚的话似乎并没有听见。

"不用，我能感觉到她们就在这附近。"旁边的许之昂忽然说话了。

许之昂的第六感非常灵敏，不过在很多案件的侦破中并不能完全用到。林刚曾在一次查案的时候见识过许之昂的技能，不过后来这个技能基本上没再发挥什么作用。这次寻找人质，林刚倒疏忽了许之昂，因为他对这些事情还挺有一套的。

"感觉？许警官，我们找人不能靠感觉啊，那跟算命的有啥区别啊！"马良民听到许之昂的话，不禁有点哭笑不得。

"不，许警官的本事可不是靠猜的，他的感觉很准的。"林刚知道其他人不太了解许之昂，所以正色对马良民说道。

许之昂走到了窗户面前，望着外面不远处的居民住宅楼，他闭上了眼睛，然后屏住了呼吸。陆晨是一个上年纪的人，他只能利用一些特殊的技巧将目标绑架，并且带进地下室。四个人，有男有女，被关在一起。为了保证不出问题，陆晨需要好好照顾他们，否则他的计划就会被打乱。

"人质住的地方应该在远离人群的地方，但是距离车站都不远，因为这样可以方便犯罪嫌疑人案发后随时离开。所以最有可能的位置在这里。"许之昂说着，指了指他确定的地方。

"现在嫌疑最大的地方就是报时钟西北边直对的小区。"顾美玲话没说完，大家都惊叹地鼓起了掌。

顾美玲和许之昂竟然指的是同一个地方。

"这太意外了。"其他人也看呆了。

"事不宜迟，我们马上过去。"林刚也没想到许之昂和顾美玲竟然会不谋而合。

最有嫌疑的小区名字叫嘉南苑，一共四栋楼，每栋楼三个单元，加上单独的地下车库，符合要求的一共有十五个地下室。马良民找到物业，通过联系业主，排除了十一个业主的地下室，最后只剩下 2 号楼 3 单元、3 号楼 1 单元、4 号楼 4

单元和201车库的四个业主联系不上。马良民、林刚、顾美玲和许之昂分别过去查看。

半个小时后，马良民和顾美玲所调查的地下室确定没有问题，然后他们分别来到了林刚和许之昂所调查的地下室旁边。

"其实我认为在单元楼下的地下室不太适合囚禁人质，毕竟这不是单独的地方，三个单元楼下的地下室是相通的，虽然有一段距离，但是毕竟有会被人撞见的概率。所以最有可能的就是许之昂负责调查的那个，车库地下室是单独的，陆晨完全可以开着车进去，然后将人质囚禁。"顾美玲说道。

这时候，马良民接到了物业打来的电话，已经联系到了许之昂负责的201车库业主，对方说租他车库的人正是陆晨。

"太好了，终于找到了。"林刚欣喜地说道。

所有人立刻赶到了201车库面前，然后在物业的帮忙下打开了车库锁。车库不大，十几平方米，陆晨的车子不在，几个人开始在车库地面寻找地下室的入口。没过多久，许之昂拉起了一个铁板，然后眼前出现了一个仅容一人出入的入口，马良民最先下去，然后是林刚和其他人。

奇怪的是，地下室里空荡荡的，什么都没有。

"奇怪，难道我们推测错了？这明明就是陆晨租的车库啊！这地下室，又符合囚禁人质的条件。你们看，从这里正好可以看到报时钟。"林刚站到前面，指着上面，那里有一个巴掌大的窗户，正好可以看到外面的情景。

"不对。"马良民忽然说话了，"这是在地下室，已经下来了两米左右，为什么能看到地下室上面的风景呢？报时钟应该是在地面才能看到的啊！"

"对啊，这是怎么回事？"其他人也明白了过来，不禁问道。

"莫比乌斯环，陆晨肯定是用莫比乌斯环方式修建的这个地下室，这里应该就是莫比乌斯环的上面一段，你们看看还有没有其他通道。"顾美玲来回走了几圈，突然说道。

其他人听后，立刻在地面和墙面上拍打起来，很快，他们摸到了一个机关，用力一推，前面出现了一个隐形门，门开了一条缝，几个人一起走了进去，路面有点陡，他们走下去后，发现下面竟然还有一个地下空间，这次他们看到了他们要找的人质。

两个女孩看到来人，眼神中充满了害怕，不过看到有警察在他们中间，立刻开始呼喊。马良民和林刚立刻冲过去，将囚禁女孩的锁链弄开，然后带着她们出去。

许之昂看着眼前的环境，那里一共囚禁过四个人质，两个男的，两个女的，旁边的角落放满了吃的东西和水，看来陆晨并不想伤害他们，给他们足够的吃喝，旁边还有一个引出去的暗沟，用来排出她们的排泄物，所以虽然空间不大，但是并不沉闷。

顾美玲走到了墙壁前，忽然伸手摸了摸墙壁，用力抠了几下，不禁露出了惊讶的表情。看到她的样子，许之昂也走了过去，仔细看了一下顾美玲的手上，脱口说道："泡沫？"

"不仅如此。"顾美玲将上面的泡沫用力抠掉，然后发现里面有一道铁链，铁链隐藏在泡沫墙壁里面，沿着铁链的位置抠下来，最后发现，那道铁链竟然一直延伸着从入口出去，向上延伸。

"想来这就是莫比乌斯环的效应，这个铁链应该是一个莫比乌斯环，然后它将上下两个地下空间形成了一个空间，然后到特定时间进行转换，这样一来，里面的人根本不知道自己什么时候被隐藏在墙壁里的铁链缓缓地拉到了 2 楼，然后再缓缓推回来。这样也就形成了为什么肖宁说的有时候能听见报时钟，有时候却听不见。"顾美玲解释了一下。

第十六章　原委

"怎么？你们想干什么？"对于这种场合，关风可见过无数次，对付这样的人游刃有余。

"不干什么，给钱就行。"那个女人说道。

"我们没说不给钱啊。"陈池小心地说了一句。

"那行，给钱就行，一人两千。"女人伸出手掌说道。

"一人两千，这不敲诈吗？上来的时候不是说最贵的280元吗？"陈池说道。

"要是正常客户过来，一人两百多。你们是做什么的，自己不清楚吗？我听婷婷说了，你们打听这里的技师，你们问这个做什么？"女人一脸疑惑地看着他们。

"我们是警察。"事到如今，关风也只好摊牌了。

"警察？安城的警察我见过不少，你们这样的还真没见过。估计是骗人的，别管他。"后面一个男人说了一句。其他的人也纷纷附和道。

关风刚想说什么，旁边的陈池忽然拉住了他，轻轻摆了摆手。

关风看了看陈池，不知道他要做什么。

那个女人走进屋子，后面几个人将门口堵住，关上了门。

"我现在报警，让警察过来。"陈池说着拿出了手机。

"报警，你想报警就报警，也不看看这是什么地方？"旁边一个男的一把夺走了陈池的手机。

"哎，你这是干什么？"关风一看，顿时火冒三丈。

"你的也不例外。"那个男的走到关风面前，伸手想拿走关风的手机，关风正在气头上，一把抓住男人的手，顺势一转，将男人一下子扣住按到了地上。

门口的男的一看自己人被打了，顿时围了过来。

房间本身不大，还有按摩床和桌子等家具。两个男人冲过来并不占便宜，因为地方太挤，施展不开拳脚，再加上他们个子没有关风高，所以只能眼睁睁地被关风打翻在地上，却帮不上忙。

房间里的打斗声很快惊动了店里的其他人，陈池和关风从房间出来了，看到外面站了不少人，大多数都是店里的工作人员，他们并没有全部上来，大多数在一边围观。

正当对峙的时候，一名警察从下面上来了。

"刘警官，快，快，这两个人在店里冒充警察。"女人立刻恶人先告状。

那个叫刘警官的人走过来，看了看陈池和关风说道："怎么回事？这光天化日的，就冒充警察？"

"我们没有冒充警察，是她在说谎。我们是来……"

"别说了，局里说去。"关风的话说一半，直接被刘警官打断了，并且对方直接抓住了关风的手，想要将关风扣住。关风侧了侧身，露出了腰上的手铐，然后用胳膊肘顶住了刘警官的手。

果然，刘警官看到了关风腰上的手铐，顿时松开了手，然后问道："你们真是警察？"

"对啊，我们是警察。"陈池点点头。

"哎呀，这真是大水冲了龙王庙，自家人不认识自家人了。"刘警官哈哈笑了起来，从关风手中抽出的手，顺势搭在了关风的肩膀上，显得自己好像跟关风很熟的样子。

听到刘警官说关风和陈池是警察，刚才那个大呼小叫的女人，顿时变了一副嘴脸，跟在后面笑着，时不时插一句话。

"既然刘警官这么客气，那么就帮我们个忙吧。我们这次过来是调查之前这里的一个单子。"陈池说道。

"你，你好好配合调查，说仔细了。"刘警官指了指那个女人。

"这，这不好说啊！"女人有点为难。

"让你说就赶紧说，怎么回事？难道非得带你到局里说？"刘警官瞪了那个女人一眼。

"好，好，我说我说。那天的事情其实我记得很清楚，因为是邱总的单子。邱总是我们这边的白金客户，他的很多要求我们都得满足。半个月前，他的确来了，还带着一个人，两人喝得醉醺醺的。然后按摩的时候，邱总特意找到我，偷偷跟我说让5号给他朋友服务。5号是邱总比较熟悉的一个技师，我肯定要安排啊。事情就是这样，没什么奇怪的地方啊。"那个女人讲了当时的情况。

"这个5号技师今天上班了吗？"陈池问道。

"没有，她十天前辞职走了。"女人摇摇头。

"店里有她的联系方式或者家庭地址吗？"陈池又问。

"没有，我们这行的技师流动性太大，根本不会留真实地址和电话。"女人摇了摇头。

"那这个5号和店里的女技师有关系好的吗？"关风问了一句。

"有，18号，她们两个挺熟的，经常在一起。我现在喊她过来。"女人说着转身走出了房间。

对于5号技师，18号技师虽然和她很熟悉，但是真实姓名和地址都不清楚。

说简单点，做这一行的，谁都不会给谁交底，并且流动性很大，通常不会在一个城市长待。不过18号技师说，5号技师应该还在安城，之前听说她找了一个男朋友，对方希望她不做这行，所以5号技师可能改行了。

"这也不好办啊，虽然有对方的照片，但是你也不能满街张贴去找对方吧。再说如果陆飞翔的案子和对方有关系，那么她看到了反而会躲开。"关风皱着眉头说道。

"那个邱天，带陆飞翔来这里，还特意安排5号给陆飞翔服务。或许，我们能从他的身上找到一些线索。"陈池说道。

"对，我们去找邱天，看看他到底知道些什么。"关风点了点头。

第十七章　冷漠

　　肖宁是一个外表看起来很乖顺，但是背地却很歹毒的小孩。
　　9 岁那年，因为怨恨隔壁邻居，趁人不注意，他偷偷溜进对方家里，将对方年近 70 岁的父亲从楼梯上推下来，导致对方坠落而亡。
　　因为是下午，加上楼梯上下也没过路者，所以案子没有目击者。对于肖宁的说辞，没有人怀疑，谁能想象眼前这个小孩竟然是杀人凶手呢？
　　肖宁父母在他两岁的时候离婚，根据法律规定，肖宁必须跟着妈妈。因为妈妈要赚钱，所以很小的时候肖宁就被扔到了姥姥家没人管。姥姥喜欢打麻将，经常让他在麻将摊旁边自己玩，赢了给他点钱买点零食，输了可能饭都没有，即使在这种条件下，肖宁还是很认真学习，并且成绩也非常好。
　　肖宁被绑架的这些天，他的母亲并没有找过他。这让肖宁心里有点难过，不过他已经习惯了这种冷漠的生活。被陆晨绑架，他甚至还觉得有一丝安慰，和其他三个人被关在一起，他们都认为肖宁年龄小，所以都比较照顾他，在那样的环境下，他的心里反而隐隐有一丝感动。
　　昨天刚被警察送回来，今天就被母亲送到了学校。肖宁被绑架的事情，现在整个学校都知道了。老师和同学们都慰问他，看似同情，可是在他看来那分明是幸灾乐祸，尤其是一些调皮捣蛋的学生，他们问的问题让肖宁非常生气。
　　放学后，肖宁没有急着回家。他从学校出来，沿着马路慢慢走着。肖宁一直在担心一个问题，那就是他 9 岁那年的事情，绑架他的人是如何知道的，现在这已经不是秘密，和他一起被绑架的三个人都知道了。虽然他们被警察救出来后，谁也没有说自己被绑架的真实原因，但是如果有一天，其中一个人说出来，那么自己可能还会坐牢。
　　"肖宁。"突然，有人在背后喊他了。
　　肖宁转过头，看到后面跟过来三个人，正是他的同班同学，喊他的是一个叫大头的学生。这个大头是班里的刺头，仗着家里有权有势，平常嚣张跋扈，谁都不敢惹。
　　肖宁皱了皱眉头，假装没听见，快步向前走去。
　　"别跑啊，跑什么啊？"大头和后面的人很快追了过来，然后将他围在了中间。

"你们要干什么？"肖宁有点害怕地看着他们。

"我们想问你一些事情，你只要告诉我们就好。"大头说道。

"什么事？"肖宁不知道他们玩什么花样。

"你被那个人绑架了，和另外三个人关在一起，是不是还有两个女的？"大头嘿嘿一笑，问了起来。

"是啊，怎么了？"肖宁点点头。

"那你们是不是睡觉、上厕所都在一起啊。"大头又问。

肖宁没有再说话，他明白大头的意思了，闹半天，他是过来取笑自己的。十几岁的小孩，已经有了男女有别的隐私，并且非常注重。

"听说那个嫌犯是一个变态，他有没有对你做什么啊？"大头继续问道。

"没有。我走了。"肖宁实在听不下去了，想要推开他们，但是围着他的几个人没有动，将他重新推到了墙边。

"怎么？不敢说啊！说出来呗，肯定是被那个变态玩了，哈哈。"大头哈哈大笑起来，他说的玩的意思，肖宁自然明白。

肖宁顿时火冒三丈，他不禁用力推了大头一下，然后整个人疯了一样从围着他的人群中钻了出来。

大头没有防备，一下子被肖宁推倒在地上，顿时恼羞成怒，指着前面喊道："给我抓住他。"

旁边的人一听，立刻追了过去。

肖宁跑得很快，穿过街道到对面，然后拐进了一条巷子。

大头和他的朋友追进巷子里却发现里面没有肖宁的影子，巷子是一个死巷，他们明明看到肖宁跑进去了，可是追进来后却发现里面没有人。

"跑哪儿去了呢？"大头四周看了看，发现旁边有两户人家，大门紧闭，他眼珠子一转，然后说道，"他肯定去这里面了，咱们分头进去看看。"

大头和一个学生进入了左边的人家，这是一个普通的北方人家，院子里长满了荒草，看起来很久没人住了。虽然是大白天，但是看上去还是觉得阴森森的。

"大头，要不我们走吧，我觉着这里有点恐怖。"旁边的伙伴跟大头说道。

"害怕什么？有什么怕的，这大白天的。肖宁都不怕，我们怕什么，要是让人知道了多丢人。你在这儿等着，我进去看看。"大头瞪了他一眼，自己往里面走去。

院子里的荒草很高，大头走进去后，像走进一片森林一样，只见荒草忽然晃动了几下，然后大头就不见了。

那个学生大声叫了起来，可是没有人回应。他吓得出去喊人，所有人都跑了进来，四处喊着大头的名字，却没有任何回应。于是，他们慌忙给老师打电话。

天黑了下来，巷子里围满了人。

不但老师来了，警察也来了，还有大头的家人。孩子们惊恐不安地说着他们下午的事情，而被他们追赶的肖宁早已经回了家，用肖宁的话说，当时他并没有进入巷子，只是假意往那里拐了一下，然后迅速离开了。

院子就那么大，就算是挖地三尺也该找到了，可是却什么也没找到，大头就像一条潜入河里的鱼，一下子就失踪了。

警察和老师，甚至大头的家人问了肖宁很多话，不过都没什么作用，因为肖宁根本就没有进这条巷子，自始至终都是大头在找肖宁，进入那个院子，进入荒草里面，都是他自己去的。

回去的时候，已经是晚上十点多了。肖宁没有等到公交车，只好沿着马路慢慢走，反正妈妈还没有回去，回去了也是他一个人。

一辆车不知道什么时候跟着他，他发现的时候，有点害怕，不禁加快了脚步，那辆车也开得快了起来，最后和他并肩而行。肖宁转头看了一下，开车的是一个戴着口罩的男人，他看到肖宁看自己，于是停住了车，冲着肖宁摆了摆手，示意他走过来。

"什么事？"肖宁走过去问道。

男人没有说话，指了指车子的后面。

肖宁往后面仔细看了一眼，顿时惊呆了，后面的车位上躺着一个人，确切地说是绑着一个人，他不是别人，正是刚才大家在找的大头。

"上来说吧。"开车的男人说话了。

肖宁犹豫了两秒，然后拉开了车门，坐到了副驾驶上。

男人坐直身体，然后一踩油门，车子风一样向前驶去……

第十八章　邱天的秘密

邱天准备出门的时候，关风和陈池找到了他。

"时间长吗？我有事得出去。"邱天看了看手腕上的表，不好意思地说道。

"用不了太久，几分钟就够了。"陈池说道。

"那行。"邱天说着对门外的秘书喊道，"给两位警官倒杯茶。"

"不用麻烦了，我们就问几个问题。"关风说道。

"既然说起来了，就问清楚些。"邱天笑了笑，坐了下来。

"陆飞翔认识吗？安城刑侦队的。"陈池开门见山，直接问道。

"认识，是我同学，我们算比较熟悉吧。"邱天点点头。

"那他的情况你现在知道吗？"陈池又问。

"知道，说是涉嫌杀人。这事我还找过他父亲，也找过他的领导，可是我这也是爱莫能助。"邱天说着点了一根烟。

"今天找你是问另一件事，陆飞翔被抓前两天，他说跟你一起喝酒，然后去了未来路那家叫嘉年华足浴的足疗店，你还记得吗？"关风接口问道。

"哦，对，记得。当时他喝多了，也不着急回家。我们便去了那家足疗店，我是那里的老顾客，跟老板比较熟。怎么了？"邱天想了一下说道。

"我们去那里调查过了，老板说当时你特意安排5号技师给陆飞翔服务。"关风继续问道。

"对，那个5号技师按得不错，我寻思给他按舒服些。有什么问题吗？"邱天一脸疑惑地问道。

"陆飞翔说第二天醒过来，你跟他说最后技师会帮客人手淫，5号技师是不是也帮陆飞翔做了？"关风问道。

"不不不，我专门找5号技师，就是因为5号技师不做这个。陆飞翔是警察，他们是不让出入这些娱乐场所的，那天要不是喝多了想找个醒酒的地方，他才不会跟我去的。我知道警察纪律多，所以专门找5号技师给他按摩。"邱天一听，慌忙解释道。

"是这个原因？"陈池脱口说道，他没想到竟然是这样。

"可不是嘛，陆飞翔人很不错，他很讲究纪律的，我怎么能让他犯错呢？"邱天说道。

"你和那个5号技师很熟吗?"关风又问道。

"熟倒谈不上,就是去那里的话,会找她多一些。只知道她不是安城人,有一个孩子在上学,家里全靠她赚钱养家。"邱天皱了皱眉头说道。

"她叫什么名字,老家是哪里的,知道吗?"关风又问。

"只知道小名叫英子,家是明城的。"邱天说道。

"好,那先这样,你给我们一个你的联系方式,以后有事我们再联系。"关风看了看陈池,然后对邱天说道。

"好的。这是我的名片。"邱天说着从口袋拿出了名片夹,抽出一张,递给了关风。

关风和陈池离开后,邱天站在窗户边凝视着他们坐上车。

这时候,邱天的手机响了起来,他立刻拿起来,看了一眼,接通了电话。

"好,我马上到。"邱天说完,挂了电话,然后急匆匆地下了楼。

邱天开着车出来,很快拐上了旁边的街道。刚才陈池和关风找他的事情还在眼前,牵连出来的是那天晚上和陆飞翔喝酒的记忆。

"真喝不了太多了,我这两天还有案子。不能喝了。"陆飞翔看到邱天又让服务员上了一箱酒,立刻说话了。

"这是啤酒,跟水一样啊。这不是你风格啊,要知道你之前都是一人一箱的。"邱天惊讶地看着陆飞翔。

"是,之前没事,这不这两天有案子嘛。别喝了,我也喝得不少了。"陆飞翔摆了摆手。

"那这样吧,你少喝点,桌子上的你喝了,其他的我喝了。喝完回家睡一觉,明天醒来什么事都没有,又不是没喝过。"邱天说道。

"那行吧。"陆飞翔见拒绝不了,只好同意了。

邱天知道陆飞翔的酒量,那天之所以出现喝不动的情况,是因为他们喝啤酒之前还喝了一瓶白酒。两种酒一掺和,很容易醉。不过,邱天就是要让陆飞翔喝醉。

终于,酒喝得差不多了。邱天去结完账过来的时候,陆飞翔走路都有点晃悠。

"没事吧,怎么都晃悠起来了?"邱天扶住了陆飞翔。

"没事,回去睡一觉就好了。"陆飞翔摆了摆手。

"这样回去,你爸肯定要骂你。这样吧,我们找个地方休息一会儿,醒醒酒。"邱天说着扶着陆飞翔往外走。

"什么地方?不去了,还是直接回去吧。"陆飞翔说道。

"没事,不是什么多好的地方,就是一个足疗店。我现在回去媳妇肯定会骂我,就当陪我呗。"邱天说道。

"足疗店?不行,不行,我们有规定的,不让去的。"陆飞翔一听,连连拒绝。

"没事，这会儿下班，谁管啊。再说你到那儿什么也别做，就睡觉，等我行不?"邱天叹了口气说道。

"什么都不做，那还可以，那还可以。"陆飞翔确实喝多了，晕乎乎地被邱天带上了出租车。

到了足疗店，陆飞翔躺到床上就睡着了。

邱天找到了5号技师，在她耳边说了一番话，然后从包里拿出一沓钱塞给她。

嘀嘀，后面车的喇叭响了起来，打断了邱天的回忆。他回过神，这才看见前面的车早已经开远了，于是他立刻踩住油门，向前驶去。

十几分钟后，邱天来到了一栋建筑前。

邱天下了车，四处看了看，确定没人跟着自己后，上了楼。

来到4楼一个房间，邱天走了进去，然后关上了门。房间里面窗帘拉着，没有光，黑漆漆的，什么都看不见。

"你来了。"黑暗中，有人说话了，是一个男人的声音。

"来了。"邱天说道。

"事情如何了?"对方问道。

"今天警察来找我了，问起了那天晚上和陆飞翔喝酒的事情。"邱天说道。

"你怎么跟警察说的?"对方问。

邱天迟疑了一下，然后将和陈池与关风的话原原本本说了一下。

"笨蛋，你为什么要骗警察?"听完他的话，对方骂了一句。

"我只能那样说，不然我告诉警察是我安排5号技师帮陆飞翔打飞机，那样的话，警察不是更怀疑我?"邱天听后辩解道。

"如果警察找到5号技师，一切都会被查出来的。"对方说道。

"五号技师已经离开了，她收了我的钱。"邱天说道。

"正因为她是收你钱做事的，她可以收你钱帮你，也可以收别人钱出卖你。这样的女人，用钱这一个方式是根本不能控制住的。"对方叹了口气说道。

"那我杀了她?"邱天吸了口气说道。

"笨蛋，警察正在调查她的时候，你杀了她，这不摆明是灭口。"对方生气地说道。

"那怎么办?"邱天迷惑了。

"暂时先不要轻举妄动，如果警察查到了再说。到时候你可以改口，就说之所以骗他们，是为了保护陆飞翔。"对方说道。

"好，听你的。"邱天说着停了一下，然后又问，"那个，那个视频你能给我了吗?你让我做的事情我都做了，是不是可以还给我了?"

"出门左转的超市，32号存储柜，密码条在你现在站的位置左边的柜子上。"对方说道。

"好的。"邱天伸手摸索了一下，果然摸到一个盒子，然后快速装到了口袋里。

"这个事情结束了,不要再出岔子了,你我以后谁也不会牵连谁。"黑暗中的男人说话了。

"是的,我等这一天好久了,再见。不,再也不见了。"邱天的声音颤抖着,带着一丝欣喜,然后打开门,快速走了出去。

第十九章　源头

安城公安局会议室。

经过几天的调查,案情有了初步的眉目。

关风把所有人调查的情况总结了一下,"其实所有的源头在这儿。"关风指了指写画板上的分析图,"就是陆飞翔调查的马佳瑶被杀案。如果不是陆飞翔调查这个案子,他不会去梅姐足疗店,然后发生命案被抓;如果他不被抓,那么陆晨也不会绑架赵大海他们四人;如果陆晨不绑架他们四人,也许不会被杀。所以这是一个看起来很完整的因果链,之所以看上去如此麻烦,其实源头就在马佳瑶的案子,甚至可以说凶手可能是为了掩饰马佳瑶的案子,所以制造出这一切。"

"马佳瑶的案子调查得怎样了?"陈池转头问了一下马良民。

"因为我们负责陆晨这边的事情,所以马佳瑶的案子交给梁队长他们调查,具体情况我也不太清楚。"马良民说道。

"把梁队长喊过来,我们具体了解一下马佳瑶的案子吧。"陈池看了看关风说道。

"梁队长出差了,不过他给了我一份卷宗,怕我们问起马佳瑶的案子。"顾美玲说道。

"那正好,我们看下有没有对现在调查有帮助的线索。"陈池说道。

"其实这两天我仔细看过马佳瑶的案子,我跟大家讲下吧。"顾美玲说着站了起来,然后走到了写画板前。

调查组之前了解过马佳瑶案件的基本情况,根据马佳瑶的父亲提供的信息,马佳瑶被朋友带去做过血液配型,说是可以挣一大笔钱,但是后来不知道为什么没有后续,过了一段时间,马佳瑶便被人绑架了。所以马佳瑶的父亲认为女儿可能是被贩卖人体器官的组织绑架了。这一点,马良民调查过,不过当时没什么眉目,然后陆飞翔就出事,后来便没有跟进。

"马佳瑶是一名酒吧DJ,结交的朋友都是酒吧的,之前有一个男朋友,后来分手了。梁队长他们去过马佳瑶配型的医院,医院提供了和马佳瑶配型的人员资料,是一个17岁的白血病患者,和马佳瑶的命案没有任何关系。"顾美玲说道。

"现在其实有两点,第一,陆晨为什么被杀?杀他的人和马佳瑶的案子有没有关系?第二,对方如果想阻止陆飞翔查案,直接杀了他不行吗?为什么要费这么大功夫嫁祸给他？这一切会不会还有其他原因呢？"林刚提出了两点疑惑。

"还有一点，那四个被绑架的人，总觉得有问题。好像是特意选的，又好像是随机绑架的。"许之昂提出了另一个问题。

"对，赵大海、肖宁他们四个人是陆晨特意选的，肯定有目的。可是，就这么轻易放了，目的只是要求重新调查陆飞翔的案子，给他洗脱罪名，那既然如此，为什么陆晨不一下子将他们四个全放出来呢？我也觉得这中间有什么事情，只是陆晨死了，我们无法得知。"林刚点点头。

"既然源头在马佳瑶的案子这里，那我们也许应该同时调查马佳瑶的案子，另外一点就是陆晨用生命作代价希望我们为陆飞翔脱罪，并且那个陷害陆飞翔的人也是费尽心思，所以找出陆飞翔案子的真相也是很重要的。对方越不让陆飞翔出来，那我们就越帮他找到证据，还他清白，如此一来，想必幕后之人也会按捺不住，做出其他反应。"陈池提出了自己的看法。

"那好，我们就按照这两个方向去查。马佳瑶这个案子，可以和梁队长那边结合下，人多力量大，相互配合，哪里需要就去哪里。希望尽快查清楚这两个案子。"关风看了看马良民，然后说道。

马良民没有说话，似乎有一点顾虑，关风知道他的想法，安城刑侦队对外只有一个支队，所谓的一支队，二支队，是内部分出来的，原因很简单，梁卫国和马良民都是老刑警，也是从基层过来的。不过两人一直互相较劲，铁生拿他们也没办法，所以刑侦队队长的职位一直空着，碰到案子多的时候，便让他们各自带一些人查不同的案件。这次调查组过来，在案子配合度上很关键，这决定明年刑侦队队长的位置属于谁。本来，马良民以为这次十拿九稳就是自己配合调查组了，结果现在，他们又要让梁卫国过来，这让马良民心里有点不痛快。

"陆飞翔那个案子的证据，我觉得还是要找到那个五号技师，可能我们私底下调查并不太好找。我想让马队长一起过去，看看能不能让足疗店老板提供一些新线索。"陈池找到关风说。

"可以，现在帮陆飞翔找出新证据，还他清白也是当务之急。"关风同意了。

马良民没有说话，低着头。

"马队长，怎么？不愿意跟我去查吗？"陈池看到他的样子，不禁问道。

"没，没有，怎么会呢？"马良民一听，慌忙说道。

"那就走吧，有什么事情，我们路上说。"陈池伸手搂住了他的肩膀，然后和他一起走了出去。

陈池开着车，车子开出公安局大院的时候，马良民依然有点闷闷不乐。

"是为明年刑侦队队长的事情烦恼吗？"陈池看了他一眼说道。

"不，不是。"马良民摇了摇头。

"你们的事情我知道一些。其实你完全没必要担心，你没看到在调查组过来这么关键的时刻，梁队长没有主动要求做事，反而出差去省厅，这么明显你看不出来吗?"陈池说道。

"陈警官,这是什么意思?"马良民不太明白。

"你为什么要极力配合我们调查案件,除去陆飞翔是你的下属这个原因以外?"陈池问道。

"当然是为了多做事,多破案,年底提干,明年竞争刑侦队队长啊!"马良民脱口说道。

"那为什么和你有竞争关系的梁卫国却没有这么积极呢?"陈池又问。

"对啊,你是说?"马良民一下子明白了过来。

"所以我说你不用担心明年刑侦队队长的事情,梁卫国在忙的事情也是为他自己,我听关队长说省厅有个职位,想从各个地区的刑侦副队长里面选一个,这事你没听过吧?"陈池笑了起来。

"我明白了,我说呢,不过人各有志,我觉得安城这地方就适合我,要真让我去一些伸展不开拳脚的地方,我还不乐意去。"马良民说道。

"对喽,所以你就安心配合我们调查吧。"陈池说道。

第二十章　暗手

　　肖宁没想到会再次见到赵大海。

　　从公安局出来时，他们约定不再见面，包括另外两个女孩。他们彼此心照不宣，以后即使在街上见到了也要装作互不相识。

　　很明显，赵大海和肖宁一样，也是被这个神秘人带过来的。这个神秘人和陆晨不一样，陆晨是绑架他们，而这个神秘人却以礼相待，非常和气。

　　"我是陆晨的上线，陆晨绑架你们全部是我教他的。你们可以叫我阿丁。"带他们来的男人介绍了自己的身份。

　　"你现在找我们是什么意思？"赵大海毕竟是大人，虽然害怕，但还是问道。

　　"很简单，陆晨没有做完的事，我要帮他做完。知道为什么会选择你们作为人质吗？"阿丁问道。

　　肖宁和赵大海对视了一眼，两人摇了摇头，又点了点头。

　　"不管你们知道不知道，我都可以告诉你们。"阿丁说道，"你们每个人都有罪，虽然法律没有办法审判你们，但是不代表你们没罪。你们的秘密已经被人知道，补救一个已经着火的纸团，除了用水熄灭以外，只能用更多的纸团将它包住，直到着火的纸团没了氧气，最后被迫熄灭。我想，你们不愿意和警察坦白这一切吧，也就是说不愿意用水直接熄灭，那么就只能用更多的纸团把它包住，而能给你们这个机会的就是我们。你们现在唯一的路，就是加入我们。"

　　"可是，我还是个学生，什么都不会啊！"肖宁说道。

　　"放心，我们不会为难你的，该做什么，自然会根据你的情况来安排。"阿丁说道。

　　"看上去，我们也没其他选择。"赵大海无奈地说道。

　　"那我听你的。"肖宁也同意了。

　　"你们只需要知道我是你们的上级，我们共同听命于一个叫天罚者的人，至于其他的，你们不需要知道，也不需要问。因为有句话说得好，知道得越少，活得越久。"阿丁说道。

　　"知道，那我们要做什么？"赵大海问道。

　　"现在不需要你们做什么，如果需要我会通知你们。不过你们记住，既然已经答应了我，顺从了天罚者，这是不可反悔的，否则后果你们懂的。我和你们讲的这些事情，你们不要对任何人说，包括你们最亲的人。"阿丁补充了一下。

"是，一定保守这个秘密。"肖宁把它当作一个秘密来看。

"不，这不是秘密，这是命令。因为从今天开始，你们不再是一个人，你们的背后会有很多人，当你们遇到困难的时候，受到欺负的时候，会有人帮你们解决麻烦，解决问题。同样，你们也会在适当的时候去帮助别人。就这么简单。"阿丁说完拍了拍手。

"知道了。"肖宁和赵大海对视了一眼，点了点头。

肖宁被送回了家。

这个晚上，他辗转反侧，彻夜难眠。他一直在想自己经历的这一切，就像做梦一样，可是他知道这不是梦。那个阿丁讲的事情，一听就不是什么好事。阿丁说等到他们有需要的时候才会告诉自己要做什么事情，这是一个空头承诺，看似简单，却充满了危险，如果有一天阿丁让他们去杀人呢？

从赵大海的眼神中，肖宁也看出了怀疑，不过当时的情况，为了自保，他自然要跟着赵大海一起答应阿丁。经过这次事件，肖宁明白，原来绑架他们的陆晨也是服从于这个天罚者的。当初陆晨绑架他们，对他们说话时的恐惧眼神和表情，肖宁现在还记得。这个神秘的天罚者到底是什么人？为什么陆晨会如此害怕？想来陆晨的死必然也是天罚者下的毒手。

肖宁从床上坐了起来，从抽屉里取出日记本，里面夹着一张名片，那是警察救他出来的时候给他的，那名女警察说："无论什么时候，你害怕了，遇到什么事情了，想不明白了，有坏人欺负你了，都可以跟我说，我会第一时间帮助你。"

肖宁迟疑了几秒，拿起手机，照着名片上的电话拨了过去。

意外的是，电话开始还能接通，没有人接，到后来竟然打不通了，肖宁仔细看了看，发现是对方手机信号有问题。

肖宁放下手机，准备睡觉的时候，手机忽然响了，是一个陌生的号码。

"肖宁，这么晚了，你给我打电话是有什么事吗？"电话是一个女的打过来的，不知道是不是线路问题，刺刺拉拉的，听上去好像是上次那个给他留电话的女警察。

"顾，顾警官吗？"肖宁疑惑地问。

"是我。"对方说道。

"我，我有情报想跟你说。"肖宁一咬牙，说了出来。

"哦，是什么情报？我正好在你家附近查案，要不你直接出来吧，就在你家对面巷子后面的德隆饭店这边。"顾警官说道。

"好，那没多远，我现在就过去。"德隆饭店就在肖宁家不远处。

推开卧室的门，肖宁蹑手蹑脚地走了出去。其他人已经睡了，客厅灯关着，肖宁轻轻走到大门前，拉开门，走了出去。

穿过前面的巷子就到德隆饭店了，顾警官说她在那边查案，可是没听说那边有发生案子啊。

　　肖宁突然停住了脚步。

　　上次顾警官说了,无论什么事情她都会联系自己,不会用其他号码。可是刚才的号码却是一个陌生号码。

　　她不是顾警官,肖宁突然明白了过来。

　　他的身后出现了一个身影,像一个恶魔一样慢慢走了过来,暗淡的光线下,映出他的样子,是阿丁……

第二十一章　转机

嘉年华足浴。

这次陈池和马良民一起过来，接待他们的是嘉年华足浴的老板。老板姓郑，显然认识马良民，对于陈池，也显得不陌生。他热情地带他们坐到房间里，哥长哥短地叫着。

"别整这套，直接说重点。"马良民摆了摆手，然后对老板说道，"这个地方什么情况我知道，我们今天来是查案子的，其他事情我们暂时不管，会有其他部门来管。"

"是是是，你说得对。"郑老板连连赞同。

"我问你，你要老老实实回答，否则后面出了什么事，我可帮不了你。"马良民往前凑了凑说道。

"马队，你尽管问，我一定知无不言，言无不尽。"郑老板说道。

"好，我就不绕圈子了。"陈池听到老板这么说，于是往前靠了靠，低声问道，"上次我们过来调查了，你们这里的5号技师，她是做什么服务的？"

"陈警官，上次你们不是查过了吗？她们做的都是正当服务。"郑老板正色说道。

"你确定？不是跟你说了，这次过来是查案的，你这儿有没有涉黄，或者有没有其他事情，自然有其他兄弟单位过来查，我们不负责那个。"旁边的马良民敲了敲桌子。

"我是不允许任何人在店里做任何违规的事情，否则罚款的。不过有的人她不听你的，也许会做越轨的事情，我这抓不住现行，也没办法禁止。再说都是出来赚钱的，只要不太过分，我也见不着，难免存在这种情况。技师这块我不怎么管，做不做这种事情我是真不知道。"郑老板一脸苦笑地说道。

"郑老板，你这就把自己推得干干净净的了。你说这个5号家是哪儿的，叫什么名字。你不问清楚就用人吗？难道你不怕她是通缉犯吗？"马良民说道。

"不不，这个还是要登记的。不过足疗这行是这样的，店里不给她们工资，服务一个客人提一笔钱，所以一般只要她会做足疗，基本上就要个身份证，家里的情况也不好问。"郑老板说道。

这时候，有人敲门，一个女孩走了进来。

"什么事?"郑老板看了看她问道。

"我有事想跟警察同志说。"那个女孩说道。

"说吧。"郑老板也不好拒绝,只好让女孩坐了下来。

"你们是在调查5号技师吗?"女孩怯生生地看着陈池和马良民。

"你知道什么吗?"陈池心里一动,不禁问道。

"小云,饭可以乱吃,话可不敢乱说啊,你可要想好再说,这是和警察说话呢。"郑老板不知道小云要说什么,不禁有点紧张。

"你给我闭嘴。"马良民瞪了郑老板一眼。

"就是前阵子吧,我在厕所的时候,5号技师忽然和一个男的走了进来,两人关上门开始说话,然后,然后……"小云咬了咬嘴唇,说了一半停了下来。

"小云,你别紧张,你仔细想想那天听到的话,说得详细点。"陈池对她说道。

小云吸了口气,然后继续说了起来。

5号技师和那个男的先是说了几句无关紧要的话,然后那个男的开始搂着5号技师动手动脚。

"你干什么?这里不可以,别让人看见了。"5号技师推开了那个男的。

"怕什么,不行一会儿咱出去。"男的一边说着一边亲着她。

"我才不跟你出去,你个骗子,每次都骗我。说给我钱,钱呢?"5号技师一边笑着一边推开了男的。

"别说哥哥不照顾你生意,我这儿还真有个挣钱的活儿,你要是同意了,我现在就给你钱。一万块,马上兑现。你要是不愿意做,我换别人。"那个男的说道。

"什么活儿?不是什么危险的活儿吧?"5号技师问。

"你放心,就是你的日常工作。不过因为我帮你介绍的,你得让我睡一次。这是条件之一。"男的说着笑了起来。

"到底什么活儿,你说清楚,你又不是没睡过。"5号技师哼了一声。

"是这样的,我一个朋友过几天要来这里做项目,你到时候想办法帮他……"男人的声音低了下去。

"后面的我没听清楚,因为他们声音太低了。不过说完后,5号技师就欣喜地跟着男的出去了。"小云说到这里停了下来。

"那你认识那个男的吗?"马良民问道。

"认识,是我们这里的常客,都喊他邱总。"小云说道。

"邱天?美亚传媒的邱总?"陈池脱口说道。

"是,这里的邱总就他一个。"郑老板跟着说道。

"好,小云,你说的这些很重要。这样,郑老板,我们现在去找邱天一趟,如果有需要可能要你和小云过来公安局做一下证人。记住,小云说的这个情况很重要,你要看好她,否则到时候我们找你算账。"陈池听完后,对郑老板说道。

"知道,知道,我知道。"郑老板无奈地说道。

陈池和马良民从嘉年华足浴出来,然后上了车,直接朝邱天的公司开去。

推开邱天办公室的门,邱天正坐在电脑前喝茶,看到陈池和马良民,他顿时站了起来,说道:"陈警官,怎么忽然过来了?也不说一声。"

"邱天,没时间跟你绕圈子。你是自己主动交代,还是跟我们回去交代?"陈池把车钥匙往桌子上一放,坐到旁边。

"陈警官,你这是,这是什么意思啊?"邱天脸皮颤抖了一下。

"我再给你一次机会,别给我绕弯子。"陈池阴沉着脸,盯着邱天。

"好,好,我说,我说。"邱天败下阵来,"那天,那天你们找我,我说谎了。"

"说清楚点。"陈池继续看着他。

"那天你们问我那个技师有没有给陆飞翔做服务,我说没有,其实有的,那个技师给陆飞翔手淫了。"邱天叹了口气说道,"不过我这样做是为了保护陆飞翔,毕竟陆飞翔是警察,他们规定不让去那种地方的。现在陆飞翔的事情已经够多了,我不想再让你们知道这些事。"

"只有这些吗?"陈池问道。

"那,那还有什么?"邱天一脸茫然地看着陈池。

"那我问你,你和那个技师认识吗?熟悉吗?"陈池问道。

"上次我说了,不是特别熟,只是认识……"

"邱天,你真是给脸不要脸。马队,带他回局里审。"陈池直接打断了邱天的话,怒声喊道。

第二十二章　丁香花

丁香花。

2004年的时候，他和马佳瑶坐在学校的后山上一起听这首歌，那是他们爱情的开始。

马佳瑶说，她最喜欢丁香花。

"等我结婚的时候，我不要玫瑰花，就要丁香花。"

那个时候，他将这句话记在了心里，盼望着那一天早点到来，丁香铺满他们的床畔。

有些事，终究是无法圆满的，不是想象就能顺利的，比如爱情，又比如马佳瑶盼望的丁香花。

2013年，他和马佳瑶的爱情结束了。

他用一个月的业余时间挣了一笔钱，然后买了马佳瑶喜欢的一款手表。可是等到他兴冲冲地跑去找马佳瑶的时候，却看到马佳瑶上了一辆豪车，一个肥头大耳的男人一边打开车门，一边在马佳瑶的臀部摸来摸去。

他上了一辆出租车，跟着那辆豪车，最后来到了一家酒店。他看着马佳瑶和那个男人开了房，然后上了电梯，走进了201房间。他下了楼，开了203房间，然后瘫坐在墙壁旁边。

房间隔音并不好，马佳瑶和那个男人做了什么，他听得清清楚楚。

马佳瑶搬走了，床头的丁香花也被扔到了垃圾桶里，一起扔进去的还有他们的爱情。

记忆像是一把手术刀，将美好的东西一层一层刮出来，然后再慢慢放到哭泣的人的面前。

他无法忘记马佳瑶。

他跟踪过她，看她每日购物、吃饭，每天都笑意盈盈。这是她要的生活，他给不起。

无尽的爱过去后，便是刻骨的恨。他突然恨起了马佳瑶，这么多年的爱如烈火般转瞬即逝，灰烬过后，全是仇恨。

他开始研究杀人，他要杀了那个抢走马佳瑶的男人。他调查了那个男人的公司、家庭、背景、每天的习惯以及停车的位置和所有的一切。他甚至想过杀死男人的儿子，然后是他的老婆，不过后来他明白，那样的话，正好随了男人和马佳瑶的意。他要报复他们，用世上最恶毒的办法报复他们。

方法他已经想了不下一千个，如何进入男人的家里，他同样研究了不下一千遍。所以他轻松地避开了保安，避开了小区的摄像头，闪进楼道里，从书房的小窗钻进了男人的家。

男人的老婆一个人在家，守着一个两岁多的孩子。此时，那个男人正和马佳瑶在床上逍遥快活。这是男人的习惯，每周五都会去找马佳瑶。

男人的儿子已经睡着了，他拿出一把刀，放到了男人儿子的脖子旁边，然后坐在床上静静地等待男人老婆进来。

男人的老婆进来吓了一跳，她没想到家里忽然出现一个陌生男人，她刚想尖叫，那个男人却摇了摇头，指了指床上，那里有把明晃晃的刀，距离熟睡的孩子只有几厘米。

她顿时吓傻了，浑身瑟瑟发抖。

男人对她轻轻摆了摆手，示意她不要发出声音，然后让她走过来。

她已经害怕到了极点，最担心的是男人伤害自己的孩子。男人让她过去，她慌忙走了过去。

"小莲，你知道你老公现在在做什么吗？"他早已经知道她的名字。

"他，他在公司加班。"小莲压着声音，颤抖着说道，生怕惊醒熟睡的孩子。

"不，他没在公司。"他拿出了手机，找到了一个视频，放了出来，那是男人和马佳瑶在床上的视频画面，没有声音，却清晰无比。

小莲捂住了嘴巴，身体颤抖着，不知道是因为害怕还是伤心。

"你知道我是谁吗？"他说。

小莲摇着头。

"里面的女人是我的女朋友。"他说谎了，其实已经是前女友了。不过他不这么认为，如果不是这个男人的出现，马佳瑶还是他的女朋友。

"对不起。"小莲轻声说了一句。

"这不是你的错，你不需要说对不起。如果要说对不起，也是我要向你说。"他叹了口气。

"你，你要做什么？"小莲一惊，看着床上的孩子。

"你放心，你只要听我的话，我不会伤害孩子的。"他说着站了起来，将刀子收了起来。

"你要我做什么？"小莲问道。

"你男人上了我女朋友，我也要上他的女人。你明白吗？我不想伤害你们的孩子，如果你们要逼我，我……"

"我不逼你，我们到隔壁房间，不要吵醒孩子，好吗？"小莲慌忙说道。

"好。"他愣住了，他以为对方会强烈拒绝，他甚至都想用刀子逼着对方，没想到对方却一口答应了。

他和小莲来到隔壁的房间，没有开灯，窗外的光打进来，小莲脱下了自己的衣服，走到了他面前，帮他脱衣服。

他忽然有种罪恶感，这种感觉让他很难过。

小莲开始亲他的耳朵，然后慢慢在他身上摸索起来。

"对不起。"他忽然推开了小莲，感觉浑身发冷。

"你怎么了？是紧张吗？要不我们慢慢来。"小莲在背后说道。

"不是，我不该这样。其实，这不是你的错，不是你们的错。对不起。"他忽然哭了起来，眼泪汹涌而下。这一切到底是谁的错？马佳瑶爱上了别人，她有错吗？即使那个男人是一个有夫之妇，可是马佳瑶宁可爱他都要离开他，这是他的问题。

身后的小莲也哭了起来，说道："我知道他在外面有女人，可是又能怎样？我们是一样的。"

几分钟后，他站起来走了，从正门走了出去。那一刻，他明白他虽然恨马佳瑶，但是更爱她。爱一个人，就要永远和她在一起，如果得不到，那就毁了她。

他需要一个帮手。

天黑的时候，他来到了马路街，这里粉色招展，脂粉艳丽的女人四处招客，恨不得把街上的男人全抢到自己的房间里来。他冷眼扫视那些女人，最后停了下来。

梅姐足疗店。

他犹豫再三，最后走了过去。

门关着，灯开着。

他敲了敲门。

"帅哥，别敲了，里面正干活儿呢。要不你来我这儿？我给你打折。"旁边一个女的哧哧地笑着说道。

他没有理她，继续敲门。

很快，门开了。

一个男人惊魂未定地从里面钻了出来，看到他，皱了皱眉，快速离开了。然后他拉开门，走了进去。

"喊，梅姐年纪不小，客人还怪多的。这个老娘们。"旁边的女人骂了一句，扭着腰走进了自己的房子里。

第二十三章　假证

"别，别，别。陈警官，有话好说，我们有话好好说。"邱天连连求饶。

"邱天，我们来找你自然是掌握了证据，你如果再这样遮遮掩掩的，就别怪我们不讲情面了。"陈池说道。

"好，我说，我全说。"邱天擦了擦额头上的汗，坐下来，讲起了事情的原委。

陆飞翔案发前一星期，邱天接到了一个快递，里面是几张照片，上面是邱天和一个女人的裸照。

邱天一眼就认出来，那是他在嘎嘎酒吧认识的女孩小欣。他担心的事情还是发生了。那个女孩从邱天进入酒吧开始就缠着他。一晚上一直跟着他，喝酒、游戏、纠缠。最后，跟着他离开了酒吧。邱天不是第一次去酒吧，不过这么主动的女孩还是第一次见，本着不主动、不拒绝、不负责的态度，将女孩带到了酒店。两人在床上纠缠一夜，期间，兴奋无比，女孩还拿出手机拍了照片。

邱天其实不害怕这些情色勒索，因为他已经离婚了。可是，公司的一个项目即将进入关键时刻，这个时候，如果他的艳照传出去，恐怕项目也黄了。这个项目对于邱天来说非常重要，他的公司也全靠这个项目。

被勒索最害怕的是对方要的不是钱。

因为，那将是一个看不见底的黑洞。

对方自从发了裸照快递后，一直没有再进一步动作。这让邱天非常煎熬，就像有一个炸弹藏在家里，可是你不知道什么时候爆炸，寝食难安。过了三天，有个陌生电话打来，对方说得很清楚，帮他们做一件事情，事情办好了，照片和底片就还给他。

对方要的就是邱天的同学陆飞翔的精液。至于如何取到，邱天自己想办法。所以他思来想去，想到了嘉年华足浴，这是最合适的。陆飞翔是公职人员，他不可能做越界的事情，找个女人，那不可能。所以唯一的办法就是让他喝醉，让给他做按摩的女技师动手。

于是邱天找到了他在嘉年华足浴熟悉的5号技师，给了她一万块钱，让她帮忙。他的计划很简单，在约定的时间将陆飞翔灌醉，然后带他到嘉年华足浴，让5号技师帮他按摩。

邱天不知道那个威胁他的人要陆飞翔的精液做什么，但是他觉得至少不是杀人放火。计划如期进行，5号技师也成功拿到了陆飞翔的精液，他在第一时间交给了那个威胁他的人。

"这就是了。"听到这里，陈池一拍桌子，欣喜地站了起来。

"那个威胁你的人是谁？长什么样子？他是怎么联系你的？"马良民继续问道。

"不知道，对方什么信息都没给我。一直都是他联系我，只有那天在嘉年华足浴的时候，他给了我一个电话，说拿到东西后第一时间联系他。那个电话后来也没用了，你们要需要，我给你们。"邱天说道。

"不用了，我们先回去。邱天，你得跟我们回去一趟，将今天说的事情做份记录。"陈池说道。

"好，我一定配合。"邱天说道。

陈池回到公安局，第一时间找到关风，然后到会议室开会。

"我已经找到了推翻陆飞翔涉嫌强奸杀人的证据。"陈池说道。

"仔细说说。"关风欣喜地看着他。

"我们去看陆飞翔的时候问过他，他之所以被认定强奸杀人，最大的铁证就是现场的安全套里和梅姐体内的体液属于陆飞翔。今天陆飞翔的同学邱天交代，他被人威胁，然后利用嘉年华足浴的女技师，借着陆飞翔醉酒取出了陆飞翔的精液。真相应该是陆飞翔进入梅姐足疗店，然后被人打晕。对方早已设好了圈套，梅姐提前被人杀害，体内被安放了一些陆飞翔的体液，剩余的被扔进现场的垃圾桶。杀死梅姐的凶器，再被放到陆飞翔的手上，这样一来，就造成了陆飞翔强奸杀人的现场。"陈池说道。

"这有点不合逻辑吧。"顾美玲听完后第一个说话了，"人体的精液就算在特定保鲜的情况下，也只有三天的保鲜度，对方既要保存好陆飞翔的精液，还要制造假现场，这精液恐怕早挥发没了吧。"

"对，之前我也一直考虑对方是如何将陆飞翔的精液弄到现场，变成铁证的。我也一直思考，这个保鲜度的问题。后来我想明白了，我们所说的保鲜度其实指的是精子的保鲜度，但是精液里的DNA的鲜活度要远远高于精子，只要能保证精液不干，温度变化不大，那么时间上绝对就够了。因为化验室在对现场找到的精液化验的时候，只是比对DNA，并不是化验精子的存活率。所以这点让我们错位思考，不只我们，恐怕陆飞翔以及其他复检的人都忽略了这一点。"陈池说道。

"可是，如何确定嫁祸陆飞翔的精液就是邱天让5号技师在嘉年华足浴取出来的精液呢？"关风问道。

"很简单，邱天让5号技师取出来的精液的纯度肯定要比嫌犯嫁祸给陆飞翔的精液要纯。无论对方用什么办法来保存，都会有一些纯度降低。只要看一下当时鉴定科对陆飞翔精液做的检查参数，就可以确定。这一点，我已经让许之昂和马良民去查了，相信很快就有结果。"陈池说道。

"如果陆飞翔的强奸杀人证据被推翻，那么其他人证和物证恐怕也都站不住脚了。可是，对于这样的陷害，也太匪夷所思了。"关风有点不太相信。

"没有什么匪夷所思的，这世上的很多事，本来就是看似复杂其实简单的。"陈池笑了笑，无奈地说道。

第二十四章　无果

顾美玲放下了手机,对方没有接电话,她心里隐隐有点担心。

"怎么了?"旁边的许之昂看到她的样子,不禁问道。

"昨天晚上肖宁给我打电话了,我早上才看到,给他回过去,但是他一直没接。"顾美玲说道。

"那个被绑架的小男孩?"许之昂愣住了。

"对,我之前跟他说有什么事需要帮忙了,随时可以给我电话。昨天晚上那么晚了,他给我电话,我想应该有什么事,可是现在一直不接电话。"顾美玲点点头。

"会不会在上课?或者没听到你电话呢?"许之昂猜测道。

"我刚问他妈妈了,他妈妈说肖宁没去学校,也没在家里。"顾美玲皱着眉头说道。

这时候,林刚从外面急匆匆地走了进来,他的手里拿着几张复印表,那是之前陆飞翔在现场被抓时的证据化验报告单,上面有陆飞翔精液化验的具体参数值。

"我们今天有的忙了,陆飞翔的这个报告数值和陈池猜的一样。刚才我去拿这报告,那里的人听说后也发现了问题。"林刚扬了扬手里的报告单说道。

"今天不是要去马佳瑶的家里调查情况吗?"许之昂说道。

"你们两个去吧。我得好好看看陈池怎么将这个铁证如山的证据链给砸开的。你们去吧,有什么事及时联系。"林刚想了想说道。

"那好吧。"许之昂看了看顾美玲,然后同意了。

马佳瑶的家在安城东区,顾美玲和许之昂按照刑侦队提供的地址,来到了马佳瑶居住过的小区。这是马佳瑶父亲马东成年轻时单位分的房子,有点旧,但是很热闹。院子里一些退休的老人在聊天,还有小孩在打闹嬉笑。

顾美玲走过去打听马东成的家,一个老人指了指前面说:"那个阳台上东西最多的就是他家。"

顾美玲和许之昂往前看了一眼,的确,阳台很大,但是密密麻麻地堆满了东西。

"你们来找老马?"这时候,有个50多岁的女人走过来低声问道。

"是的。"许之昂点点头。

"你们是他什么人啊?"女人狐疑地看着他们。

"怎么了?"顾美玲不太明白女人的意思。

"哦,没事。就是老马这人平常很孤僻,尤其是他的女儿出事后,几乎不怎么出门。"女人解释道。

"哦,我们是他女儿的朋友,刚从外地回来,所以来看看。"顾美玲说道。

"是吗?看着不像啊,那个小马我是看着她长大的,从小就不是一个省心的孩子,也不知道做什么工作的,跟夜猫子一样,昼伏夜出,你们看着不像啊。"女人摇着头说道。

"我们好多年没见了。"顾美玲笑了笑。

"那怪不得,怪不得。"女人说着不自觉地抬头看了一眼,然后似乎看到了什么,吓得浑身一哆嗦,慌忙走了。

顾美玲和许之昂不禁也抬起头看了一眼,马东成的阳台上,一个人站在那里,正盯着他们,不用说,那自然就是他们要找的马东成。

马东成住在3楼,楼道里阴沉沉的。许之昂敲了敲门,半天没有人回应。他们知道马东成就在家里,于是刚想再敲门,门忽然响了一下,闪出了一条缝,里面露出一张阴沉的脸:"你们干什么?"

"马东成吗?"顾美玲拿出了证件,"我们是警察,想找你谈谈。"

"那,进来吧。"马东成迟疑了几秒,打开了门。

一进门,一股浓重的灰尘味扑面而来,空气中夹杂着一股说不出的味道,仿佛是在封闭房间里沉淀了几个月的臭味,顾美玲差点吐出来。房间里拉着窗帘,黑乎乎的,什么也看不清。马东成摸索了一下,头顶上的一盏白炽灯亮了起来,不知道是出了问题,还是瓦数太低,灯光不是特别亮,看上去昏沉沉的。

"两位警察同志,我这儿太乱了,要不,我给你们倒点水。"马东成说着颤颤巍巍地转过了身。

"不用麻烦了,马东成,你过来,我们就简单问一些问题。"顾美玲说道。

"哦,你们要问什么啊?是关于我女儿的事情吗?"马东成问道。

"对,之前一直是梁队长负责你女儿的案子,现在梁队长出差了,案子转到我们这里了。我们想再了解一些情况。"顾美玲点点头。

"之前我去公安局该说的都说了,你们还想问什么啊?"马东成有点不耐烦。

"记得你说马佳瑶有个男朋友,但是上次你在公安局的时候并没有多讲这些。想问下你认识马佳瑶的男朋友吗?"顾美玲问道。

"他,怎么说呢?"马东成欲言又止,他顿了顿说道,"她男朋友叫江明华,是佳瑶的高中同学,不过不知道为什么后来佳瑶和他分手了。江明华呢,这孩子不错,可惜这毕竟是他们两个人的事情,我也不好说什么。"马东成说道。

"你有江明华的联系方式吗?"顾美玲想了想问道。

"没有，他们分手后，我就没见过江明华。"马东成站起来，走到桌子前拿了一瓶药，倒出几颗塞进了嘴里。

许之昂看了看顾美玲，抿了抿嘴，想说什么却没说。

"那，马佳瑶的葬礼，他也没来吗？"顾美玲又问。

"我没给佳瑶举行葬礼。"马东成两只手按着桌子，低声说道，然后他缓缓地转过身，声音颤抖着说，"她的很多器官被人取走，只剩下一个空壳。杀害佳瑶的凶手如此残忍，如果他没被抓住，佳瑶不会安息的。我不会让她不明不白地离开。"

"你是说马佳瑶现在还在殡仪馆？"顾美玲脱口说道。

马东成没有说话，两行泪从他眼角流了出来，他吐了口气，然后平复了一下情绪："所以拜托警察同志，你们快点找到凶手，时间不多了。"

"好，你放心。我们会尽力的。"顾美玲明白马东成的意思，对于这样一个孤寡老人来说，马佳瑶是他唯一的亲人，可惜却遭到杀害，任谁都无法接受。从进入马东成的家，看到他房间里的情况，顾美玲就知道马东成现在正在承受怎样的痛苦。

"马先生，我能借用下卫生间吗？"许之昂站了起来。

"前面左拐就是。"马东成指了指前面。

"谢谢。"许之昂说完走了过去。

顾美玲不知道该说什么，她站起来，看到桌子上有几张照片，上面是一个年轻时尚的女孩，那正是马佳瑶，其中有一张是合照，上面是马东成和马佳瑶，不过照片旁边被剪刀剪掉了一列，可以看得出来，旁边应该还有一个人。

是马佳瑶的母亲吗？顾美玲皱了皱眉。

第二十五章　听证会

　　陆飞翔的案子重新审理，调查组在安城公安局内部先进行了一次听证会，陈述他们调查的结果。

　　听证会由陈池主讲，他先给在场的人讲述了陆飞翔目前的情况，以及当时他被发现在杀人现场的情况。这点，在场所有人都清楚，尤其是安城公安局的人。

　　"现在我开始讲我们最新的调查情况。陆飞翔被认定为强奸杀人犯的人证有两个，一个是梅姐足疗店旁边的红香，一个是梅姐足疗店对面卖烟酒的王建国。根据红香和王建国的证词，他们曾经在案发前看到陆飞翔来找过梅姐，在案发当日，再次看到陆飞翔来找梅姐。梅姐足疗店表面是做足疗，实际上涉及卖淫，所以他们认为陆飞翔是梅姐的客人。案发当日，陆飞翔进入梅姐足疗店，然后一直没出来，后来被人发现梅姐死在床上，陆飞翔晕倒在地上。所以他们认为凶手就是陆飞翔。

　　"物证方面，除了现场发现带有陆飞翔指纹的凶器以外，最大的也最有说服力的一个物证是垃圾桶里找到的安全套，经过化验，里面的精液属于陆飞翔。另外，法医鉴定梅姐在死前曾和人发生过性关系，身体里面的体液经过化验，同样也属于陆飞翔。物证无可反驳，印证了人证的逻辑推测，所以推定陆飞翔强奸杀人。虽然刑侦队申请过证据复审，但是面对铁证，最后依然无法改变结果。"

　　陈池讲的这点，马良民以及铁生深有体会，当时局里很多人都认为陆飞翔不可能强奸杀人。他的为人和工作态度、能力，大家都看在眼里，完全无法将他和杀人犯联系到一起。可是，铁证如山，让人无法反驳。凶器上的指纹可以造假，杀人可以嫁祸，但安全套和梅姐身体里的体液无法解释，就连陆飞翔都不知道是怎么回事。

　　"报案人发现出事的时候，陆飞翔晕倒在地上。这点其实很重要，也就是说，现场的凶器完全可能是凶手嫁祸给陆飞翔的。真相应该是在陆飞翔到达现场之前，凶手和梅姐发生了性关系，然后动手杀害了梅姐。等陆飞翔进来后，打晕了陆飞翔，然后将凶器塞进了陆飞翔的手里。"

　　"你说的这些我们都想过，那现场安全套里以及梅姐体内的体液又该怎么解释？难不成也是假的？"有人提出了疑问。

　　"不，精液是真的，这个假不了。我们在拘留所见了陆飞翔，仔细问了他案发前的一些情况。陆飞翔说在案发前两天和他的同学邱天一起喝酒,两人喝醉后去了未来路一家叫嘉年华足浴的足疗店按摩。我们找到了这家足疗店,并且还找到了他的同学邱天,根据我们的调查,从那天开始,陆飞翔就走进了一个设计好的圈套。

"邱天被神秘人威胁,必须想办法取到陆飞翔的精液。他没办法,只好请陆飞翔喝酒,喝醉后带他去了嘉年华足浴,然后让跟他比较熟悉的女技师帮忙,取出了陆飞翔的精液,交给了威胁他的神秘人。我们暂且称那个神秘人为X,X就是陷害陆飞翔的幕后人。陆飞翔说过,他之所以会去梅姐足疗店,是因为有人打电话给他,说那里有关于马佳瑶案的线索。想必这个神秘人就是X,他在陆飞翔到达之前杀害了梅姐,等陆飞翔到达后,将他打晕,然后布置嫁祸他强奸杀人的现场。"陈池说到这里停了下来。

"那你如何证明在梅姐足疗店现场的精液就是之前邱天让那个女技师取出的精液呢?要知道这中间隔了两天,从时间和技术上能实现吗?"有人问道。

"这两者唯一的区别在于精液的纯度,我们找到了当时对物证进行鉴定的技术人员,拿到了他们当时对现场精液做DNA时的一些基础参数。因为当时技术人员和法医那边只是为了确定陆飞翔的身份,所以他们看的是DNA的数据,并不会考虑精液的纯度以及其他方面的数值。但是如果看一下当时现场精液的纯度以及其他数值,就会发现精液是有问题的。这点也成了推翻陆飞翔涉嫌强奸杀人的铁证。"陈池说道。

"那推翻这些证据的各项工作做得怎么样了?"铁生问道。

"基本上已经完成了,没什么问题。确切地说,我们所调查的这些情况,已经可以证明陆飞翔是被陷害的。"关风回答道。

"那对于这个陷害陆飞翔的凶手,你们有什么想法?"铁生又问。

"这个凶手应该和陆晨被杀以及马佳瑶被杀的案件有关系,我们会继续查下去。因为陆飞翔被陷害是非常关键的一点,所以我们必须先还他清白,这样才能打乱陷害他的人的计划。其次,我们也曾经答应他的父亲帮他洗刷冤屈,虽然他的父亲用极端的方式胁迫我们,不过目前可以确定的是,陆飞翔的父亲陆晨也是被人利用的。"陈池接着说道。

"好,既然你们已经有了详细的侦破计划,那我们会尽力配合你们的工作。陆飞翔这边的事情,我们会安排人快速办理,只要各项证据清楚明确,陆飞翔肯定可以安然回来。"铁生最后说道。

第二十六章　夜伴者

肖宁睁开眼，发现自己在一个封闭的空间里，四周黑漆漆的，他立刻想到了上次被绑架。他的双手双脚被绑着，嘴里塞着毛巾，空气有限，呼吸有点难受。他用力挣扎，用身体撞击着旁边。然而，一切徒劳，他的身体累了，瘫软下来，眼泪流了出来，不知道是因为害怕还是后悔。

"我们得罪不起他们的，所以还是听他们的话吧。"赵大海的话响在了他的耳边。

呜呜呜，突然，旁边传来一阵呜咽声，是嘴里被塞着毛巾发出的声音。这个声音刺激到了肖宁，原来他有同伴。他疲惫的身体顿时又积蓄力量，用力窝着身体，终于将嘴里的毛巾蹭了下来。

"谁，谁在？"肖宁喘了口气，然后问道。

呜呜呜，对方还是发着呜呜呜的叫声。

"你过来，我帮你取下嘴里的毛巾。"肖宁说道。

很快，一个人凑了过来，肖宁用嘴试探了一下，然后咬到了毛巾的一角，用嘴拽了下来。

"呼。"那个人大口大口喘着气，然后带着哭腔问道，"这是什么地方，这是什么地方啊。呜呜呜。"

"大头？"肖宁听出了对方的声音，猜测着问道。

"你是谁？你是谁？"对方停住了哭泣，然后很快也听出了他的声音，"你是肖宁，你是肖宁吗？"

"是我。"肖宁说道，与此同时，肖宁也知道自己的处境了。大头是被阿丁绑走了的，现在他和大头在一起，不用说，他给警察打电话被阿丁知道了，现在他和大头一样，成了阿丁的阶下囚。

"这是什么地方？肖宁，你知道吗？"也许是听到熟人在旁边，大头的情绪好了很多。

"不知道。"肖宁说道。

"那，是什么人把我们弄到这儿的？是你的朋友吗？"大头想起之前是因为他欺负肖宁，后来被人绑到了车上。

"如果是我朋友，我还会被绑在这儿吗？我知道他们，他们都是坏人。"肖宁问过阿丁,他们绑了大头要做什么,阿丁只说了一句,以后都不会有大头这个人了,你忘了他吧。这是什么意思?当时肖宁想着大头是不是被他们害死了,可是现在,他和大头被绑着,还被困在这封闭空间里,阿丁他们要做什么呢?

"那怎么办?我想回去,我错了,我不该欺负你啊。呜呜呜。"大头哭了起来。

"不要哭了,别把人引过来了。我们看看有没有什么办法离开。"经历过一次绑架,肖宁已经慢慢冷静下来。

"你说怎么办,听你的。"大头此刻已经把所有的希望都寄托在了肖宁的身上。

"还是刚才的办法,要不你帮我咬断绳子,要不我帮你咬断绳子。我来吧。"肖宁知道大头肯定做不了这事情。

"谢谢你啊,肖宁,要是我们这次得救了,我以后都不会欺负你了。"大头感激地说道。

"没事,出去再说。我现在帮你咬绳子。"肖宁说着碰触到了大头手上的绳子,然后用牙齿开始来回摸索咬切起来。

绳子并不好咬,肖宁感觉嘴都肿了,绳子还是没有什么变化。大头有点烦躁,肖宁知道,让他长时间保持一个姿势也挺累的。

"肖宁,我们会不会死啊?"大头说话了。

肖宁摇了摇头,继续咬着绳子。

"之前知道你被绑架了,还觉得幸灾乐祸。真没想到,现在轮到我了。"大头愧疚地说着。

突然外面传来一阵急促的脚步声,他们头上的盖子被掀开了,有光亮照了进来。

"起来。"一个人把大头直接拉了出去。

肖宁抬起头看到了阿丁站在旁边。

"干什么?你们干什么?肖宁,救我啊,肖宁。"大头叫着被拖走了。

阿丁走了过来,看了看肖宁说道:"不错,有进步,竟然弄开了嘴里的毛巾。不过没关系,就当是给你们告别的时间吧。"

"你们要对他做什么?"肖宁问道。

"你不应该这么问,你应该问,我们要对你们做什么?"阿丁说道。

"你什么意思?"肖宁愣住了。

"本来你不会有事的,但是你背叛了我们。你的这个同学的命运和你一样,将会起到很大的作用。比如,你们的心脏会被移植到别人身上,你们的眼角膜、肾脏、肝脏,能用的都会被用起来。"阿丁温声说道。

"你说什么?"肖宁惊呆了。

"好了,你的同学先上路,随后你跟上。别怪我没照顾你,黄泉路上,你们两个还能做伴,也算不错了。"阿丁说完,转身向外面走去。

肖宁没有再说话,他当然知道阿丁说的意思。赵大海早就说过,阿丁他们不是普通的犯罪分子,他们杀人不眨眼的。大头之前是欺负过自己,但是也不至于要杀了他卖掉器官这么残忍吧。

肖宁闭上眼睛,眼泪流了出来。

门口又传来了脚步声,朝他走了过来。

"是不是轮到我了?随便你们吧。"肖宁说道。

"别说话。"一个女人的声音钻进了肖宁的耳朵里,他睁开眼一看,竟然是一个女人,不是阿丁。

"我放你走。"女人说着解开了他身后的绳子。

"你是什么人?"肖宁问道。

女人没有说话,将肖宁拉了起来,然后两人蹑手蹑脚地向外面走去。

走出来后肖宁才发现他们在一个陌生的地方,两边是两栋建筑楼,黑漆漆的,没有灯光。女人带着他轻车熟路地从楼上走了下来,然后到了后面一个小门,女人推开小门,然后说道:"沿着前面的小路,走到尽头就能看到大路,到时候随便拦一辆车就能离开。"

"大头,大头还在里面,他们要杀大头。"肖宁说道。

"我知道,但是我没有办法。你快离开吧,不然一会儿你也走不了。"女人叹了口气说道。

"好。"肖宁明白了过来,然后转身向前面跑去。

女人看着他离开后,关上了门。转过身,吓了一跳,面前站着一个男人,目光阴沉地看着她……

第二十七章　黑色交易

桌子上的钟一秒一秒地走着。

马东成点了一根烟，黑暗的房间里，只有烟头亮着，像是世界上唯一的光。

吱，门突然响了一下，似乎有人推了一下门。

马东成的身体顿时哆嗦了起来，手里的烟也开始颤抖，最后掉在了地上。

房间里静悄悄的，静得能听见他的心跳和呼吸声。

吱吱吱，门慢慢被推开了。

一阵风从外面吹进来，马东成感觉脖子凉飕飕的，他不禁打了个冷战。这样的时刻又来了，这是第几次，他已经不记得，就像是约定好的诅咒，抛不开，甩不掉，除了等待，没有其他办法。

哈，一个低沉的声音突然从背后响起，马东成开始瑟瑟发抖，他将头埋在两只手中间，身体仿佛被冻僵了一样。

一步。

两步。

三步。身后的人慢慢来到了他的跟前。

他一下子停住了颤抖，吸了口气，然后慢慢从两只手中间抬起了头。他的面前是一面镜子，漆黑的房间里，本来什么都看不见，可是镜子里却出现了一个人。

那个人阴恻恻地笑着，露着贪婪的牙齿，恶魔一样站在他的身后。

"你，你又来了？"马东成颤颤巍巍地问道。

后面的人不说话，只是阴笑着。

"你能不能不要来？我不喜欢你，我不喜欢你。"马东成哆嗦着身体，然后转过身向前面的床头跑去，结果一下子栽到了地上，他用力向前爬着。

"你离不开我的。"后面的人俯身挨到了他的背上，然后像影子一样贴在了马东成的身上，马东成的身体恍如被触电一样全身颤抖，然后慢慢平静了下来，几分钟后，他站了起来，走到了镜子面前，然后冲着里面的影子露出了一个鬼魅的笑容。

十分钟后，马东成打开了大门，换上了一件黑色的衣服，下了楼，然后拦了一辆出租车，坐了上去。

"师傅，去哪里？"出租车司机按下了计价器，问道。

"殡仪馆。"马东成说道。

"哦，有点远。"司机有点意外，大晚上往殡仪馆跑，有点瘆得慌。

马东成没有说话，低着头。

司机发动了车子，然后向前开去。马东成的样子有点怪，司机时不时从后视镜看一眼，但是马东成低着头，一语不发，车里的气氛挺尴尬。

"是到大门口吗？"司机还是打破了沉默。

"是。"马东成说道。

"有朋友在那儿吗？"司机问道。

"对。"马东成说道。

马东成的一字回话让司机不知道该怎么说下去，只好加大油门，快速向前开去。

终于，目的地到了。

夜里的殡仪馆，阴森恐怖，令人莫名地发怵。

马东成付了车费，然后下了车，司机没有多做停留，一溜烟跑了，很快消失在夜幕里。整个世界顿时安静下来。

马东成没有从大门进，他往后面走了走，那里的围墙都是矮墙，他一翻身跳了进去。

前面是殡仪馆的瞻仰厅，后面是告别厅，再往里面是工作区。马东成穿过瞻仰厅和告别厅，来到了后面的工作区，左边是化妆间，右边是停尸间。他直接拐进了停尸间，停尸间里是密密麻麻的一格一格的冷棺。他看了看一共有六个冷棺，入口处放着一些供品，他走到其中一个面前，将供品放到一边，然后拉开了冷棺。

冷棺里躺着一个女孩，冷气覆盖着她的身体，脸色苍白，是马佳瑶。

马东成看着冷棺里的马佳瑶沉默了几秒，然后合住了冷棺。接着，他走到了另一个冷棺前，抽开了冷棺，里面的人出现在了他的面前，他盯着里面的人，久久没有回神。

这时，他的手机突然响了起来。他看了一下，是一个陌生的电话，他立刻从停尸间走了出来，来到了前面的瞻仰厅。

很快，一个男人从外面走了进来。

"你来得挺早。"男人戴着一顶耐克的帽子，声音压得很低。

"我也是刚到。"马东成说道。

"怎么样？考虑得如何了？"男人问道。

"只要你们能同意我的要求，我可以答应你们。"马东成说道。

"那挺好，我还以为你会有什么变动呢？"男人笑了笑。

"只是，会不会被人发现？"马东成担心地问道。

"放心，这是在梦里，你在梦里做的事情，谁能算数啊！"男人大声笑了起来。

"那，你们运走东西吧。就在停尸间 23 号冷棺里。"马东成说道。

"行，你走吧，后面的事情交给我。"男人点了点头。

马东成欲言又止，不过最终还是走出了瞻仰厅。出来的时候，他看到外面还站着两个男人，他们正往里面走去。

月亮从乌云里钻了出来，一片明亮。马东成看着夜空中的月亮，嘴角微微颤了颤，然后长长地吐了口气。

马东成离开了殡仪馆，街上没有车，他徒步向前走去。两边都是经营寿衣花圈的店面，偶尔有的还亮着灯。他走了很久才回到市区，中途有出租车停下来，他拉开门，坐上了车。

回到家的时候，手机响了一下，是一条短信，上面只有一个字，结。

一切都要结束了，他躺到了床上，然后面前突然出现了刚才冷棺里的那张脸，那张脸在他面前复苏重生，里面的人像蛇一样缠住了他的脖子，然后从额头开始亲他，一下，一下地往下移动，那个人的身上带着一股冰冷的气息和腐臭味，这种味道让他无法呼吸，无法喘气，他用尽力气推开那个人，然后趴到地上，呕吐不止。

"一切都结束了，一切都结束了。"他喃喃地说道。

第二十八章　逃生

这是肖宁第二次逃生，他没有回家，不敢打电话，而是直接去了安城公安局。值班民警对于肖宁的到来非常意外，他要求见调查组的顾美玲警官，否则不会离开公安局。无奈之下，值班民警只好给马良民打了电话，通过马良民又联系到了顾美玲。

本来冷清的值班室，很快来了一帮人，马良民以及调查组的成员。顾美玲担心的问题还是出现了，她连连道歉。

"你是怎么逃出来的？"陈池问道。

"是一位姐姐救我出来的。不过，你们现在要赶快去救大头，他，他被那些坏人弄走了，他们要取走他的心肝肾，要杀了他。你们要是去得迟了，大头就活不了了。"肖宁急急地说道。

"好，我们马上就去。你带我们过去。"情况紧急，关风当机立断道。

马良民安排了几个警察，然后跟着关风他们一起出发了。根据肖宁的回忆，他是从对方那里一直跑回来的，正因为这样，比较熟悉路线。

肖宁一路跑回来用了将近一个小时，但是开车的话很快，二十分钟后，关风他们来到了肖宁说的地方。

"这里是老城规划第三批拆迁的地方，不过已经好多年了，因为有一些钉子户在纠缠，所以一直没彻底清拆完。怪不得这些人会在这里做坏事，这里位置偏僻，做什么事还真的很难发现。"马良民看着前面的楼房，介绍道。

"我和大头就是被关在那个楼里面的。"肖宁指了指侧面的房子。

"你们先回车上。我和陈池过去看看。"关风对其他人说道。

"会不会太危险了？"马良民问道。

"没办法，总要先找到证据，不然贸然进去，我们会被动，很有可能还会打草惊蛇。"关风分析道。

"那好吧，你们千万要小心。我们在外面等你们，有紧急情况你及时发信号，我们第一时间进去。"马良民说道。

陈池走到了肖宁面前，又仔细问了一下里面的情况。

"警察叔叔，如果你们抓住坏人了，能不能找到那个放我的姐姐啊，我想好好谢谢她。"肖宁问道。

"好的，放心吧，我一定帮你找到她。"陈池摸了摸他的脑袋，答应了他的请求。

一切安排妥当后，陈池跟着关风一起走进了前面的大楼。

进入大楼后，关风仔细看了看，一楼是废弃的大楼，院子里长满了野草，看起来很久没人清理了。不过陈池很快看出了一点门道，大楼的二楼对着院子的地方，全部用木板挡着，虽然木板密密麻麻的，但是还是有光亮从一些缝隙里透出来。

"会不会前面还有一个入口呢？"关风猜测着说道。

"肖宁说他从这个口出来，这是一个侧门，那正门肯定在前面。"陈池想了想说道。

"走，往前面看看。"关风说着沿着侧边的走廊，向前走去。

从走廊绕过去，他们来到了大楼的另一侧，然后进入里面后，看到了前面的二楼。如同陈池说的一样，二楼灯火通明，不少人在上面来来去去。

"你看，入口在那里，还有人把守。"陈池指着前面的入口说道。

"想办法上去看看情况。"关风说着拿出手机，对着前面拍了一张照片，然后发给了马良民。

"有了。"陈池仔细观察了一下，突然眼睛一亮，"你看那些看守，都戴着口罩，我们放倒两个，然后换上他们的衣服，就可以直接进去了。"

关风看了看，然后点了点头："这个主意不错，走，我们过去。"

关风到那几个看守附近，随便扔了一个石块，便把其中两个看守引了出来，接着他和陈池分别从背后将两个看守打晕，将他们绑在了一边，换上了他们的衣服，然后直接向前面的守卫处走去。

"没事吧？"站在门口的另外两个看守看到陈池和关风过来了，问了一句。

关风点了点头，然后和陈池站到了那两个看守的后面。

"一会有客户过来，守卫记得下楼接一下。然后找两个人过来帮忙。"这时候，他们胸前的对讲机突然有人说话了。

"收到，收到。"旁边的一个守卫说完，转身对后面的陈池和关风说，"你们两个去实验室拿点东西，不要乱跑。"

这正是陈池和关风求之不得的事情，两人对视了一下，转身向里面走去。

实验室的位置不好找，他们晃了一圈也没找到。对讲机里的人一直在催，眼看着对方就要起疑了。陈池看见有个人影在前面一闪而过，走进了旁边一个灯光比较暗的房间里。虽然那个房间的门开关只在一瞬间，但是陈池清晰地看见，里面有一些人穿着白大褂，正在低头工作，那里正是他们要找的实验室。

"在那儿。"陈池拉了拉关风。

两人快速走了过去。

让陈池和关风意外的是，实验室里并没有他们想的东西。看起来，这实验室更像是一个医学研究实验室，各种各样的试管堆在桌子上，有的在电脑上看着数据，有的则在记录着什么。

"你们两个，过来。"旁边一个男人对着陈池和关风喊道。

陈池和关风走了过去。

"一会儿将这个给客户。"那个男人拿出一个巴掌大的皮箱，递给了陈池。

陈池点了点头，接过皮箱，然后和关风一起走了出去。

走出实验室，两人都觉得很奇怪，难道说肖宁给的情报是假的？陈池四处看了看，发现四周没人，他打开了手里的皮箱，然后发现里面是一张纸，上面写着几个数字。

37.02，38.07

9.98，6

156，98，H

"这是什么意思啊？"关风看着这些数字，疑惑地问道。

"这是贩卖人体器官的黑话。他们真是在做违法犯罪的事情啊！"陈池看着那些数字，忽然明白过来。

第二十九章　旧友

一辆黑色的汽车从不远处开了过来，马良民对旁边的人挥了挥手，示意大家不要动。刚才他接到了关风的电话，说有人过来进行交易，不要打草惊蛇。

车上下来了三个人，他们四处看了看，没有发现什么异常后，从前面的入口走进了大楼。

陈池和关风以及另外两名守卫拿着从实验室取来的皮箱下了楼，上面说对方会来入口处跟他们交易，让他们先把皮箱给对方。

关风和陈池一开始不太明白为什么那些人会让几个守卫做这种事情，不过看到皮箱里的纸条，陈池明白了。那几个数据代表的是人体的心脏大小，肝脾大小以及身高体重和生死状态。这些是他在鬼哥那儿学到的东西。看到那张纸条，陈池就确定上面的数字指的是大头的身体参数，因为心脏和脾脏的大小以及身高体重，都是一个十二三岁孩子的身体参数。这种交易，对方如果同意了，幕后的人才会进一步细谈，所以他们便把这个基本情况给了几个守卫，如果被警察抓了，也只是一张普通的纸条而已，幕后的人根本不会有任何事。如果想把幕后的人拉出来，必须对方同意交易，这样他们就有机会见到幕后的主谋。

于是，关风提出改变侦破方向。他们等对方同意交易后，让马良民把对方的人抓了，然后冒充买家，这样的话他们的胜算更大一点。

客户过来了，陈池和关风跟着另一个守卫一起下去了。

见面的地方距离入口不远，对方三个人，穿着黑色的上衣，戴着墨镜，一语不发地站在那里。

看到左边的男人，陈池不禁心头一震，竟然是他。所幸陈池戴着口罩，对方没有认出他。陈池把手里的皮箱递给了对方。中间的男人打开了皮箱，仔细看了看纸上写的东西，然后和旁边的一个男人低声说了起来。

"你跟上面的人说吧，东西我们可以要。"很快，中间的男人说话了。

守在两边的马良民他们就在等这句话，听到后他们迅速冲了出来，没有等对方反应过来，就把人控制住了，然后拖进了旁边的车子里。

为了查清楚大楼里的人是谁，关风和马良民就在车里对三个人进行了单独讯问。陈池特意选了那个帮他们看数据的人。

"我什么都不知道。"看到陈池坐到自己旁边，那个人直接说道。

"你还认识我吗?"陈池取下口罩,然后喊出了对方的名字,"丧鸡。"

"是你,池子,怎么会是你?"丧鸡也认出了陈池,眼神里充满了惊讶。

"我们今天来这里抓人,你们是意外出现的。不过也好,你告诉我对方的情况。"陈池说道。

"池子,你当初背叛鬼哥,现在又让我背叛我老板,你真不是个东西。"丧鸡脱口骂了一句。

"我没有背叛任何人,我是一名警察,我忠于党,忠于人民。我是警察,鬼哥是犯罪分子,我抓他,天经地义。我劝你是因为我觉得你并不坏,你不要再执迷不悟了,否则最终你会后悔的。从事犯罪的人,没有能够逃脱的。"陈池厉声说道。

"你说得对,你是警察,你的目的就是抓贼。既然道不同不相为谋,你又何必逼我呢?"丧鸡叹了口气说道。

"我没有逼你。我们现在抓人,肯定是掌握了一定的证据。即使你们不出现,我们现在也开始抓人了。丧鸡,我在鬼哥那里的时候,你一直比较照顾我,我一直都很感激。所以我想帮你,我是真心想帮你的。如果你真的不需要,那么就当我没问过。"陈池摇了摇头,转身向前走去。

"池子。"看到陈池离开,丧鸡不禁脱口喊道。

陈池转过了身,看着他。

"我说,我跟你说。"丧鸡抿了抿嘴,决定讲出来。

丧鸡的老板叫黄虎,关于他的情况,丧鸡知道的并不多,在鬼哥手下做事的时候,丧鸡负责过一段时间找合作方,其中就有这个黄虎。黄虎做事比较低调,但是很有信誉。鬼哥被抓了以后,丧鸡便过来跟着黄虎,黄虎负责转售,不负责销售。不过这样其实比销售风险更大,因为有时候转售的并不仅仅是一个器官,可能是一个活人。为了生计,丧鸡也顾不上其他,就跟着黄虎做了几次,很快成了黄虎的左膀右臂。

这次的交易,据说是黄虎在一个群里知道的信息,对方有新货,并且很年轻,黄虎的一个客户非常感兴趣,于是便拜托黄虎帮他拿下来。于是,黄虎便带着丧鸡和另一个心腹来到了这里。没想到对方竟然被警察盯上了。

听完丧鸡的讲述,陈池拍了拍他的肩膀,然后出去了。

关风和马良民对丧鸡的老板和另一个同伴的审讯也有收获。黄虎交代,这次他们合作的是一个在贩卖人体器官圈子内很出名的人,这个人在圈子里的外号叫隐龙,是男是女,没人知道,没有人见过她(他)的样子。黄虎曾经和隐龙交易过一次,所以对方对他比较信任,才会让他过来。

黄虎的另一名手下交代的情况和黄虎说的差不多。

综合三个人的口供,关风提出抓捕隐龙的计划。因为隐龙行事小心,之前还和黄虎见过,所以必须让黄虎牵头,他们假扮黄虎的手下,陈池和关风依然假扮守卫，里应外合，一起行动。最后他们决定让林刚和马良民假扮成黄虎的手下，关风和陈池继续回去做守卫。

"可是刚才和我们一起的那个守卫被抓了，我们也带他回去吗？"陈池说道。

"当然不可以，我们只能编个借口了。反正他就是个守卫，应该没事的。"关风说道。

第三十章　凶手

陆飞翔走出了看守所的大门。

天是黑的，星光很少，不过陆飞翔却感觉格外舒服。比起看守所里那个巴掌大的窗户，这里才是真正的世界，被诬陷的日子终于过去了。

他没有回家，直接去了殡仪馆，因为他的父亲躺在那里。

从看守所出来的时候，他知道了所有的事情真相。父亲为了他，丢了性命。他现在才明白，当初父亲说过的话，无论什么时候，都不要放弃，就算全世界放弃了你，家人是不会放弃你的。

出租车上放着一首歌，是父亲生前最喜欢的歌曲，陆飞翔的眼泪流了出来。

"兄弟，这么晚了去殡仪馆，是有朋友过世了吗？"出租车司机忽然说话了。

"是。"他说。

"唉，人这一生真是没劲儿，辛辛苦苦的，到头来谁都要走这一遭。兄弟，你也别难过。"出租车司机叹了口气。

"你为什么考警校？"当年进入警校的时候，老师问的第一个问题。

有的同学回答因为喜欢警察，有的说要拯救社会，答案各种各样，五花八门。唯独陆飞翔的回答很简单，为了我的家人。

陆飞翔的父亲是做生意的，经常被一些地痞流氓欺负，所以在陆飞翔成长的过程中，他看过不止一次那样的事情发生，他的母亲在一次争斗中被人打伤，后来不治而亡。所以陆飞翔发誓要做警察，然后保护父亲不受人欺负。

"警察这个职业不是用来当保护伞的。"老师说道，"很多时候，警察连自己都保护不了，我们的职责是保护人民。"

这句话，陆飞翔后来彻底明白了。尤其是他被诬陷的这段日子，就差那么一步，他就坐牢，彻底完蛋了。

车子慢慢停了下来："到了。"

陆飞翔拿出车费递了过去，然后下了车。

深夜的殡仪馆一片死寂，值班室的工作人员是一个老头，正在看手机视频。陆飞翔敲了半天门，对方才抬起了头。

"大半夜的来这儿，也真是的。"老头嘟嘟囔囔地说道。

"对不起，真不好意思。麻烦你了。"陆飞翔连连说道。

"亲人不在了，都难过，都想着急忙来看。这会着急了，活着的时候倒不着急。有的更夸张，活着的时候舍不得给父母花钱买东西，死了倒是大张旗鼓地搞这个搞那个。"老头絮絮叨叨地说道。

陆飞翔很理解老头的话。

"就在这儿，这是警察留下来的人。忘了问你，你是他的家属还是警察？"老头忽然想起来了问道。

"我是警察。"陆飞翔习惯性地去口袋拿证件，结果这才想起来证件早就被收走了，他抽了口气说，"不过现在我是以家属的身份来看他。"

"行吧，记得走的时候关好门，在门口的登记本上写下时间。"老头摇了摇头，然后转身走了出去。

陆飞翔走了过去，铁格子一个挨着一个，只有一个面前放着几个干瘪的苹果，他忽然想起包里还有几个看守所发的橘子，于是拿出来，将那几个干瘪的苹果扔掉，换上了橘子。然后拿出一盒烟，抽出几根，点着后，放到了上面。

上一次父子对话是什么时候？

大学毕业？

还是吵架？

陆飞翔已经想不起来了，没想到现在阴阳两隔。

在路上的时候，父亲的音容笑貌已经在陆飞翔的脑子里匆匆走了一遍，现在忽然坐下来，反而觉得空荡荡的。

他慢慢拉开了铁棺，然后看到了里面父亲被冷气萦绕的脸，苍白，冰冷。

他的眼泪瞬间落了下来。

做警察这么久，见过不少尸体，有的甚至血肉模糊，心理能力已经锻炼得很强了，只是没想到，看到至亲的尸体，他依然忍不住自己的情绪。

"我一定找到杀害你的凶手。"陆飞翔用力握着旁边的铁门，泣声说道。

从停尸房出来，陆飞翔准备离开。可是走了几步，忽然听见后面传来了一个隐隐的哭泣声，饶是他做警察多年，胆子大，在这深夜殡仪馆的地方，听上去还是有点毛骨悚然。刚才值班的人说了，整个殡仪馆没有其他人，怎么会有哭声呢？陆飞翔寻着哭声走了过去，正好看见一个人影在他前面晃过去，走进了后面一个房间里面，那也是停尸房，里面只点了几支蜡烛，风一吹，晃晃悠悠的。

陆飞翔走到旁边没有进去，站在门口看了一下，他看见里面有个男人正在看一具尸体，刚才的哭声正是男人的声音，而刚才在陆飞翔前面晃动的人影则是一个戴着口罩，穿着黑衣的神秘人。黑衣神秘人蹑手蹑脚地走到了那个哭泣的男人身后，然后忽然拿出一根绳子勒住了男人的脖子，将他拖到了一边。

陆飞翔一惊，刚想冲进去，却听见了那个神秘人的说话声。

"是你，是你杀了马佳瑶，对不对？对不对？"

那个男人被勒着脖子，根本说不出话，只能发出呜呜的喊声，他用力挣扎着，可是后面的神秘人却用力压着手里的绳子。

"我就知道马佳瑶是你杀的，我就知道。"那个神秘人说着竟然哭了起来，手里的绳子也慢慢松开。

那个男人将脖子上的绳子取掉，大口大口喘着气，最后瘫坐在地上。

两人都没有说话，空气沉默着。

"你为什么要杀她？为什么？"终于，神秘人又说话了。

"我没有杀她，我只是希望她不要离开我。你知道吗？她不要我了，去找了一个有老婆的男人，她做人家的小三，她宁可做人家的情人，也不要我了。我没办法啊，谁让我没钱，谁让我妈是一个卖淫的……"

"你胡说什么？你这个混蛋，你知道什么？"那个神秘人的情绪又激动起来。

"难道不是吗？"男人哭了起来，"我也很后悔啊，然后我就找到了其他办法，我让佳瑶的身体器官转移到了别人的身上，这样一来，其实她还活着，只是用不一样的方法活着。我只能做到这里了。"

"原来是你做的，这一切都是你做的。你这个王八蛋，你害死了佳瑶，还让她死无全尸。"神秘人不知道是刚才用力过度，还是其他原因，竟然没了力气，只是大声骂着。

"怎么？你现在知道后悔了？别以为我不知道，我妈的死其实是你造成的，要不是你，她会死吗？你做的那些事，别以为我不知道。"男人说道。

那个神秘人没有说话，身体忽然瑟瑟发抖起来，然后像是癫痫一样，嘴里发出了呜呜的怪叫声。

"你，你没事吧？"那个男人看到他的样子，不禁有点害怕。

突然，那个神秘人不动了，然后一下子站了起来，他像是变了一个人一样，整个人的身体显得非常僵直，他吸了口气，缓缓地说了一句话："小子，我跟你说过，只有死人才会保守秘密，你为什么非要往死路上走呢？"

"你，你是人还是鬼？"那个男人看到神秘人的样子，顿时吓得大声叫起来。

"对你来说，这已经不重要了。"神秘人说完，身体迅速往前冲过去，一下子扼住了男人的脖子，将他推倒在地上。

陆飞翔看到这里，直接冲了进去……

第三十一章　破击

陈池和关风带着黄虎和林刚以及马良民走进了大楼。之前他们留了一个守卫在那里，看到他们带着人过来，那个守卫拦住了他们。

"黄先生说之前和我们合作过，认识上面的人，这次也是和他们约好的。我们只能先带他过来了。"陈池说道。

"你们等等，我问下上面。"那个人看着黄虎他们，拿起电话和上面联系。

很快，那个人挂了电话，然后说道："你们带他们上去吧，记住，不要乱跑，就到会客厅等着。"

"好，知道了。"关风点了点头，然后和陈池带着黄虎他们一起向里面走去。

陈池和关风并不知道上面的地方在哪里，不过黄虎上次来过，然后变成了黄虎带路，他们在后面。黄虎凭着之前的记忆，来到了二楼实验室后面的一个房间，然后指了指，示意这里就是。

陈池走过去敲了敲门，一个男人从里面走了出来，看到黄虎他笑着说道："黄先生，不好意思，让你久等了。"

"你客气了。"黄虎笑了笑。

"黄先生这边请。"那个男人一边带着黄虎向前走着，一边介绍着他们目前做的一些事情。

陈池拿出手机，偷偷录起来。

"这里安全吗？"林刚问了一句。

"黄先生和我们合作过，应该知道我们的保密性做得非常好。即使警察现在进来，也找不到我们真正的货仓。你看这忙忙碌碌的二楼三楼，有实验室，也有其他工作，都是正当工作，这也是为了给我们打掩护。所以，你们可以放一百个心。"男人说道。

"龙先生没在吗？"一直没说话的黄虎忽然问了一句。

"龙先生在，其实今天来的客户不止你们一家，对于这次的货物，除了你，还有别家想要。"那个男人说着，带着他们上了一座隐藏的电梯。

电梯往下走了三层，然后门开了。

"你们两个在门口守着吧。"那个男人对陈池和关风说道。

"是。"关风和陈池点了点头，他们目光对视了一下。他们现在假扮的是守卫，估计是没资格进去。

"我们进去看什么情况。"黄虎转头说了一句话，很明显，是说给陈池和关风的。

林刚和马良民跟着黄虎一起进去了。

没过一会儿，林刚给陈池发来了视频电话，陈池接通后，走到旁边偷偷看视频里的情况。因为怕被人发现，手机给出的画面并不多，只有四分之一的画面能看见。那个画面正好对着中间一个男人的侧面。电话里传出来了他们的对话声。

"这次过来的都是熟人，废话不多说，这次的货是一个孩子，13岁，需要的话，我们老样子，价高者得。"说话的是一个细声细语的男人。

"听说这次的心脏非常特殊，能够简单介绍一下吗？"有人问了。

"我们也是无意中找到的，是少有的熊猫血型，心脏和正常人的位置相反，并且很年轻，移植后，再生融合的能力会好很多。总之大家可以放心，我们做这行这么久，肯定不会骗人的。"男人介绍道。

"什么时候交货？"黄虎问了一句。

"今天就可以。"对方说道。

其他人没有再说话，低声议论着。

"那好，我先出原始价格。"终于，有人说话了。

"好，原始价格，有人加吗？"对方继续问道。

"我加一成。"

林刚拿着手机，身体微微转了一转，然后将在场的人都照进了视频里，看上去坐下来的有五六个人，后面还站着几个人。

"等到成交的时候，对方肯定会带买方去拿货，到时候我们就动手。"关风凑到陈池耳边低声道。

"好。"陈池点了点头，"不过得想办法通知里面的马良民和林刚。"

"我让铁生安排人过来支援我们。我怕人手不够。这次一定要把这个组织连根拔起。"关风说道。

铁生安排的人到位后，黄虎也在里面高价中标了，然后铁生带着人从外面攻了进来。为了不影响黄虎那里，陈池他们特意在门口打开了信号屏蔽器，这样一来，嫌犯之间无法通过电话和对讲机联系，确保能将他们一网打尽。

凌晨十二点半，所有的抓捕工作结束。涉嫌贩卖人体器官的所有犯罪人员全部被抓上了警车。

大头被救了出来，他的身上已经标满了数字和线条，随时都会被杀害。

"我们找到了一个账本，上面详细地记载了他们的资金来往，并且还有一个惊喜的发现。"关风和铁生正在说话的时候，马良民欣喜地跑了过来。

"什么发现？"关风问道。

"里面有一项记录，竟然是马佳瑶的器官走私记录。"马良民说道。

"谁？"铁生脱口问道。

"就是我们正在调查的案子的一个受害者，马佳瑶。"马良民说道。

"上面有客户资料吗？有没有留下信息呢？"关风问道。

"有，名字叫江明华。"马良民点点头。

"立刻让人调查这个江明华，看他和马佳瑶是什么关系。"关风果断说道。

第三十二章　真相

　　陆飞翔将那个男人按在了地上，然后拿起旁边的一块白布，将他绑了起来。那个神秘人看到陆飞翔进来，立刻闪身跑了出去。
　　陆飞翔追出来的时候，神秘人已经不见踪影。他只好回去，将刚才被绑住的男人拉了起来，然后将他拖到了一边。
　　"你是什么人？"那个男人看着陆飞翔问道。
　　"刚才你和那个人说的话都是真的吗？"陆飞翔问道。
　　"对。"看到陆飞翔的样子，男人知道刚才他说的话肯定被对方听到了，于是干脆承认。
　　"梅凤莲呢？也是你杀的吗？"陆飞翔问道。
　　"你是什么人？问这些做什么？你要干什么？"男人激动起来，大声吼道。
　　陆飞翔没有理他，在他身上摸索了一下，找到一个钱包，里面有一张身份证，他看到了男人的名字，江明华，上面的照片和他的样子一样。
　　一个陌生的名字，从来没有听过的名字。
　　"你是谁啊？"江明华用力挣扎了一下，但是没坐起来。
　　"我是警察。"陆飞翔说道。
　　"警察，你是警察，你应该去抓刚才那个人，为什么抓我？"江明华说道。
　　"你杀了马佳瑶，你是杀人凶手。"陆飞翔说道。
　　"马佳瑶是因为我死的，算是我杀了她吧。"江明华叹了口气，低下了头，看样子不想再说话。
　　"刚才那个人是谁？"陆飞翔又问。
　　"他，他是杀人凶手，他杀死了梅凤莲，杀死了陆晨。他才是真正的杀人凶手。"江明华说道。
　　"你说什么？"陆飞翔一惊，"他杀死了陆晨？你怎么知道的？"
　　"我知道你是谁了。"江明华忽然笑了起来，"你是陆飞翔，你就是那个被诬陷的警察。哈哈哈，这世界太小了，真没想到，真没想到。"
　　陆飞翔顿时火冒三丈，一下子将江明华揪了起来，然后怒声说道："小子，你给我老实点，最好告诉我真相，否则我不会让你好过的。"

"好啊，你来啊，反正我没想过活下去。自从马佳瑶死的那天开始，我也死了，我也死了。呜呜呜。"江明华说着大声哭了起来。

这时候，门外突然传来了脚步声，值班的老头走了进来，看到眼前这一幕，他不禁问道："这是怎么了？怎么回事啊！"

"他要杀我，他要杀人，快报警，报警啊。"江明华一看有人过来了，于是大声叫了起来。

"小伙子，你这是干什么，快松开他。"老头看了看陆飞翔，慌忙说道。

"他是杀人凶手，我就是警察。"陆飞翔说完，转过头看着江明华，"既然你想去公安局交代，那我就满足你。"

陆飞翔没有和马良民联系，而是联系了陈池。

"好，我们马上过去。"听完陆飞翔的话，陈池说道。

半个小时后，陈池和许之昂一起来到了殡仪馆，然后带着陆飞翔和江明华上了车，返回公安局。

在车上，江明华阴沉着脸，一语不发。

陆飞翔则将他在殡仪馆听到的事情全部告诉了陈池。

"你知道他为什么要报警，让我们带他回公安局吗？"听完一切后，陈池说话了。

"为什么？"陆飞翔不太明白。

江明华也饶有兴趣地看着陈池。

"因为他到公安局一定会翻供，会说什么都不知道，否认你所说的一切。因为现场的证人，另一个神秘人没有被抓住，所以你们之间的话都有不可信之处。"陈池说道。

"还是这个警察聪明啊，哈哈。"江明华笑了起来，得意扬扬地看着陆飞翔。

"你不交代也没关系，我们在追查一起人体器官走私案，找到了对方的账本，上面正好有一笔业务，是一个叫江明华的和他们合作的记录，江明华要求对方将一具尸体进行了器官转卖，而这具尸体就是马佳瑶。"陈池说道。

"你说错了，我不是转卖，我是让佳瑶可以活到其他人身上，让她的器官继续活下去。我没错，我没错的。"江明华大声叫了起来。

"并且我们刚刚查到，原来梅姐足疗店的老板梅凤莲是江明华的母亲。因为梅姐从事那个行业，所以江明华从来没有认过他的母亲。"陈池说出了另一条线索。

"你是说梅姐是江明华的母亲？"听到这里，陆飞翔惊呆了。

"她不是，你胡说八道。"江明华瞪着眼睛，对着陈池大声喊道。

陈池看到江明华的反应，没有再说话，这也证明了他们知道的信息是真的，那个被杀害的梅姐竟然是江明华的母亲。

到了公安局，江明华被直接带到了审讯室。陈池作为负责审查的警察，继续对江明华进行审问。

江明华很痛苦地交代了一切。

江明华和马佳瑶本是一对情侣，后来马佳瑶嫌他穷，便跟了一个大老板，和他分手了。不甘心的江明华无法忍受爱人抛弃自己，于是心里便有了一个变态的想法，他要用自己的方式和马佳瑶结婚。以前，他们谈论结婚的时候，马佳瑶说要穿上这世上最特别的婚纱，于是江明华用自己的办法和积蓄，托人缝制了一件人皮婚纱，婚纱到手后，他曾经找过这个城市最好的婚纱试用师帮他试装，对方也说，这是给女人最好的礼物。

可是，事情并不像他想象的那样。马佳瑶对于他的做法不但不喜欢，还非常厌恶，甚至还要报警抓他。慌乱中，他失手打死了马佳瑶。后悔不已的江明华知道马佳瑶活不过来了，为了继续怀念她，便将她的器官卖给了之前帮他做人皮婚纱的人。

他终日提心吊胆，本以为警察会很快找到他，但是接下来，却风平浪静。只是后来，他的母亲竟然死了，而杀死她的人是一名警察，这个警察就是陆飞翔。这时候，江明华忽然明白，母亲一定是为了救自己，才会诬陷调查自己案子的警察，并且为了让人相信，母亲用性命当赌注。

后来，调查组重新调查马佳瑶的案子，江明华害怕查到自己，但他忍不住对马佳瑶的思念，总趁着夜黑没人的时候偷偷溜进殡仪馆缅怀马佳瑶，顺便看看他的母亲梅凤莲。只是没想到昨天晚上他被人跟踪了，最后还被陆飞翔抓住。

江明华说的情况基本上和调查组调查的一样，并且陈池还发现江明华找的那个帮他贩卖马佳瑶的人体器官组织竟然是鬼哥他们。

"在殡仪馆你见到的那个人是谁？"陈池想了想继续问道。

"我不认识他。我只知道他和我的母亲关系不错。我母亲陷害陆警官的时候，就是这个人帮她出的鬼主意。我甚至都怀疑我母亲是他杀死的，并不是自杀的。"江明华说道。

"当时在殡仪馆，他似乎对马佳瑶特别敏感。"陈池想起陆飞翔说的话。

"对，他当时几乎要杀了我。我怀疑，他可能和马佳瑶有关系。"江明华点点头说道。

"没关系，这个神秘人应该很快就会出现了。"陈池笑了笑说道。

"什么意思？"江明华不太明白。

陈池和关风根据那个神秘人对马佳瑶的情绪推测，那个神秘人应该很在意马佳瑶。他们首先怀疑神秘人是马佳瑶的父亲马东成，可惜调查马东成后，排除了他的嫌疑。为了抓住那个神秘人，他们和马东成沟通了以后，特意在殡仪馆发了一个通告，因为马佳瑶的部分器官已经不在了，所以他们决定将马佳瑶的尸体赠予医学院，用于做学术研究工作。

夜里，关风带人埋伏在殡仪馆里，等待神秘人的出现。

果然，夜里十点多，神秘人出现了。没有等他靠近马佳瑶的尸体，旁边的警察突然出现，将神秘人抓了个正着。

　　"来，让我看看你的庐山真面目。"关风走过去，一把揪下了他脸上的面具……

第三十三章　情殇

　　这世间人与人的关系千丝万缕般复杂。有人说，前一秒也许两个人是陌生人，后一秒可能就能认识，成为知己，成为好友，成为恋人，成为夫妻，又或者成为仇人。

　　一个人与另一个人的相识，从概率上来讲简直是亿万分之一，可是却又是那么简单容易。

　　江明华与马佳瑶的爱情，本以为坚不可摧，可是最后却一败涂地，汹涌地爱过后是暗涌如潮的恨，将彼此毁灭。不仅仅是他们被毁灭，随之一起被毁灭的，还有深爱他们的人。

　　江明华的母亲叫梅凤莲，早年因为和江明华的父亲离婚，后来遭别人欺骗，最后沦落成一名足疗女。虽然她的店开在马路街，周边的店面都做一些见不得光的生意，可是梅凤莲做的生意倒还正经，一是她年纪大了，即使做皮肉生意也没顾客，二来她年轻时确实学过足疗，靠手艺吃饭也够生活。梅凤莲之所以把店开在马路街，是因为她的店是之前买的，当时马路街并不是现在这个样子，后来变成这样，她也没办法，毕竟放着自己的店面能用，好过去外面租别人的吧。

　　江明华从小不在母亲身边，长大后知道母亲在马路街开店，他便觉得抬不起头，所以他从来都不认梅凤莲是他的母亲。不过，他的心底还是把她当作自己的母亲。江明华对马佳瑶下杀手后，他第一次来到了母亲的店里，告诉了母亲他做的事情，他知道这辈子没对母亲好过，反正他也杀了人，下辈子他会好好对母亲。

　　天底下，哪个做母亲的能够看着自己的孩子去送死？所以，梅凤莲从江明华哭诉的那一刻起，就决定要为江明华做一些事情。

　　梅凤莲找到了马佳瑶的父亲马东成，然后告诉马东成，她杀死了马佳瑶，原因很简单，因为马佳瑶背叛了江明华。

　　在这之前，马东成不知道自己女儿不喜欢的那个男朋友竟然是梅凤莲的儿子。因为马东成和梅凤莲已经相好了三年多，他们甚至准备等到孩子成婚后，两人结婚。突然发生的事情让马东成无法接受，他想要去报警，但是看着自己爱了三年的梅凤莲，又下不了决心。于是，他将自己关在家里，痛苦不堪。

　　这个时候，陆飞翔开始调查马佳瑶被杀的案子。梅凤莲害怕陆飞翔查到儿子身上，于是做了一场戏，用生命嫁祸给陆飞翔，造成了陆飞翔在梅姐足疗店强奸杀人的假象。

可是，梅凤莲怎么可能一个人完成嫁祸呢？要知道现场的安全套里的精液和她体内的精液是有人威胁陆飞翔的同学拿到的，还有梅凤莲在嫁祸的时候，的确和人发生了性关系，这一切梅凤莲是无法一个人完成的。

所以肯定有人帮她，并且这个人能够让她百分之百地信任，她还愿意和他发生性关系。那这个人只有一个人，那就是马东成。

回到揭开神秘人面具的那一刻，所有人都愣住了，神秘人不是别人，正是马东成。可是陈池他们曾经去找过马东成，也确认马东成并不知情很多事情，应该不会是神秘人。

不过接下来，马东成的反应让陈池和关风明白了事情的原委。

在殡仪馆被抓的马东成和之前调查的马东成确实不一样，他们虽然都是马东成，但是却是两个人格，被抓的马东成是典型的复仇人格，我们称呼他为"复仇者马东成"，他和马东成的本人人格正好相反，他没有任何的纠结、犹豫、善良，他就是要利用一切手段给女儿复仇。

所以这一点解释了梅凤莲为什么只是想嫁祸陆飞翔，却被杀死。

嫁祸给陆飞翔的方案自然是复仇者马东成提出来的，可是梅凤莲并不知道这个复仇者马东成和深爱自己的马东成不是一个人格，最后便成了他复仇的牺牲品。同样，威胁邱天，让他拿到陆飞翔精液的人自然也是复仇者马东成。

马东成作为两个人格的本体，非常痛苦，一方面复仇者的人格做着各种复仇的事情，另一方面他却为自己做的事情痛苦不已。

这就是案子的真相。

陈池陈述完毕后，将案卷合住，坐了下来。

"还有一些问题，杀死陆晨的人是谁？还有，你们不是给马东成做了精神人格分析吗？我这边收到医生的反馈，对方说根据他的情况，其实两个人格还没有到独立的状态，会不会是有人教唆他这么做的？"铁生说道。

"杀害陆晨的凶手……"陈池说着看了看前面的陆飞翔，犹豫了一下，"我们审问马东成的时候，他说让陆晨去绑架人，找警方给陆飞翔脱罪的方案是他告诉陆晨的，那么杀害陆晨的人也是他。不过根据对他的经历和生活调查，我们推测，他不可能自己想出这些办法，我们认为他可能是被别人教唆的。现在医生给出的意见，更加证明了这一点，只是目前我们还没有找到证据。"

"放心，我一定会找到证据，我绝对不会让害死我父亲的人逍遥法外。"陆飞翔接口说话了，然后在桌子上重重地敲了一下。

陈池看了看关风，没有再说话。

"那个隐龙找到了吗？"铁生又问了一句。

"还在调查中，根据黄虎的口供，这个隐龙从来没在公众场合出现过，兴许这次我们抓住的人里也没有他。"负责审讯的警察说道。

"对了,我们在现场找到了一封信,是给陈警官的。"那个警察说着拿出一封信走了过来,放到了陈池面前。

　　所有人都看着陈池,这是从现场找到的信,按照程序其实属于证据。

　　"我打开看下有没有什么重要的信息。"陈池说着打开了信封,一个东西从里面滑了出来,竟然是一个蓝色的小海豚吊坠,和他脖子上戴的那个一模一样。

　　"这是什么意思?"旁边的关风问道。

　　陈池没有说话,顿时明白了过来。

　　"让证物科登记下,有需要再和陈警官联系。"铁生对那个警察说道。

　　陈池把那个吊坠塞进了信封里,递给了那个警察。他的面前出现了苏梅的样子,此刻他也明白过来,肖宁说的那个救他的姐姐是谁了。

　　既然你想救人,为什么还要让自己深陷魔窟呢?

第三卷 傀儡师的棋子

楔子

2008年9月10日,教师节。

老师的病越来越严重了,用过特效药,虽然看起来有用,但是每天总有两个小时会疼痛不已。

"上帝之手"的案子在整个林城闹得沸沸扬扬,只是没有人知道,这一切如同一盘棋局,棋子的走向,全在老师的手里。

陈池已经半个月没有回宿舍了,自从乔羽死后,整个宿舍更加冷清。有时候,夜里他会突然惊醒,好像看到乔羽就坐在对面,晃着双腿,笑嘻嘻地看着他,陈池则在一旁看着书。宿舍外面是其他同学的打闹声。

老师说,有空去看下师哥,这个隐藏在都市里的"上帝之手",警察眼里的连环杀人犯,老师的得意门生。他有点抗拒,不过他知道需要快点见到他,因为时间不多了。

约见的地方在林城墓园,他和老师曾经来这里看过一个朋友,那是老师深爱的人。郁郁苍苍的墓园,到了晚上没有任何人,只有苍凉的月光和看不到尽头的青柏树。他没有走正门,从侧门翻进来,来到约定的地点,324号墓碑前。墓碑上是一个陌生的名字,周波,上面没有照片,也没有文字,更没有供品烧纸,看上去是一个空墓。

"这是我的墓碑。"身后忽然有人说话了。

他转过身,看到了一个男人。

"师哥?"他脱口喊道。

"老师看人很挑剔的,这么多年,就我一个学生,没想到临死前还有个师弟。"男人走了过来,他拎着一个袋子,里面是一些纸钱元宝,拿出来,放到了墓碑前。

"这是你的墓碑?"听到刚才师哥的话,他不禁问道。

"不错,应该用不了多久就躺进去了。案子也快结束了,我这个杀人凶手,终会被查出来。"周波点点头。

"没有其他办法了吗?"他心里一沉。

"宿命,每个人都有自己的宿命。从我被老师带走的那一刻起,我的宿命就决定了。这个世上有很多事情,从一出生就决定了。你唯一能做的就是在有限的生命里，做一些自己喜欢的事情。结局无法更改，那只能改变过程。"周波点着了那些纸钱和元宝。

"老师的病……"他话说了一半。

"我知道，他好像用了特效药，不过那也只是一时的作用。师弟，你叫王志，对吧？和那个陈池是同班同学？"周波转头看了看他。

"我们还是一个宿舍的。"他点点头。

"命运真是一个幽默大师，老师和陈池的父亲当年也是情同手足的兄弟。你和陈池终有一天会见面，真不知道你该如何面对。"周波叹了口气。

他沉默了，这个问题他曾经想过无数遍，如果真的有一天陈池知道了自己的身份，知道了所有的真相，他们该如何面对？是愤怒的仇恨，还是悲痛的绝望，又或者是无奈的生死诀别？

"估计到时候我和老师都已经不在了，也许你有新的选择，你可以选择做一个好人。"周波放下了手里的木棍，火光映衬着他的脸，他的目光里面有一丝说不出的无奈与希望，也许这句话他也是说给自己的，只是已经没有机会了。

"你不是说了吗？我们的命运已经注定了结局，即使想改变，恐怕也只能改变过程，无法改变结局。"他说道。

"是啊。"周波笑了笑，低下了头。

这是他第一次见到师哥，这个传闻中杀人不见血的恶魔，其实看起来也没那么恶，这也是他最后一次见到师哥。一周后，"上帝之手"周波落网，很快，老师也离开了。

9月的最后一天，秋风瑟瑟。

他再次来到了林城墓园。

324号墓碑，这个空墓碑的主人已经离开了，只是他没有办法住进来。

他拿着一瓶酒和一只烧鸡，坐到很晚才离开。

回到宿舍，他拿起了老师给他的那个盒子。

这个盒子，是老师的临终嘱托。他知道从今以后，这个世界又剩下他一个人了。有人说过，这个世界本来就是一个孤独的团体，每个人都是孤独体。他打开了盒子，里面是一张硬纸片，上面写着一个地址，硬纸片下面还有一个木制的牌子，上面用小篆雕刻着三个字，天罚者。

这是他新的命运。

他拿起了那个牌子，走到了床边，外面雷声大作，借着月光，他看到牌子上的三个字，发出了阴暗的光芒，那是恶魔身上的光芒。

他决定给自己一个新的名字，阿丁。

他来到了硬纸片上的地址，然后将天罚者的牌子交给了对方。

"阿丁，欢迎你加入傀儡师的世界。"对方笑意盈然地说道。

"我是帮老师完成遗愿的。"他说。

"不管是为了谁，进入了傀儡师的世界，就没有回头路。"对方将手里的东西慢慢放到了他的面前。

他慢慢拿起了笔，在上面写下了自己的名字。

"我们的组织叫神图，是个为全世界服务的地下组织。你的老师当年穷途末路的时候，组织给了他帮助，成就了他想要的一切。当然，这一切也是有代价的，这世上本来有得就有失。希望你能明白，从此以后，你就是神图的天罚者，接替你老师的工作。"对方说道。

"好。"阿丁点了点头。

"在这个盆里将你的过去全部烧掉，从此以后，你就是神的孩子，你是天罚者。"对方指了指前面的一个银色的盆。

阿丁拿出了他的东西，林城刑警学院的毕业证，王志的身份证，最喜欢的书，深爱女孩的回信，还有一张合照，上面是三个人，陈池、乔羽和他自己。

火光如同毒蛇的信子一样吞噬掉了他的过去，他看着那些东西最后化为灰烬，记忆仿佛也随之而去。

从此以后，世上只有阿丁，再无王志。

陈池，即使我们有天相遇，你见到的人是阿丁，神的惩罚者，天罚者。

第一章　心理障碍

蓝色的小海豚吊坠在眼前晃荡，随之出现的是苏梅的笑容，她在前面奔跑，陈池在后面追赶。明媚的阳光下，身边是金黄色的麦田，他们在互相追逐，嬉笑着。苏梅脚下打了一个趔趄，摔倒在了地上，然后陈池扑了过去。两人的身体一下子贴到了一起。

脸与脸的距离只有几厘米。

目光与目光几乎要重叠。

彼此呼吸几乎要融合。

心跳与心跳就在耳边此起彼伏。

不知道谁主动的，两个人的嘴唇覆盖在了一起，然后是海水一样的缠绵。在金色的麦田里，在明媚的阳光下。

"陈池，我爱你。"苏梅在陈池的耳边娇喘着，然后解开了她的衣服。

陈池迎了上去，他闻到了原始的香味。抬起头，他看到后面有一个黑影在盯着他们……

啊，陈池打了个激灵，一下子坐了起来，然后大口大口地喘气，汗水从他的额头上流下来，他感觉后背全是湿漉漉的汗，整个人还在莫名地发抖。

眼前是一个漆黑的房间，只有前面的桌子上有一个水晶球亮着光。

这是什么地方？

陈池的脑袋有点疼，情绪慢慢缓和了下来。

唰，窗帘忽然被拉开了，阳光从外面照进来。陈池的眼有点刺痛，他微微闭了闭眼，慢慢适应了过来。

"怎么样？看到什么了？"一个女人的声音响了起来。

陈池这才看见，前面有一张桌子，一个穿着白大褂的女人坐在那里，正在低头写着什么东西。

"我，我这是……"陈池顿时想了起来，这是局里给他安排的心理障碍测评，本来只是简单的一个评测，但是因为他之前的记忆有点问题，所以医生建议做一个深度测评。给陈池测评的是公安局对接的心理诊所的医生温娜娜，今天早上，陈池如约来做测试，本以为是一个简单的测试，没想到竟然睡着了，还做了一个深沉的梦。

"陈警官，怎么样？还没醒过来吗？"温娜娜说着站了起来，然后拿了一瓶水递给了他。

"什么怎么样？"陈池不是特别明白，他出了一身汗，确实有点口渴。

"你的深度记忆还挺难进的，我可是费了不少劲，才到达了你的记忆入口。你还记得我在给你做测试之前说过的话吗？"温娜娜问道。

"说是可能会出现一些画面混乱的记忆。"陈池一下子想到了惊醒前的那个画面，然后迟疑了一下，"温医生，那些记忆是真的发生过，还是假的？"

"这得看是什么记忆情节，一般来说都是在真实的情节基础上发生的。当然，也会有一些延伸记忆。"温娜娜说道。

"延伸记忆是什么意思？"陈池不太明白。

温娜娜坐到陈池的旁边，捋了捋刘海讲道："我们的大脑有个位置专门存储记忆，就像图书馆一样，一列一列按照类别分开存储。如果那个位置受到外界的伤害或者刺激，大脑就会将那个位置隔离开，也就是我们俗称的失忆。医生如果想要将患者的记忆重新唤醒，就需要打开那个被隔离位置。你的记忆就藏在那个隔离位置的后面，不过你的记忆并不是全部被隔离开，而是有的部分没有被隔离，所以现在为难的，也是你痛苦的地方就是那些没有被记起来的记忆。如果想要唤醒它们，就要将那些隔离的东西全部清理干净。但是在这个过程中，难免会刺激到一些记忆，这些记忆可能是之前想象的东西，也可能是真正发生过存在你记忆里的记忆，也就是我说的延伸记忆。"

"哦，是这样啊。"陈池听了半天听明白了，这跟没说一样。

"那我的报告？"陈池问道。

"等疗程结束，确定没问题了，我就会签字。"温娜娜说道。

"这要到什么时候啊？温医生，我们工作比较忙，有案子等着啊。"陈池惊声叫了起来。

"陈警官，别这样。你的心理测评没有通过，现在没办法签字。只能等你的心理评估报告正常了，我才会签字。我得为我的病人负责，在我眼里，无论你是什么职业，只要病还没好，我是不会签字的。"温娜娜正色说道。

陈池无奈地站了起来，拿起衣服向门外走去。

"陈警官，这些药你还要拿着。"温娜娜在后面追了出来。

走出心理诊所，陈池没有回局里，而是坐上了23路公交车。23路公交车是环城车，只要一块钱，就能把整个城市走一遍。陈池坐在后面的靠窗位置，盯着窗外的风景，眼前却是一些错综复杂的混乱画面。

安城的案子结束了，后来陆飞翔给他打过电话。他说无论是他的父亲陆晨还是杀人凶手马东成，他们在做事的时候都接到过一个陌生电话，那个电话查不到任何信息，但是可以确定这个电话的主人就是在背后教唆指使他们犯罪的人。

让陈池更加疑惑的是，苏梅究竟在那个贩卖人体器官的组织里担任什么角色。把肖宁救出来的女人可以确定就是苏梅，如果不是苏梅，肖宁和大头可能已经遇害了。苏梅既然救了人，为什么不离开那个组织呢？还有那个她送过来的蓝色小海豚吊坠，和陈池戴的一模一样，陈池想起当时在安城公安局门口苏梅的奇怪表现，当时她看到陈池戴着这个蓝色海豚吊坠，她不由自主地去自己的胸前摸索，原来，当时在她的胸前也戴着这个一样的吊坠。

陈池仔细回忆着当年在苏家村的事情，可惜关于苏梅的记忆死活想不起来更多。尤其是苏梅救他回去的那段记忆，他只记得瓢泼的大雨里，苏梅背着他，他的眼前晕晕乎乎的，一会清醒，一会模糊。

温娜娜唤醒的那段记忆是真实的记忆，还是延伸记忆呢？苏梅温柔的笑，解开衣服的那一瞬间，娇喘的缠绵声，这一切让陈池觉得好像真的存在过，可是又觉得有点无法相信。

车窗外，风景一晃而过，陈池的记忆却越来越乱，他不禁痛苦地靠在了椅背上，任凭外面的风吹在他的脸上……

第二章　夜半惊魂

夜，林城艺术学院。

喧闹一天的校园终于安静了下来，只有路灯有气无力地亮着，照着校园的每一个角落。

一个弱小的身影悄悄地从前面的宿舍楼侧面的窗户里面翻了出来，灯光下可以看出来，那是一个女孩，她翻出来后立刻猫着身子，像一只夜行的猫，蹑手蹑脚地向前走去，很快她来到了前面的实验楼，然后她像一只小老鼠一样，仿佛一眨眼的工夫就钻进了实验楼里面。

实验室里黑漆漆的，只有外面的光能透进来。女孩来到了3楼，然后走进了左边一个房间。

这是艺术学院学生的练舞房，对面有一张超大的镜子，是学生练形体对照用的。旁边还有一些乐器和艺术用品。

女孩看了看手机，然后发了条微信。

很快，微信响了起来。

没过多久，门外传来脚步声。

女孩欣喜地走到门口，一个男孩走了进来。

"你怎么才来？"女孩说道。

"路上有点事，现在不是来了？这么想我啊。"男孩说着一把抱住了女孩，然后嘴唇凑过去吻住了女孩。

月光下，两人如胶似漆地纠缠在一起，男孩的手在女孩的身上摸索着，慢慢地向下面移动，然后女孩一下子拦住了他。

"怎么了？"男孩问道。

"别在这里。"女孩说道。

"怕什么，这里又没人。你放心，我带了个好东西。"男孩笑嘻嘻地从口袋里拿出了一个东西。

"什么？"女孩定睛一看，才看清楚那是一个安全套，然后她顿时眉头一皱，"你坏死了。"

"女人不就喜欢男的坏。"男孩笑着又扑到了女孩身上，然后吻住了女孩的嘴唇。这一次，女孩没有反抗，发出了低沉的呻吟声。两个人的情欲燃到了极点，男孩将女孩的裙子撩了起来，他的呼吸开始变得粗重起来，像一头觅食的野兽，整个人都要爆炸了。

这个时候，寂静的练功房里突然传来一阵音乐声，是钢琴曲。因为太过突然，男孩和女孩一下子吓得坐了起来。

"哪，哪来的曲子？"男孩惊声说道。

"是那个曲子，是那个曲子！"女孩突然脸色大变，嘴唇颤抖着说道，整个人瑟瑟发抖。

"什么曲子？"男孩问道。

"魔鬼曲，魔鬼的索命曲。走，我们快走吧。"女孩说着想要站起来，但是却因为害怕，两条腿发软，一下子跪在了地上。

"魔鬼之曲，难道是那个曲子？不是说是假的吗？我们快走，快走。"男孩的脸也变得一片苍白，他扶起女孩，两人一起向门外跑去。

可是让他们恐惧的是门竟然锁住了。

"谁？谁干的？"男孩用力拉着门，大声喊道。

身后的女孩吓得躲在一边不敢动弹，突然她好像发现了什么，慢慢抬起了头，然后她的瞳孔一下子收缩起来，身体顿时僵直在了那里……

林城艺术学院，女生宿舍楼605。

季雪婷翻了个身，睁开眼。她刚刚做了一个梦，在梦里，她喜欢的男孩接受了她的表白，可惜就在她兴奋地等待对方过来拉自己的手时，梦醒了，然后她看到了对面黄小曼的床铺上竟然没有人。

"一定又是去约会了。"季雪婷皱了皱眉头，宿舍里的人都知道，黄小曼在谈恋爱，经常半夜出去和男朋友约会。用脚指头都能想到，违反校规出去是为了干什么。

吱，这时候，宿舍的门忽然响了起来，一个人影从外面进来，慢慢走了过来。

季雪婷看了一下，是黄小曼回来了。黄小曼的样子有点奇怪，也许是怕惊醒其他人吧，走路怪怪的，走进来后坐到了自己的床铺上，也不脱衣服睡觉，也不收拾，就是直直地坐在那里。

季雪婷觉得奇怪，她想问黄小曼怎么了，但是话到嘴边又咽了回来。看黄小曼的样子，兴许是失恋了，要不然不会呆若木鸡。

"活该。"季雪婷心里忽然莫名地高兴。

这时候，黄小曼突然站了起来，然后往阳台走去。

季雪婷从床上坐了起来，然后蹑手蹑脚地下了床，她不知道黄小曼是怎么了，心里带着好奇，但是又不敢过问。

站在阳台门后面，透过门缝，她看到黄小曼站在阳台边，两只手放在阳台的边上轻轻敲击着，像是在弹钢琴一样，她的嘴里还轻轻地哼着什么曲子。

黄小曼这是怎么了？季雪婷皱着眉头，疑惑地看着眼前这一幕。

　　啪，一只手突然搭在了她的肩上。

　　季雪婷吓得身体猛然一抖，差点叫了起来。回过头，她看到舍友周敏站在她的身后看着她。

　　"嘘。"季雪婷慌忙嘘了一下，然后指了指阳台，示意周敏不要说话。

　　周敏凑过来往阳台看了一下，正好看到黄小曼的身体开始来回摆动，似乎在跳舞一样。

　　"她在干什么？"周敏看着季雪婷问道。

　　"不知道啊。我也是刚看到。"季雪婷说道。

　　"会不会是梦游了？"周敏说道。

　　"可能，来，我们把她的样子录下来，等天亮了给她看。"季雪婷忽然想到了一个主意，于是从口袋拿出手机，找到视频拍摄的模式，对准了阳台上的黄小曼。

　　镜头里的黄小曼似乎随着音乐的节拍在摆动身体，几分钟后，黄小曼忽然停了下来，一下子转过头，她的两只眼睛直直地看过来，仿佛透过手机要看穿季雪婷和周敏的内心一样。这个举动让拿着手机的季雪婷吓了一大跳。

　　接下来，黄小曼冲着镜头看了一下，露出了一个鬼魅的笑容，然后以迅雷不及掩耳之势，一下子从阳台上跳了下去。

　　"啊，黄小曼！"旁边的周敏看到这一幕，不禁尖声叫了起来，她和季雪婷一起冲向了阳台，然后往楼下望了下去，借着月光，只见黄小曼躺在下面一动不动……

第三章　魔鬼之曲

关风拿起照片,照片上的女孩仰望着天,脑袋后面溢出一摊血,但是她的表情看起来并不痛苦,反而有种欣喜的感觉。

这是林城艺术学院发生的第二起跳楼事件,两名死者都是从宿舍的阳台上跳下去的,根据目击者称,死者跳楼之前嘴里都在哼着一支诡异的曲子,甚至跟着曲子扭动身体。这次的跳楼,死者的舍友正好拍下了整个过程。

"这是死者舍友拍的视频,大家可以看一下。"顾美玲点击了一下电脑,上面出现了一个视频画面。

视频画面里,死者站在阳台上,嘴里轻轻哼着曲子,两只手在阳台的边上轻轻地敲击着,然后开始扭动身体,最后突然纵身一跃,从阳台上跳了下去。

"死者最后跳下去的动作太突然,在拍视频的舍友们都没反应过来。"顾美玲说道。

"第一个死者也是这样吗?"林刚问道。

"不错,第一个死者的调查情况跟这个差不多。林城公安局方面提供的资料不太多,我们如果接手的话,他们直接把资料转过来。"顾美玲说道。

"老秦怎么说的?"关风问道。

"秦处长现在在外地出差,让我们自己看着办。反正我们的工作都是破案,接就接呗。"顾美玲说道。

"陈池现在情况怎么样了?怎么从安城回来后就没见过他?"关风忽然想起了陈池。

"他正在接受心理障碍评测,应该是还没结束,不然肯定回来了。"乔梦梦说道。

"他的情况你都不了解啊?"顾美玲看着乔梦梦问道。

"他回来后一直一个人待着,是我帮他申请的心理障碍评测,我怀疑他的心理障碍一直没恢复。"乔梦梦说道。

"也好,让他好好检查一下。"关风点了点头说道。

"许之昂呢?怎么回来后也没见他?"顾美玲问道。

"忘了说了,许之昂的父母出了点事,他回美国了。之前他就说过,回来是想再见见我们团队的人,这次家里有急事,所以没来得及跟大家告别。"关风说道。

"那这个案子我们怎么回复？"顾美玲问道。

"现在也没什么事，这案子你们先过去查看一下吧，我最近要和省厅做一个系列汇报，恐怕一时半会回不来。"关风说道。

"那行，我们先过去看看，如果有需要再说。真不行，让陈池回来帮忙就好了。"顾美玲说道。

会议结束后，顾美玲没有走，拉住了乔梦梦。

"怎么？和陈池吵架了？"顾美玲问道。

"没有。"乔梦梦嘟着嘴。

"看你表情都知道怎么回事。"顾美玲刮了一下她的鼻子。

"其实，其实是另外一件事。你们去安城的时候，秦处长找我谈话，上面鉴于我和陈池的关系，希望我们不要在一个部门。可能我要被调到隔壁档案室。"乔梦梦说道。

"怎么会这样？之前从来没听你说过啊！"顾美玲愣住了。

"自从陈池出事后，我对这边的工作也确实有点疏忽。再加上这次上面的压力，反正对于陈池来说，他更适合调查组啊。这件事我也不知道该怎么和陈池说，他从安城回来后就一直心事重重的。我上次听见苏小葵和他聊天，说他戴的那个吊坠是苏小葵姐姐的。所以苏家村的事情，我想着让陈池能想起来。"乔梦梦叹了口气，说出了事情的原委。

"对，应该这样的。梦梦，你别担心，没事的。"顾美玲拍了拍她的肩膀，"陈池这个时候需要人照顾，艺术学院的事情你就别过去了，好好照顾陈池。"

"好吧。"乔梦梦点了点头。

关于林城艺术学院发生的事情，网上和媒体开始各种流传。尤其是一些不明是非的记者，在知道一些片面的证据后捕风捉影地报道，搞得人心惶惶。甚至有人说那两个自杀的女学生都是听了一首黑色钢琴曲自杀的，并且附上了一个钢琴曲的下载链接，一时之间，下载量突增，当然这个钢琴曲是假的，不过是网站利用新闻推销自己的手段。

面对这样的情况，调查组不得不通过网络以及自媒体发声，严厉训斥那些不明真相的媒体恶意传播，如果引起妨碍刑侦调查的，将会追究法律责任。

顾美玲和林刚来到林城艺术学院的时候，正好遇到遇害者家属和学校在争执。学校校长语重心长地安慰着他们，但是家属们并不理解，反而呼喊着要去省政府上访，要让教育局来处理。

林刚穿过人群走了过去，站到了家属和校长中间，拉开了他们。

"你是什么人？"家属人群中一名男子指着林刚问道。

"我是警察，专门过来调查这个案子的。"林刚亮出了证件说道，"如果你们想早日抓到凶手，就耐心和学校沟通。谁来了，事情都一步一步查，公安局这边已经在调查,我们比你们还着急。"

林刚的话让家属们平静了下来,旁边的校长也跟着说道:"你们放心,我们肯定会积极配合调查的,后面的赔偿,我们也会尽力配合,我们林城艺术学院从来都不是逃避责任的学校,只是希望大家能给我们一点时间。"

接下来,校长安排人接待家属,然后他陪着林刚和顾美玲一起去了办公室。

"出了这种事情,真是让人头大。这也不知道怎么了,两个学生好好的,就自杀了。"校长唉声叹气地说道。

"我们需要去出事的宿舍看看,最好能和出事学生的舍友聊一聊。"顾美玲说道。

"可以,可以,你们直接去宿舍楼就行。我一会还要开个会,就不陪你们了。你们有什么需要,随时跟我联系,我都配合。"校长说道。

"那行,你先忙着,我们先去现场看看。"林刚说着站了起来,然后看了看顾美玲,两人一起走了出去。

学校方面确实很配合,顾美玲和林刚来到出事的宿舍时,宿舍管理员已经带着四个学生过来了,她们都是出事学生的宿舍舍友,有的还是目击者。

宿舍管理员打开了宿舍的门,让顾美玲和林刚意外的是,宿舍里面竟然空荡荡的,尤其是床铺上,没有任何被褥。

"是这样的,出事后,剩余的学生害怕住在里面,这宿舍便暂时空了下来。"宿舍管理员看出了他们的疑惑。

第四章　记忆

陈池敲了敲门，半天没人回应。他看了看表，和温医生约的时间已经过了五分钟，怎么没人开门呢？

有个护士走了过来，陈池回头问了一下护士。

"温医生在院长办公室，你是陈警官吧，你直接进去吧，温医生说房间没锁门。"那个护士说道。

"谢谢。"陈池抓住门把往前推了一下，门开了，然后走了进去。

这是陈池第三次来温医生的诊室，之前唯一活动的范围就是那张催眠床，每次温医生都会给他倒一杯水，然后进行简单的沟通，接着他便会睡着，开始进行记忆障碍的突破。等到醒来的时候，陈池便感觉浑身疲惫，简单和温医生沟通后，他便离开。所以，对于温医生的诊室，他还没有仔细看过。现在温医生不在，陈池正好简单参观一下。

心理医生的诊室布置很简单，大部分都和她的专业有关系，桌子上有水晶球、节拍器，还有一台电脑和一个干净的杯子。桌子后面有一个文件柜，里面应该是温医生的病人文件。桌子的对面是一张凳子，侧边是一个挂衣架，上面挂着一件白大褂，除此之外，诊疗区便没有其他东西了。陈池往前走了两步，准备转身离开的时候看见在电脑的后面有一个反过来的相框，他不禁有些好奇，拿起来看了一下，上面是温医生和一个男人的合影，两人贴在一起，显得特别亲密，看起来应该是温医生的男朋友。只不过不知道为什么，男人的脸被涂成了白色，看不清样子。

这时候，门外传来了脚步声。陈池转过头，走到了前面的座位上，然后门被推开，温医生走了进来。

"不好意思，陈警官，让你久等了，院长找我有点事。"温医生笑着说道。

"没关系，我也刚到。"陈池微微点了点头。

"我们马上开始。"温医生将手里的东西放到桌子上，然后拿起旁边衣挂上的白大褂，穿上以后，她走到文件柜边找到了陈池的档案。

"温医生，我们调查组有新案子了，同事忙不过来，我想能早点回去帮忙。你也知道，我们参与的案子大多数都是比较严重的凶杀案，所以……"陈池没有再说下去。

"我明白了,可是你的心理障碍还没完全修复。尤其是还有错乱失忆的状况,我怕会影响你查案。到时候如果出了问题,恐怕你要接受全面的心理治疗,那样的话,可能你警察都做不了了。"温医生听完陈池话,明白了他的意思。

"其实记忆问题是我个人的问题,应该不会影响查案,我之前也参与了案子的。"陈池说道。

"这样吧,今天我们再做一次尝试,这次我陪着你一起,看看能不能打破你的记忆障碍。"温医生想了想说道。

"你陪着我一起,这是什么意思?"

"前两次都是你一个人在尝试打开你的记忆障碍,这次我和你一起尝试。其实很简单,就像探险一样,之前都是我在外面帮你把风,这次我们一起进去。你懂我意思吗?"温医生说道。

"明白了,温医生,早知道可以这样,你应该早点帮我啊,也许第一次就完成了呢。"陈池明白了过来。

"这是有一些风险的,比如我的记忆可能也会进来,甚至可能出现记忆交叉。这不你急着想去查案,我迫不得已才试试嘛!"温医生说道。

"原来是这样啊,那真的要谢谢你了。"陈池感激地说道。

"没事,我也没什么秘密,我的记忆也很简单,不会和你有冲突的。"温医生笑了笑。

窗帘被拉上了,房间内只有桌子上的水晶球,温医生将节拍器放到了他们中间,然后像前两次一样,轻轻说着一些引导的话。很快,陈池的困意上来了,随着节拍器一下一下地响起,陈池很快睡着了,然后他看见黑暗中的光亮越来越亮,耳边的声音也越来越远。

一群人从前面走了过来,他们凶神恶煞地,来到了陈池面前,这时候,苏梅出来了,拦住了他们。

"苏强,你们要干什么?"苏梅问道。

"苏梅,这个人必须送走,他不能留在苏家村。"为首的男人指着陈池说道。

"不行,他不能离开。"苏梅坚决地说道。

"他不是我们苏家村的人,必须离开。"后面有人喊道。

"他是苏家村的人,他是我男人。"苏梅大声喊道。

"你说什么?苏梅,你知道你在说什么吗?"苏强走到了苏梅面前,眼里充满了震惊。

画面陡然一转,随之响起的是一个对话。

"他是我男人,那天我救他回来的时候,在村下面的山神庙,我们都被雨淋湿了,然后抱在了一起。"苏梅的声音很低,但是却字字清晰。

"你这么傻,你怎么这么傻?"苏强颤抖着喊道。

画面再次翻转,那个蓝色的小海豚吊坠,在面前来回晃荡,然后是苏梅呵气如兰的喘气声。

原来那不是延伸记忆，那是真实的记忆。

记忆如潮水般冲出来，那个破旧的山神庙里，陈池看见自己和苏梅纠缠在一起，外面大雨倾盆，他们抱在一起，仿佛天地间就只有他们两个人。

突然，画面开始颤抖，变得模糊不清，有两个人抱在一起，但不是陈池和苏梅，而是温医生和一个男人。

低沉的钢琴曲响了起来，那个男人慢慢站了起来。

"不要离开我。"一个女人的声音响了起来。

"我们离开这里，离开这里吧。"女人的声音越来越响，可是那个男人慢慢走到一座高楼的边缘，转过身，张开双手，向后仰去，犹如断线的风筝，直直地坠了下去。

砰，仿佛一个气球被捏爆一样。

一切瞬间静止。

陈池睁开了眼，他坐了起来，转过头，旁边的温医生已经坐在了电脑前。

"你醒了，陈警官。"温医生看到陈池坐了起来，说话了。

陈池点了点头，走了过去。

"想起什么了吗？"温医生抬起了头，她的眼睛有点红，似乎流过泪。

"想起了一些东西，很关键的一些东西。"陈池想起了恢复的记忆里，苏梅和苏强的对话，还有山神庙里的那一幕。

"会有一些延伸记忆，希望你能自己区别一下。基本上没什么问题了。我会尽快签字，然后你就可以参与查案了。"温医生说道。

"是吗？那真的太好了。"陈池一听，欣喜地说道。

"不过接下来会有一个慢慢释放的过程，可能会做一些梦，但是应该不会有什么太大的影响。你注意一下就好。"温医生说道。

"好的，那真是太感谢了。"陈池说道。

"行，我这儿还有点事，你可以回去了。"温医生站了起来。

"好，那我走了。"陈池说着转身走了出去。

门被关上了，温医生重新坐了下来，轻轻拿起了桌子上的那个相框，相框里的男人的脸虽然被涂成了白色，但是她却感觉异常温暖。

温医生的眼角流出了一行清泪……

第五章　共同点

　　顾美玲和林刚去了两个发生命案的宿舍,一个是在 5 楼的 509,另一个在 6 楼的 605。两名死者都是林城艺术学院舞蹈系的学生。他们先来到 6 楼的 605,因为是刚刚发生的命案,所以相对来说线索可能会多一点。

　　死者名叫黄小曼,宋城人,刚刚过了 20 岁生日。根据黄小曼的舍友和朋友说,她性格比较外向,每天都乐呵呵的,再加上和男朋友谈了两个月恋爱,正在热恋期,根本不可能自杀。

　　黄小曼出事的时候,她的舍友季雪婷和周敏正好看到了整个过程,并且还用手机录制了下来。拍摄录像的是季雪婷。她说拍视频是因为看到黄小曼在阳台上跳舞,怎么也没想到黄小曼竟然在镜头下自杀了。

　　"我们真的没想到她会自杀,当时还以为她只是睡不着在阳台上透气。"周敏对于自己当时没有拉住黄小曼格外自责。

　　季雪婷没有说话,脸色也很难看,看得出来出事后这几天她也非常难过。

　　"出事那天黄小曼有没有什么特别的地方?比如心情不好,又或者和人吵架什么的?"顾美玲问道。

　　"没有,那天她很高兴,因为和男朋友出去约会了。"周敏摇摇头。

　　"对,那天她从外面回来的时候已经很晚了,当时我正好醒了。然后看到她先是在床上呆坐了一会儿,接着才去了阳台。"季雪婷说道。

　　顾美玲又低头,看了看拍的那个视频。有很多抖动的画面,再加上隔了一定的距离,所以视频看上去有点模糊,但是黄小曼的样子和动作还是能辨认出来的。

　　黄小曼的嘴里似乎在轻轻哼着什么曲子,左手在轻轻敲打着节奏,后来身体开始慢慢摆动,接着就突然跳楼了。

　　"黄小曼的男朋友叫什么?"顾美玲问道。

　　"是编导班的,名字好像叫左明军,黄小曼刚出事的时候,警察就找过左明军。"周敏说道。

　　"我们去见见这个左明军。"林刚和顾美玲对视了一眼说道。

　　左明军正在上课,听到老师喊他,他立刻出来了。现在整个学校都知道了他的事情,他压力也很大,很多人甚至以为左明军是凶手。

　　"所以,希望你们能快点破案啊,这样我也好证明自己的清白。"左明军苦笑着说道。

"你把那天晚上和黄小曼在一起的前前后后,仔仔细细地讲一遍,不要有任何隐瞒。"林刚说道。

"好,好,我说。"左明军连连点头。

左明军和黄小曼是在一次舞蹈课上认识的,当时他们分为一组。黄小曼去台上跳了一支舞蹈,艺术学院的学生,基本上都能歌善舞,那天左明军看着舞台上的黄小曼,一下子就被她吸引住了,然后便开始追求她。没过多久,黄小曼就答应了左明军的追求,两人正式谈起了恋爱。

左明军和黄小曼的恋爱进度很快,他们像其他情侣一样吃饭、唱歌、看电影。并且因为左明军喜欢,黄小曼经常在约会的时候为左明军单独跳舞。两个人基本上天天腻在一起,除了彼此的专业课时间。

黄小曼出事那天晚上,左明军约她去了实验楼的舞蹈室。左明军也是听别人说,有的情侣等到宿舍熄灯后偷偷去那里约会,在那里可以和女朋友待到天亮再回去。

两人来到实验楼的时候已经是熄灯后了,实验楼也没人,整个世界都静悄悄的。面对单独安静的环境,两人抱在一起亲热了起来。正当左明军撩起黄小曼的裙子的时候,黄小曼突然浑身颤抖起来,并且发出尖锐的叫声。好在当时实验楼没什么人,左明军赶紧捂住了她的嘴巴。

后来,黄小曼的身体慢慢平复过来,然后整个人变得呆滞起来。左明军以为黄小曼不喜欢自己对她那样,所以只好把她送回了宿舍。结果没想到,回到宿舍的黄小曼竟然跳楼自杀了。

"你们之间发生过性关系吗?"顾美玲直接问道。

"没有,就是那天本想着可以试试的,但是黄小曼的样子让我觉得她可能不愿意,所以我也没勉强。"左明军说道。

"是不是你在和她亲热中间,有什么地方得罪了她?"左明军交代的事情和黄小曼自杀其实有一些牵连点。

"没有,当时她不愿意我就没再继续了。并且小曼也是同意了我们那么做的。警察叔叔,我没有做其他事情的,我不可能做的。"左明军听明白了林刚的话,慌忙解释道。

"你别紧张,我们就是问一下。"林刚看到左明军被吓到的样子,安慰他道。

"警察叔叔,你们一定要抓住凶手,一定要为小曼报仇。"左明军说着眼泪流了出来。

"凶手?你为什么说黄小曼是他杀呢?现在鉴定她是自杀的。"顾美玲不禁脱口问道。

"小曼不会自杀的,她没有理由自杀啊。她跟我说今年还要回去看她奶奶,还有很多事要做。她怎么会自杀呢?就像陶子一样,她也自杀了,但是学校的人都知道,陶子从小父母不在身边,她还要照顾自己的弟弟,怎么会自杀呢?"左明军气愤地说道。

陶子是第一个自杀的女学生,名字叫陶佳佳,顾美玲和林刚还没有来得及去调查她的情况,听到左明军说起来,于是问起陶佳佳的情况。

陶佳佳的父母在她7岁时出了车祸,留下了她和3岁的弟弟。两人在奶奶和亲戚的照顾下长大。十几岁的时候,陶佳佳就开始在外面兼职,帮着奶奶一直照顾弟弟。陶佳佳虽然家庭情况不好,但是人长得很漂亮,又多才多艺,所以很容易接到演出的单子。这么些年来,陶佳佳不但把弟弟照顾得很好,还给自己攒了一笔上学的学费。所以,同学们对陶佳佳都刮目相看,只是没想到陶佳佳后来会突然出事。所以听到有人说陶佳佳是自杀的,知道她情况的人根本都不相信。

"小左,你说的这个情况很重要,谢谢你。"顾美玲说道。

"希望你们早日抓住凶手。"左明军叹了口气。

第六章　杀人

把仇恨写到纸上，在午夜十二点烧给诅咒者，然后地狱使者就会出现，将仇恨之人带入地狱，而复仇者也会堕入地狱，永不超生。

陶斌看着屏幕上的字，眼泪慢慢流了下来。

这是姐姐陶佳佳自杀的第二十七天，殡仪馆存寄费用又要续费了。亲戚们都劝他不如先安葬了姐姐，等到警察找到凶手后再来祭拜。可是，陶斌不愿意。至少现在姐姐的身体还安静地躺在那里，如果被烧成一坛灰烬，那就什么都没有了。

QQ群里突然传来一条新消息，一个叫"传达者"的网友发了一句话："我可以告诉你怎么去杀死仇恨之人。"

在这个复仇群里，陶斌发了自己想要杀人报仇的诉求，可惜没一个人回复他，现在突然有人回复，陶斌不禁有点激动，他立刻询问对方具体情况。可惜，对方只问了一些陶斌要复仇的人的具体信息，然后说了一句，晚点联系，便下线了。

陶斌想要杀死的人叫许固，是林城一家酒吧的老板，也是第一个伤害陶斌姐姐的男人。对于陶斌来说，无论姐姐是什么原因自杀的，曾经伤害过姐姐的人都应该为自己做的事情付出代价。

姐姐为了让陶斌过上好日子，每天放学后都会去酒吧演出。每次姐姐演出，陶斌都会在门口等姐姐，一直到她结束后两人一起回家。他永远忘不了，15岁那年的那个夏天晚上，早该出来的姐姐一直没出来，于是他到了化妆间，让他没想到的是正好看到了一个男人将姐姐的裤子褪下来，然后将她按在桌子上。

那个男人叫许固，姐姐演出酒吧的老板。陶斌想要冲进去，结果却看到姐姐对他摇头。那天晚上，陶斌才知道，姐姐的很多钱都是那个许固给的。这么多年，家里的开销，他们的生活，哪有那么容易。

"等姐姐上了大学，找到男朋友，就不用受人欺负了。"姐姐说这话的时候，抬头看着月亮，泪水滑下来，晶莹剔透。

这时候，QQ上又传来了一条新消息，是一个陌生人添加他的请求，他犹豫了一下，通过了验证。

"我是'拯救者'，来自复仇群，我和他们不一样，我是劝你不要做错事的。"对方开门见山。

"没有人可以阻止我。"陶斌说道。

"如果你的亲人活着，她肯定不希望你这么做。再说，你亲人的死跟你所想的也许不一样。你最好把你知道的告诉警察，然后让警察来抓凶手。"拯救者说道。

姐姐的死跟许固有关系吗？

那天放学，陶斌看到姐姐上了一辆黑色的汽车，他隐隐有些不安，于是骑着车子追着那辆车，最后来到了一个酒店门口，他看到许固从车里走了出来，强行搂着姐姐进了酒店。

他在酒店门口等了很久，最后看到姐姐失魂落魄地出来。他偷偷跟着姐姐，不敢说话，不敢追过去。后来他看到姐姐蹲在地上放声大哭。本以为已经脱离了许固的纠缠，可是没想到许固像一个恶魔一样，一直跟着他们。

所以，不管姐姐的死和许固有没有关系，他都要杀死许固。

夜里十一点半，传达者给陶斌发来了一个文件，上面是杀死许固的方法，一共三种，他选了一个最简单却最保险的方法。

"明天下午，我们会按照你选的办法来帮你做好一切辅助工作，你只要按照我们的计划做就好。这条路，你要想好了，一旦选择，就回不了头。"传达者说道。

"我已经想好了。不过我有一个问题。"陶斌说道。

"你问。"

"你为什么要帮我？"陶斌问道。

"不是我在帮你，是天罚者在帮你，天罚者不会平白无故地帮你，在他需要你的时候，你也要义无反顾地帮他，哪怕付出生命。这是契约的基础，所以我说你要想好，因为一旦选择，就回不了头。"传达者说道。

"我想好了，我愿意答应天罚者的条件。"陶斌毫不犹豫地同意了。

传达者下线。

日本动漫有这样一个故事，心有仇恨的人，只要被地狱少女选中，就可以复仇，当然复仇者也会被带入地狱，陷入无法轮回的苦海之中。

也许，这个天罚者就是可以帮助陶斌的地狱少女，只要能帮他杀了许固，哪怕自己堕入地狱，他也心甘情愿。

陶斌选中的杀人计划很简单，许固每周三会去一家洗浴中心洗澡做按摩，天罚者到时候会安排陶斌冒充服务员，然后等许固完全放松的时候，天罚者安排人将帮许固按摩的技师支开，然后让陶斌进去杀人。

看上去应该很简单，因为到时候许固躺在床上闭着眼睛休息，只要陶斌拿出准备好的刀子在他的脖子上轻轻一拉，许固的生命就彻底结束了。

陶斌站了起来，走到桌子旁边，从抽屉里拿出了一个日记本，这是姐姐的，上面记录了很多秘密。陶斌翻开其中一页，上面贴着一张照片，是一个在弹钢琴的男孩，他转过头看着镜头，笑容灿烂，两排牙干干净净的。

照片的后面还写了几句祝福的话，署名是卓阳。

需要告诉你吗？卓阳。

这是姐姐的秘密，她上学时深爱的男孩，埋在心里的爱人。

QQ又来消息了，陶斌低头看了一下，又是那个拯救者。

"也许在你明天做事之前，可以先跟我见一面，兴许会改变你的一些想法。"

"不需要，我已经做了决定了。我知道这也许是一个回不了头的决定。谢谢你的好意。"陶斌说完，直接关掉了QQ消息对话框。

第七章　仇恨

陶佳佳是林城艺术学院大二的学生。

在调查黄小曼的情况时，顾美玲和林刚从左明军那里得知了一些关于陶佳佳的情况。原本以为陶佳佳就像左明军说的那样，是一个多才多艺，人缘颇好的女孩。可是没想到，他们在对陶佳佳的宿舍成员进行调查时，却得到不同的反馈。

陶佳佳生前所在的宿舍一共有五个学生，其中有一个和陶佳佳是一个专业的同学，但是她们对陶佳佳的印象都不好，甚至有一种鄙夷厌恶的感觉。因为陶佳佳经常夜不归宿，上课也迟到，还一直和校外的男人有联系，所以在她们眼里，陶佳佳是一个坏女孩。

"我一个高中同学和她之前一个学校的，上高中的时候，陶佳佳就经常出去和男人鬼混，她晚上都去酒吧或者娱乐场所唱歌，听说她父母都不在，家里就靠她赚钱养家。"叶静和陶佳佳是同学，她的意见是最大的。

"陶佳佳出事的那天你们在宿舍吗？"顾美玲问道。

"没有，我们都没在。只有她一个人在。"叶静摇摇头。

"陶佳佳平常不回来，你们对她的事情是不是都不太了解？"林刚问道。

"对，她也不和我说。我们平常上课她也不来，反正她和我们不是一个频道上的人。"叶静说道。

林刚还想说什么，顾美玲却拉住了他。

陶佳佳和叶静她们的宿舍现在空着，林刚在宿舍管理员的带领下去现场看了看。因为陶佳佳没什么亲人，她出事后的东西都是被宿舍管理员收拾的，一时之间也不知道放在哪里，就放在了原来的宿舍里。

"我刚才还想问，看能不能找到陶佳佳的遗物，这太好了。"林刚说道。

"学校领导也提过将陶佳佳的东西送到她的家里，但是说实话，我想着这些东西先放着，万一警察查案可以现场看看。公安局的人过来看过，不过好像也没发现什么。主要这孩子挺不错的，她家庭条件不好，所以经常在外面演出，每次回来比较晚，我给她开门，她都会给我带点东西什么的。"宿舍管理员说着眼泪落了下来。

"行，我们看下，有什么需要再问你。"顾美玲说道。

宿舍管理员离开了，顾美玲和林刚仔细打量了一下眼前的宿舍。虽然宿舍没人搬空了,但是墙壁上还贴着一些海报,桌子上还有一些遗落的书本。靠近阳台的床铺和桌子就是陶佳佳的,她的书本和东西都还在那里放着。

"看看吧。"顾美玲拿出了手套,递给了林刚一副,然后两人走了过去。

顾美玲看了一下桌子上的书本,除了一些大学的文化课书本外,还有一些舞蹈方面的书,简单翻了翻,没什么发现。她打开抽屉,发现里面有一本小说,名字叫作《房思琪的初恋乐园》,看得出来陶佳佳很喜欢这本书,很多地方还有她备注的一些简单的心情表述。

"有个东西。"这时候,在旁边床铺上搜查的林刚突然说话了,他从枕芯里面摸索出一个密封的塑料小袋子,里面是两张电子卡,一个是手机 SIM 卡,一个是手机的内存卡。

"看来这个陶佳佳的秘密还挺多啊!"顾美玲盯着手里的那本小说,若有所思地说道。

林刚看了一眼桌子上,那里有一个相框,相片上的人是陶佳佳,确实是一个很漂亮的女孩。

"这么漂亮的一个女孩,怎么被室友说得那么不堪?"林刚说道。

"你知道什么是塑料友谊吗?"顾美玲问道。

"什么意思?"林刚不太明白。

"你们男的自然不太明白。女人之间的关系很微妙,你看那个叶静,她把陶佳佳说得一文不值,其实是嫉妒所致。可以看得出来,陶佳佳和宿舍的人关系确实不好,因为和叶静是一个专业的,所以叶静对她更加不喜欢。"顾美玲解释道。

"这点我理解。不过从刚才宿舍管理员说的话可以看出来,这个陶佳佳应该很聪明,为什么和宿舍的人关系这么差呢?"林刚摇了摇头。

"这应该有很多原因。对了,我记得资料上说陶佳佳有个弟弟,我们要不要找她弟弟问问情况?"顾美玲忽然想起了这条线索。

"来这边的时候我问过,但是陶佳佳的弟弟一直联系不上。我们去趟他家里吧。"林刚说道。

顾美玲和林刚准备去找陶佳佳的弟弟陶斌的时候,陶斌并不在家,而是来到了林城未来水世界洗浴中心,因为许固今天下午三点会到这里洗澡,并且许固有个习惯,他洗澡的时候,喜欢去蒸房里汗蒸,这是陶斌对他下手的最佳时机。

杀人的计划是网上那个传达者给的,无论是方法还是时间以及可能面对的各种突发情况,对方的计划里写得非常清楚,看上去万无一失。这让本来有点犹豫的陶斌兴奋起来。

对于林城未来水世界洗浴中心,陶斌并不陌生,他在这里做过服务员。这是一家在林城比较高档的洗浴中心,里面不仅有洗浴,还有足疗、按摩、台球、休息、网吧、餐饮,如果你有钱,可以在里面住个半年都不用出来。

走进洗浴中心大厅,微笑的服务生立刻迎过来,拿好手牌和毛巾,陶斌走了进去。

因为是下午,所以人不太多。陶斌先进了洗浴部,泡在入口处的水池里没过多久,他看到许固走了进来。许固一般会带两个同行人,那两个人跟在许固后面,看着不远,但是随时可以靠过来。

陶斌看了看前面的汗蒸房,那里就是他为许固挑选的死亡之地。他感觉许固快要进去的时候,自己先走了进去。汗蒸房里大概能容四个人的样子,陶斌推开门走了进去。

高温的汗蒸房,如同一团火烤着身体。陶斌的汗已经浸在皮肤上,整个人都被汗水浸透了。

这个时候,许固走了进来。因为里面空间有限,所以许固的两个保镖见状并没有进来,而是守在外面。

许固仰望着靠在椅子上,将毛巾盖在眼上,整个人舒服地瘫在那里。没过多久,他竟然睡着了,发出了呼噜声。

汗蒸房里的另外两个人很快站起来走了出去,许固的两个保镖也没进来。

这是最好的时机。

陶斌坐直了身体,他从毛巾里拿出了一把锋利的尖刀,然后站了起来,慢慢向许固走去。

根据传达者的计划,陶斌等到许固在汗蒸房里睡着的时候,一刀下去,割破他的喉咙,然后若无其事地出来。因为在洗澡的地方,所有的痕迹都会被水冲走,监控也查不到。

陶斌嘴唇颤抖着,他的眼前出现了姐姐被许固按在桌子上的一幕,他的恨从心里燃烧起来,然后越来越烈,他举起了刀子,然后用力向许固的心口刺去。

吱,门突然开了。

陶斌一下子收起了手里的刀子。

一个男人走了进来,他手里拿着毛巾,看到陶斌,然后冲着他做了一个动作。

陶斌愣住了,不知道对方什么意思。

对方走了过来,然后一把压住了陶斌手里的刀子,拉着他往外走。

走出汗蒸房,陶斌才看见许固的两个保镖就在门口守着。他才知道如果自己出手,许固发出任何声音,外面的两个人随时都会冲进来。

第八章　名单

拉住陶斌手的人不是别人，正是陈池。

陶斌显然不认识陈池，忽然出现一个人拦住了他正准备刺杀许固的手，他有点害怕，也不敢说什么，只是被陈池拉着走出了桑拿房，来到了一个没人的角落。

"你是什么人？要做什么？"陶斌疑惑地看着陈池问道。

"我是拯救者。"陈池说道。

"是你。"陶斌想起来了，在那个群里，除了传达者外，还有一个拯救者。

"不错，如果刚才我不拦着你，恐怕你已经被许固杀死了。"陈池点点头。

"你怎么知道我在这里？"陶斌问道。

"因为我是警察。"陈池亮出了自己的身份。

"你是警察？"陶斌愣住了。

"你放心，我不会抓你的。你不是要为姐姐报仇吗？听我的话，我可以帮你。"陈池说道。

"你真的能帮我？"陶斌有点不相信。

"如果说这世上真有人帮你，也就是警察了，如果许固不是凶手，你杀了他，那么杀死你姐姐的人依然逍遥法外，你却因为杀错了人丢了性命，那么谁来帮你给姐姐报仇呢？"陈池又说道。

陶斌听明白了陈池的话，也冷静了下来，陈池说得没错，如果他这么做了，姐姐的仇可能真的就报不了了。

两人从洗浴中心出来，陶斌跟着陈池来到公安局。他答应了一切听陈池的，陈池让他为今天的事情做一个笔录备案，免得以后有人利用这点再做什么事情。对于这点，陈池也帮陶斌分析了一下，那个帮他做杀人计划的人肯定也不是什么好人，陶斌一旦杀人了，那么对方就会利用这个作为条件来要挟陶斌做各种犯罪的事情，到时候陶斌就身不由己，成了对方任意妄为，甚至杀人放火的工具。那样一来的话，陶斌便真的完蛋了。

因为陈池也在那个群里面，所以笔录备案做得比较顺利，接下来陈池询问了一些关于陶斌姐姐陶佳佳的事情。

陶斌对于姐姐的事情知道得并不多，他只知道姐姐为了家里花销，晚上经常在一些夜场演出。之前，姐姐还跟陶斌说一些她的事情，可是自从后来陶斌发现姐姐被许固伤害的事情后，陶佳佳便不再说她的事情了。不过，陶斌知道，那个许固一直在纠缠姐姐，所以他才会认为姐姐的死跟许固有关系。

"我查过了，你姐姐出事那天，许固没有在林城，所以你姐姐的死跟他没有直接关系。"陈池说道。

陶斌没有说话，憋着脸，看起来非常痛苦。

"我看了法医对你姐姐的现场鉴定记录，可以确定的是你姐姐是自己跳楼的。现在之所以觉得奇怪是因为她并没有自杀的动机，所以案子才一直没有结案。"陈池说道。

"是的，我姐姐肯定不会自杀。她之前说过，好不容易上了大学，以后可以不像以前那样辛苦了，怎么会自杀呢？之前再苦的日子都过来了，怎么会自杀？"陶斌说着眼泪落了下来。

这一点，陈池也明白，陶佳佳身世凄苦，被生活伤害，包括许固对她的伤害，她都能挺过来，还能有什么事情让她选择自杀呢？

陶斌平常都在学校住校，家里也没人，每月和姐姐见面的次数也少。只有假期的时候，他在家里待着，姐姐会回来看看他，平常姐姐都是晚上出去工作，白天回学校。

"那警察有没有去你们家里调查过？"陈池问道。

"姐姐刚出事的时候，来过两个警察，他们在姐姐房间看了看，然后走了。"陶斌说道。

"那这中间你家里有发生什么事情吗？"陈池想了想又问。

"有，进过贼。"陶斌说道。

"详细说说。"

"应该是姐姐出事后的第五天，当时我一个人在家。大约是后半夜的时候，我听见外面有响声，于是走出来看看，然后发现两个人影从客厅窗户翻了出去。我当时吓了一大跳，赶紧关上了窗户和门锁，回来仔细检查了一下，发现也没丢东西，他们在姐姐的屋子里翻腾了一遍，似乎在找什么东西。"陶斌仔细想了想说道。

"你姐姐有没有跟你说过什么比较特别的话，又或者说有没有什么特别的东西藏着。"陈池皱了皱眉头，然后问道。

"这个还真没有，我们家也没什么东西，姐姐更是什么值钱的东西都没有。自从我奶奶去世后，姐姐的生活更加节俭了。就只有一个电视了。"陶斌忽然停了下来。

"怎么了？是想到什么了吗？"陈池看他的样子有点奇怪，不禁问道。

"之前我和姐姐一起看电视，有个谍战剧，里面的人都在找一个名单，我记得姐姐说她也有一个名单，要是有天出事了，肯定也是坏人下的毒手。当时我以为她开玩笑的，现在想想当时她的样子，可能说的是真的。"陶斌说道。

"名单？是什么样的名单？"陈池紧声问道。

"这我就不知道了，当时我没在意，也没问过她。只是现在你问起来，我想起有这么一回事。"陶斌说道。

"好，我明白了。"陈池看了看表说道，"今天时间也不早了，我送你回去吧。关于今天的事情你不要和其他人说，尤其是你说的名单这个事情。后面有什么需要我会再联系你，当然，你如果想起什么，或者需要帮忙的话，随时可以找我，我二十四小时电话开机。"

"好的。"陶斌点了点头。

"这些日子我建议你住到亲戚家里，等到事情结束了再回去。"陈池犹豫了一下，然后说道。

"为什么？"陶斌不太懂。

"你不是说家里遭贼吗？对方可能还会再来，所以我想带人过去布置一下，看能不能有其他发现。"陈池说出了他的打算。

第九章　舞会

出租车停了下来。

温娜娜拿出了一张 100 元钱，递给了司机。

"这个，我没零钱。"司机为难地说道。

"不用找了，对了，如果你能在这儿等我回去，我除了付你回去的车费外，再多付你 200 块钱。"温娜娜说道。

"那你要多长时间？"司机问道。

"可能要一个小时，也可能十分钟。"温娜娜说道。

"那行，我等你吧。"司机同意了。

温娜娜下了车，她摸了摸口袋，那把瑞士军刀安静地躺在里面，这让她安心了不少，再加上司机在等着她，应该没问题的。

算算时间，有半年没来这里了。不过这里的一切都没有变，大门前的假山喷泉重新修整了一下，两名门童穿着精致的制服站在门口，微笑恭敬地问候着每一个到来的客人。

"你好，有邀请函吗？"门童微笑着问道。

温娜娜从包里拿出了一个红色的邀请函，递给了对方。

"欢迎光临，祝你有一个愉快的晚上。"确认了邀请函没有问题，门童微笑着帮她打开了门。

温娜娜走进大门，一切都没有太大的变化，大门入口处放着一个选面具的桌子，温娜娜从面具里挑了一个冷艳王后的面具，戴到了自己的脸上，前面直对着的是电梯口，电梯门打开，她直接走了进去，然后按了一下"2"。

电梯门即将关闭的时候，外面突然有人进来了，电梯门重新打开。

"不好意思，不好意思。"进来的是一个男人，他也戴着一个面具，是一个很普通的微笑面具，他穿着一件黑色的燕尾服，整个人干净利索，他走进电梯后，对着温娜娜礼貌性地笑了笑。

男人进来后没有按楼层，这说明他也是 2 楼的客户。

叮，电梯到了，男人做了一个请的绅士动作，然后温娜娜走出了电梯。

"第一次来吗？"后面的男人走了过来，轻声问道。

温娜娜本来想说话，但是却点了点头。

"我劝你还是早点回去吧,这里不适合你。"男人忽然凑到她的耳边轻声说了一句。

"为什么?"温娜娜看了看男人。

"不要问为什么,现在离开还来得及,否则想走都走不了。"男人说着走到了她面前,将她挡在了后面。

那一刻,温娜娜心里一阵温暖,不过她并没有听对方的话,而是轻轻推开了他,然后快步向前面的一个入口处走去。

那个男人显然没想到温娜娜拒绝得如此直接,他叹了口气,跟着走了过去。

两名戴着面具的男人推开了大厅的门,一曲悠扬的音乐随之从里面出来。大厅里面灯火通明,里面的人们都戴着面具,有的在翩翩起舞,有的相互交谈,看起来是一个非常唯美的聚会,中间的餐桌,足足有十几米,上面摆满了琳琅满目的点心、酒水。

温娜娜走过去端了一杯红酒,然后走到旁边坐了下来。

没过多久,一个戴着金色面具的男人走了过来,他的后面跟着两个穿着礼服同样戴着面具的女人。

"你好。"金色面具说话了。

"什么事?"温娜娜抬起头看着他。

"你的伙伴在哪里?怎么一个人来了?"金色面具问道。

"我好像不需要回答你的问题。"温娜娜冷声说道。

"不,你需要,至少现在你需要,否则我只能让人请你出去。"金色面具说道。

"谁规定这里必须有同伴了?我一个人,不可以吗?"温娜娜有点生气了。

"送她离开。"戴着金色面具的男人不愿意再说下去,直接说道。

后面的两个女人立刻走了过来,想要架住温娜娜,温娜娜想要挣脱,但是却无法推开她们,情急之下她只好把手里的杯子摔了出去,杯子摔到了前面的地上,发出了清脆的声音,一下子将大厅其他人的目光吸引了过来。

"放开,放开我。"温娜娜借机推开了两个女人的手。

"怎么回事?"有人走了过来,其他人也都围了过来。

"没事,没事,大家继续。我们处理点事情。"戴着金色面具的男人对其他人说道,然后看了一下温娜娜身后的两个女人:"好了,快送她离开,别影响了其他客人的兴致。"

这次两个女人没有再手下留情,一下子将温娜娜架住,然后快速向外面连拖带拉地走去。

"放开我,我要见阿丁,阿丁,你给我滚出来,你这个混蛋,你给我滚出来。"温娜娜大声叫了起来。

"等一下。"听到温娜娜的话,那个戴金色面具的男人拦住了她们,走到温娜娜面前问道："你说什么？"

"我要见阿丁，你不是问我的同伴吗？我的同伴就是阿丁。"温娜娜喘着气，大声喊道。

这时候，带着金色面具的男人手里的对讲机忽然响了起来，里面传出来一个男人的声音："让她上来。"

金色面具男人放下了对讲机，然后说道："跟我来吧。"

温娜娜甩开了那两个女人，跟着金色面具男人向前走去。他们来到了2楼走廊的一个房间，金色面具男人敲了敲门，然后转头对温娜娜说："阿丁在里面，你进去吧。"

温娜娜走了进去。

一个男人坐在桌子后面正在看着什么东西。

温娜娜看着男人的样子一动不动，也不说话。

终于，男人做完了自己的事情。他走过来给温娜娜倒一杯水，放到了旁边。

"不是说不让来这里，为什么又来了？"男人问道。

"有几个曲子的音符不太对，想着调一下，我……"温娜娜说道。

"你这又是何苦呢？"男人轻轻拍了拍她的肩膀，叹了口气。

"我，我，阿丁，我忘不了你。"温娜娜说着一把抱住了男人，低声哭了起来。

男人抬起了头，他闭上了眼睛，没有再说话。

第十章　对决

对于陈池从陶斌那里得到的线索，顾美玲和林刚叹服不已，他们在学校问了很多关于陶佳佳的事情，可惜很多都没用。没想到陈池直接找到了陶佳佳的弟弟，还没有去陶佳佳家里就知道了很多线索。

"其实我是费了功夫的，这得归功于网监科的孙大圣，他帮我破解了陶斌的网络密码，复制了一份他的上网记录，然后我看到他加入那个群，于是自己便跟了进去。也就是说，陶斌想做的事情，我通过孙大圣的帮忙，全部知道了。那么自然在他准备对许固下手的时候，能够准确地拦住他。"陈池说出了原因。

"孙大圣？这名字霸气。"林刚由衷地竖起了大拇指。

"据说这孙大圣是特招进来的，在他的规划下，计算机反黑客技术比之前厉害了很多，听说还去美国培训过。"

"我知道他，去省厅参加会议的时候，听他讲过几节课。"顾美玲扶了一下眼镜。

"关于陶佳佳这边的情况，咱们交换下意见。然后看看到了陶佳佳家里后怎么调查。"陈池跟着说道。

顾美玲和林刚同意了陈池的意见。

根据顾美玲和林刚在陶佳佳学校走访调查的情况得知，陶佳佳经常旷课，有时候彻夜不归。这样的学生在同学眼里可不是什么好学生。不过对此，陶佳佳不屑一顾，她有自己的事情要做，有自己的计划安排。在同学眼里，她就像一个独行侠，和人交往也不多，就连宿舍的舍友也很少联系。

"不对，你们是先调查黄小曼的吗？"陈池想了想，突然说话了。

"对，我们先找到了黄小曼，再加上黄小曼的案子刚发生，可能痕迹线索会多一些。"顾美玲解释了一下。

"嗯，这个方向是对的。不过你刚才说黄小曼的男朋友说他不相信陶佳佳会自杀，他称呼陶佳佳为陶子，对吗？"陈池问道。

"是，当时确实喊的是陶子。后来才知道他说的陶子就是陶佳佳。"林刚点点头。

"那他们关系应该不错，陶子这个称呼应该要比平常同学喊得亲热。这次的死者又是黄小曼，这中间会不会有什么我们不知道的秘密呢？"陈池咬着嘴唇说道。

"要不这样,下午我再找黄小曼的男朋友聊聊,看看能不能再问点什么。陈池,你和顾美玲一起去陶佳佳的家里看看。我觉得陶佳佳是一个比较心细的人,一定会在现场留下什么线索的。"林刚想了想说道。

"好的。"陈池和顾美玲同意了。

陶佳佳的家离学校并不远。陈池和顾美玲跟着陶斌来到了家里,陶斌推门进去,然后发现家里进了贼。衣柜里的衣服全部被翻了出来,扔在地上。客厅也是一片凌乱。显然,对方来陶佳佳的家里,是在找东西。

"看到了吗?现在已经不是你一个人能解决这件事情了。"陈池看着陶斌家里的情况,苦笑着说道。

"这些人到底是什么人?为什么这样对我们?"陶斌愤怒地说道。

"他们应该是为了你姐姐口中说的那个名单,那个名单也可能和你姐姐的死有关系。"陈池说道。

"那到底是什么名单呢?真是的,早知道当初我就问清楚姐姐了。"陶斌坐到了旁边的椅子上。

"你就算问,你姐姐也不会告诉你的。"顾美玲边走边说。

"为什么?"陶斌不太明白。

"这名单给你姐姐带来了杀身之祸,并且你也看到了,那些找名单的人什么事情都能做出来,如果你知道名单的下落,你还能活着?"陈池说了一下。

听到这里,陶斌明白了过来。他看见桌子旁边的一个黑色的包,于是拿起来看了一眼,是姐姐之前的一个旧包。这个包是姐姐过生日,陶斌送她的。后来姐姐不用了,便收了起来。现在看来肯定是进来家的人乱翻给翻出来了。陶斌打开包看了一下,这个包是两层,在包的里面还有个隐藏层。陶斌顺势打开隐藏层,发现里面有一张姐姐的照片,他看了一下照片的反面,顿时愣住了。

"怎么了?"看到陶斌的异样,旁边的陈池问道。

"这,这是什么?"陶斌看着手里的照片,有点迷惑不解。

陈池凑过去看了一眼,发现那张照片的背后密密麻麻写了很多蝇头小字。

"好像,好像是名单啊。"陶斌脱口说道。

"我看看。"陈池拿过来照片看了一眼,照片后面的字应该是一个名单,上面有名字,有数字,甚至还有一些符号,只不过那些名字、符号和数字排列无序,一时之间根本看不明白上面是什么意思。

"你看,其中有黄小曼的名字。"突然,旁边的顾美玲指着其中一处说道。

陈池定睛一看,还真是,真有黄小曼的名字。

这时候,外面突然传来了一阵剧烈的摩托车发动的声音,然后陶斌家里的门一下子被撞开了,一个戴着头盔的摩托车骑手从外面冲了进来。摩托车车手的目标是陈池,他冲到陈池面前,伸手将陈池手里的照片一把夺了过去,然后摩托车侧身一滑,像一匹脱缰的野马,直接冲出了大门。

这一切发生得太快,站在门口的顾美玲反应过来的时候,摩托车已经开了出去,不过,她还是在最后时间,一把抓住了摩托车的后座位,然后整个人被摩托车直接拖了出去。

第十一章　黄小曼父母

林刚再次找到了左明军。

了解一个女人，最简单的方式就是找到她的恋人。因为一个人的变化，能够最快察觉到，最敏感地感受到的人就是她恋人。有人称其为第六感，也有人说是因为爱一个人比较用心的缘故。

黄小曼的死，让左明军很伤心。聊起黄小曼的时候，左明军勾起的大部分还是他们之间的一些美好回忆。

"上一次我们聊得有点匆忙，这次我们聊得详细点。就从黄小曼的家庭开始吧。"林刚提出了话题。

"小曼家里很有钱，她的父亲是一家企业的老板，母亲是一家学校的校长。老实说，比起我的家庭条件来说好很多。这些情况我也是后来才知道的，小曼说她讨厌别人用家庭的情况来套路她，她就是她，和家庭没关系。"左明军说道。

"你去过黄小曼的家吗？见过她的父母吗？"林刚问道。

"这个没有，我们也是刚谈恋爱不久，再说还上学，也不好去见她的父母。"左明军摇了摇头。

"你认识陶佳佳？"林刚话锋一转，换了一个话题。

"认识，认识的。"左明军点点头。

"怎么认识的？"

"其实是小曼介绍我认识的。小曼和陶子之前在一个家教班上课，两人又都是林城艺术学院的，所以就认识了，也比较熟。不过她们平常在学校也没什么联系，可能女人之间的友情和男人之间不太一样。"左明军说道。

"那陶佳佳出事后，黄小曼有什么特别的表现吗？"林刚又问道。

"她很难过，具体也没什么特别的表现，就是很难过，毕竟是认识的朋友嘛。"左明军说道。

"你说之前黄小曼和陶佳佳在一个家教班上课，你去过那里吗？那是一个什么样的家教班？"林刚问道。

"具体的我也不清楚，我问过小曼，她也没跟我细说。她们每周五都会去家教班上课，那天她也不让我找她，免得耽误她上课。所以一般周五，我都不找小曼，都和宿舍朋友在一起打游戏。"左明军想了想说道。

两人正说话的时候，外面突然有人找了进来。只见两个人走了进来，一男一女，表情看起来很严肃。

"你们找谁？"林刚问道。

"不好意思，我们想问下左明军是不是住在这个宿舍？"男的低声问了一句。

"是，我就是左明军。"左明军站了起来说道。

"你就是左明军？"那个男的打量了左明军一眼，似乎有点不相信。

"是。"左明军点点头。

"你这个混蛋，我打的就是你。"那个男的突然像一头暴躁的野兽，对着左明军就是一拳。

"你干什么？"旁边的林刚一看，慌忙冲过去拦住了那个男的。

"你走开没你的事情，我今天就要打死他。"那个男人说着对着左明军的脸一阵痛打。所幸林刚在旁边护着左明军，要不然他肯定会被人狠揍一顿。

"我是警察，你再胡来别怪我不客气了。"林刚亮出了证件。

看到林刚的身份，那个男人松开了左明军，然后蹲到地上痛苦地哭了起来。

"这是怎么了？发生什么事了？"林刚被男人的举动整得有点疑惑。

"你们，你们是小曼的父母吗？"旁边的左明军忽然说话了。

"是的。"旁边的女人说话了，"我是她的母亲高敏，那是她的父亲黄德龙。"

原来如此。想来是黄小曼的父母来到了学校，然后知道了左明军的存在，加上黄小曼出事那天和左明军在实验楼约会，所以对左明军心有埋怨，才会那么生气。

"对不起，我没保护好小曼。"左明军也明白了黄德龙的举动，于是低头道歉。

"算了吧，人都不在了。"高敏叹了口气，也许是跟黄德龙讲，然后转身准备离开。

"你就知道算了，算了，什么都不跟小曼说，连女儿出事了都不知道。"黄德龙对着高敏大声吼道。

"我是不知道，说得好像你什么都知道一样。小曼出事那天，你在干什么？你在干什么？"黄小曼的父母开始吵了起来。

林刚和左明军站在一边有点尴尬，不知道该怎么劝他们。

最后还是黄德龙停了下来，他摆了摆手说："算了，小曼都不在了，还吵什么吵，有什么吵的。"

高敏听完后哭了起来。

左明军从口袋里拿出一张纸巾，走过去递给了她。

"左明军，你是小曼男朋友，相信肯定是一个好孩子，要是你们能好好的，多好啊。"高敏说着又哭了起来。

"小曼出事了，我也很难过。警察在调查事情的真相，相信很快会有结果的。"左明军安慰道。

"不是说自杀的，还有啥调查的？人死了，就早点入土为安吧。小左啊，能和你商量一件事吗？"黄德龙说话了。

"叔叔，你说。"左明军说道。

"我们准备给小曼办后事，你能过来吗？"黄德龙说道。

"这个，我自然要过去的。"左明军说道。

"不是，我的意思是，你能不能以家属的身份过来。当然，我知道你和小曼只是男女朋友关系，可是……"黄德龙话没有说完。

"好了，别说了。人都死了，也没什么意思了。小左，谢谢你了。"高敏瞪了黄德龙一眼，打断了他的话。

林刚觉得高敏和黄德龙似乎有什么事情想说，但是又没有说出口。等到他们离开后，林刚追了出去。

"我们没什么说的。"高敏有点冷漠。

"你们的女儿很有可能不是自杀那么简单，所以我希望你们有什么发现可以及时告诉我们。"林刚说道。

"我们的女儿就是自杀的，这事情已经发生了，我们不想再说什么，只想让她快点入土为安。"高敏说道。

"谢谢你了，警察同志。我们走了。"黄德龙说着，拉着高敏向前走去，但是很明显，高敏甩开了他的手。

林刚看着他们的背影，沉思了几秒，拿出手机拨了一个电话……

第十二章　追捕

陈池立刻追了出去。

顾美玲被摩托车拖着有十米开外，路边的人看到这一幕都愣住了，一时间没有一个人阻拦。

陈池往前跑了几米，然后看到路边有一辆电动摩托车，于是踏上去，把车把上的开关　拧到底。

从巷子里出来是一条步行街，人比较多，还有一些小贩。那个摩托车车手的速度慢了下来，但是他显然为了逃命，顾不上其他，一边加大油门，一边冲着没人的地方开去。步行街上人太多，有的来不及闪躲，直接被撞上去了。

顾美玲瞅准时机，身体往前一扑，左脚顺势往前一踹，那个摩托车车手没想到顾美玲有这一手，直接被踹翻在地上，然后顾美玲飞身抓住了摩托车的车把，她纵身跳到了摩托车上，然后一脚踩住了刹车，将车子停了下来。

很快，陈池从后面追了过来。

那个摩托车车手摔下来后，没有再去夺车，而是转身快速逃跑。顾美玲停下车，发现那个车手要逃，于是向前追去。两人在步行街里穿梭着，也顾不上身边人的尖叫和恐惧。顾美玲穿的鞋子不太方便，情急之下，对着前面大声喊道："抓色狼，快点抓住那个色狼。"

果然，听到顾美玲的喊声，前面有两个男的挺身而出，拦住了那个摩托车车手。可是让人没想到的是那个人竟然会功夫，几下就把那两个男的打倒在地。

这时候，顾美玲追了上来。

那个摩托车车手干脆不再跑，转过了身，看着顾美玲。

陈池也追了过来，将车子扔到一边，跑了过来，看到摩托车车手和顾美玲对峙的样子，他走过去喊道："你想干什么？"

旁边的人看到这一幕，都围了过来。被摩托车车手打倒在地的两个人站了起来，然后也走到了陈池的身边。场面一下子变成了四个人对一个人，很多围观的人不明白发生了什么事情。

"我们是警察，这是嫌犯。大家配合我们一起抓住他，别让他跑了。"陈池见到这种情况，立刻开始借助周边群众的力量。

摩托车车手刚才的身手让旁边的人都胆怯，不敢上来。听到陈池的话，摩托车车手也不愿停留，他向前跑去，扶起了摩托车。

"别跑。"陈池冲上去，摩托车车手一加油门，车子迅速向前开去，前面的人慌忙给他让了一条路，摩托车车手很快离开了。

"追不上了。"顾美玲说道。

"名单让他抢走了。"陈池急急地说道。"算了，我刚才看名单，记住了一些。"陈池自我安慰道。

"是吗？"顾美玲有点意外。

"乔梦梦教过我一些快速记忆法，没想到关键时刻用到了。"陈池叹了口气，"只不过让他跑了。"

"他跑不了，我刚才和他打斗的时候，放了一个G2。"顾美玲偷偷说道。

"是吗？那太好了，事不宜迟，我们现在就回局里。"陈池一听，欣喜地说道。G2是公安厅和一家电子信息技术公司合作试用的一个追踪器，只要G2在对方身上，对方的地点就会通过定位显示在地图上，这个G2定位非常准确。没想到顾美玲竟然将G2放到了对方身上。

陈池和顾美玲回到局里的时候，G2的合作商也来到了局里。他通过技术手段，很快调出了那个摩托车车手的行踪图。

"林城东山大厦一楼太平洋咖啡厅，现在这个人在这里。"G2的技术员很快锁定了对方的位置。

"好，我们马上出发。"陈池确定了对方的位置后说道。

东山大厦距离公安局并不远，也就半个小时的车程。为了避免打草惊蛇，陈池特意将车子停在了东山大厦的后面，然后徒步走了过去。

来到一楼太平洋咖啡厅，里面并没有客人，只有两个服务员热情地站在柜台后面。陈池走进去四处看了看，不禁有点失落，莫非技术员分析的结果是错的？

正当陈池疑惑的时候，一个男人从外面走了进来。他坐到了陈池的对面。男人正是上午夺走他们名单的人，他还戴着刚才的头盔，看不出表情和样子。

陈池呼的一下站了起来。

"难道你不想知道我是谁吗？"对方忽然说话了。

"你什么意思？"陈池愣住了。

对方从口袋里拿出一个东西，放到了桌子上，那是G2追踪器。

看到追踪器，陈池的脸色顿时大变。原来对方知道顾美玲在他身上放了G2，只是当时并没有表现出来。

"你一定很奇怪我为什么会约你吧。"对方继续说道。

"对，确实很奇怪。"陈池点点头。

对方低了头，将头上的头盔慢慢摘下，露出了一张清秀的脸。

看到对方的样子，陈池脱口喊出了一个名字："王志，怎么会是你？"

"不错，是我。好久不见，陈池。大学毕业后，就没见过面了。"王志点点头说道。

"是的，大学毕业以后就没见过了。真没想到会在这里见到。对了，你现在在哪里工作？"陈池兴奋地说道。

"我？说出来你可能不信。我已经很久没工作了，现在在帮人做同城跑腿，就是别人没时间去拿什么东西，我就帮人去拿。"王志说道。

"那上午你抢走东西，也是因为这个。"陈池说道。

"是的，当时我也没想到会是你们警察要的东西。不过我已经收了人家的钱，必须得把东西给人家。所以，真的对不住。"王志不好意思地说道，"不过现在你如果问我客户的资料，我一定会如实相告。"

第十三章　关联秘密

　　林刚来到了法医中心。
　　黄小曼的法医报告是一名叫于明伟的法医出具的，出现场的也是这名法医。今天不巧的是，于明伟正好休息。林刚想咨询一些关于黄小曼的事情，但是值班的法医比较忙，也顾不上。
　　"警察同志，我看你直接去于法医的家里找他吧。不过这会儿他可能不在家，也许去老婆的店里帮忙了。"门卫偷偷跟林刚说。
　　"他老婆的店是？"林刚问道。
　　"就在东门口对面的马路上，一家名叫'天堂第一站'的寿衣店。"
　　林刚按照门卫讲的方向，从东门口出来，走到对面马路，然后往前走了十几米，看到了"天堂第一站"。
　　走进店里，林刚看到一个男人正在看手机，应该就是于明伟。林刚走过去直接问道："于法医，今天生意不忙啊。"
　　那个男人抬起头看了一下林刚，然后问道："你谁啊？"
　　"我，刑侦队的。"林刚拿出了自己的证件。
　　"哪里的刑侦队？我怎么从没见过你？"于明伟有点怀疑地看着林刚。
　　"我是省厅调查组的，你应该知道，最近在调查林城艺术学院学生自杀的案子。"林刚直接报出了自己的身份。
　　"哦，你这找我是什么事？有事可以等我上班了问吧？"听到林刚的话，于明伟说道。
　　"于法医，你确定有些事让我去你们那里说？或者说，有些话真的可以当着领导的面讲吗？"林刚冷声问道。
　　"你什么意思？"于明伟看着林刚，不知道他葫芦里卖的什么药。
　　"黄小曼的法医报告是你出的，你确定没有隐瞒什么吗？"林刚盯着他问道。
　　"隐瞒什么？我是按照正常的程序出的，有什么问题吗？"于明伟眼神躲闪了一下。
　　"于法医，我之所以来这里找你是希望你能跟我说实话，否则我只好回去申请复检了。我找你，自然是掌握了一定的证据，不然也不会专门跑来这里。"林刚冷声说道。

"这……"于明伟皱了皱眉头,"好吧,黄小曼的法医报告上确实少了一条,不过那是可写可不写的。我明白按说应该是要写上去的,毕竟涉及警察办案。可是,这事真不怨我,我当时交的原稿写得很清楚的。"

"缺失的那条是什么?"林刚问道。

"处女膜陈旧性破裂,现在的大学生发生性行为并不少见。因为黄小曼是跳楼自杀的,所以在这块不写不是我的疏忽,我当时的报告是非常清楚的,不知道为什么后来到了刑侦队那边,出来的结果却少了这一条,不过少了这一条也没什么。毕竟这案子不是强奸杀害案。"于明伟说道。

"明白了,彻底明白了。"林刚叹了口气,然后离开了。

林刚回到公安局,找到了当时调查黄小曼案件的刑侦人员。林刚提出了一个疑点,就是黄小曼每个周五都会去做家教,这一个情况,调查人员也有记录。他们是在黄小曼的一个记账本上发现的。并且可以确定的是,她做家教是通过一个叫明明中介的公司,调查人员去明明中介调查过,这个中介公司确实帮一些大学生介绍家教或者其他兼职工作。

"那你们知道第一个死者陶佳佳也是这个明明中介的客户吗?"林刚又问。

"知道,这个明明中介对接的就是林城艺术学校,所以基本上学校的学生业务都是他们介绍的。"

林刚点了点头,没有再说话。这一切看起来确实没什么疑点,大学生很多都在外面兼职,所以会接触一些中介公司,这样既安全又有保障。

这时候,关风和乔梦梦回来了。看到林刚,关风拉着他走到了会议室,聊起了现在的案件。

"今天去开会,省厅领导专门提到了这个案子,让我们尽快结案。如果是巧合,尽快给大众一个定心丸。林刚,你觉得这个案子会不会是巧合呢?前些时候,国外不是也有一个自杀的新闻,一个华裔女孩在酒店天台自杀,自杀前也是非常诡异,后来说是吸毒产生的幻觉所致。"关风问道。

"老实说,如果是一个人自杀,可能是巧合,可是这连着两个人自杀,并且自杀前的怪异样子都一样,这可能不会是巧合自杀。我看不如等陈池他们回来了,咱们再综合一下两个案子的情况,看看有没有可以确定案子性质的关键线索。"林刚说道。

"顾姐姐回来了,陈池说遇到了一个熟人,可能晚点回来。"乔梦梦扬了扬手机,她刚和顾美玲微信联系了一下。

"那让顾美玲过来,咱们先开个会吧。"关风说道。

十分钟后,顾美玲来到了会议室。她把她和陈池去调查的情况介绍了一下,尤其是陈池在陶斌那里调查的情况。

林刚则讲了一下他和顾美玲一起去林城艺术学院调查的情况以及后面林刚单独去调查的情况。

"这么说来,这两个死者还挺有内情的。综合下来,和表面看起来都不太一样。尤其是这个陶佳佳,还有这么复杂的背景情况。"关风听完后说道。

"我们也挺意外的,不过这种事情社会上也很多,也可以理解。现在就看两个死者的共同点,看能不能找到相关联的线索。刚才林刚提出了一点,陶佳佳和黄小曼每周五都会去做家教,并且这个家教都是明明中介介绍的,可以调查一下她们做的家教是什么情况,看有没有新的发现。"顾美玲说道。

"还有一点,你和陈池去陶佳佳家里拿到的那个名单,陈池不是记了一大半吗?乔梦梦帮着一起看看能不能看出名单有没有什么秘密。"关风转了一下手里的笔说道。

"对,那个摩托车车手竟然是陈池的大学同学,这点还挺意外的。他能提供让他来抢名单的客户的资料,那么我们可以沿着这点顺藤摸瓜,看看背后来抢名单的人到底是什么人。"顾美玲说道。

第十四章　回忆

不知道谁先沉默，气氛忽然就冷了下来。

陈池夹着碗里的菜，将上面的油脂一点一点撇掉。

"你还是和以前一样，吃饭不喜欢吃油水。"王志又说话了。

"是啊，之前我们在食堂，那饭里也没有油水啊。"陈池笑了起来。

"想起以前的事，感觉好像就在昨天，可是又那么远。"王志喝了口水。

"后来我去特别班后，你们都还好吧？"陈池问了一个一直想问的问题。

"很多事情随着时间的流逝慢慢淡忘了，记住的人也只不过封存在记忆里。毕业后，大家各奔东西，几乎没什么联系了。"王志说道。

"是的，时间是治疗伤害的最好方式。"陈池点了点头。

"不过我一直知道你，知道你做警察了，我们班好多人都说过你。你做得很好，很为你高兴。"王志举起了杯子，里面是水，但是比酒的情谊更深更重。

"也没什么，有些事也是身不由己。"陈池笑了笑，不知道该怎么说。

"好了，我该走了，有时间我们再联系。"王志说着站了起来，从口袋里拿出一个钱包。

"我来吧，下次你来。"陈池立刻拦住了他，然后拿出了自己的钱包，从里面拿出了两张百元大钞，放到了桌子上。

"好，不和你争了。"王志笑了笑。

两人走出饭店后便分开了，但是陈池并没有急着回去。他在想一些事情，最多的自然是当初在林城刑警学院时，王志和他一个宿舍，还有乔羽，他们三个是最好的朋友。可惜，乔羽因为心爱的人选择了自杀，当时陈池就在现场，可以说是眼睁睁看着他从楼上跳了下去。后来，陈池被选进了特别班，面对"上帝之手"的案子，从那以后他便没有再见过王志。这次的突然相逢，让他心里的情绪久久不能平静，更多的是想起了上学的时光。

王志提供了让他过来抢名单的人的信息，只有一个电话和一个微信号。这个人的具体信息还要回到局里仔细查。不过想起今天在陶佳佳家里王志抢名单的经历，陈池总觉得哪里不对。尤其是王志打倒那两个拦住他的路人的时候，显然是会功夫的。他们在警校学习的格斗不过是基本的格斗，比起王志的身手，那肯定不一样。

多年后重逢，陈池感觉王志浑身上下充满了谜，一切看似简单，但是却又很复杂。

陈池想起了陶佳佳的那份名单，上面的内容出现在了眼前。

明47　明29　中退6　介07
陶35　佳月4　佳风7
黄97　小河8　曼云8
周进2　五落3　夜光0
海19　河34

其实看起来复杂，却很简单。因为排列是按照抬头式的密码处理的，就是每个词语数字的开头加到一起，就是整个名单的密码。陈池当时一眼就看出了前几个开头的谜面答案，那是"明明中介陶佳佳黄小曼周五夜海河"。

陈池只记得这些东西，后面的没记清楚。如果给这几个开头字引入停顿和标点符号的话，应该是"明明中介，陶佳佳，黄小曼，周五夜，海河"，或者是"明明中介，陶佳佳，黄小曼，周五，夜海河"。

明明中介是一个中介公司，陶佳佳和黄小曼是人，周五夜指的是周五晚上，又或者说周五的时候，让他们夜宿海河。那海河是什么？

陈池后悔自己没有看完后面的内容，不然就可以知道海河后面是什么内容。

回到局里的时候，关风他们会议已经接近尾声。不过陈池带来的名单上的答案，让他们觉得好像忽略了一些线索。乔梦梦把所有调查到的线索和疑点全部整理了一下，然后在投影仪上放了出来。

"现在核心的调查方向出来了，就是这个明明中介给陶佳佳和黄小曼到底安排的是什么工作。根据名单上的内容可以判断出，明明中介给陶佳佳和黄小曼安排工作的地方应该是在海河里面。"乔梦梦说道。

"陶佳佳常年在外面兼职，并且有过被性侵的经历，黄小曼的尸检结果显示她有过性经历，可是她的男朋友从来没和她发生过关系。据我推断，海河这个地方应该指的是海河私人度假村，这里并不是一般人能进去的。我们设想一下，明明中介会不会帮海河私人度假村推荐陶佳佳和黄小曼过去做一些陪侍的工作呢？"关风看着投影仪上的几条线索，猜测道。

"这个很有可能，我了解过林城这边的一些小中介公司，因为收入比较低，会代理一些性服务的业务，不过政府之前整顿过，抓了一些人。"林刚跟着说道。

"那我们就去这个明明中介看一下，陶佳佳和黄小曼的事情可能和这个中介有关系。"陈池说道。

"如果这个明明中介真的有问题，我们直接过去调查反而会打草惊蛇，不如我们想办法先摸摸底，看能不能进入这个中介核心业务中。"关风考虑到了另一方面的问题。

"对，我也同意关队长的意见。现在这些也只是我们的片面线索，没有办法直接证明对方有问题。"林刚点了点头。

第十五章 意外

窗帘被拉开了,阿丁点了一根烟深深吸了一口。他光着身体站在窗前,望着窗外,此刻正是黄昏时分,夕阳的余晖洒下来,是一种落幕的美。

温娜娜从床上下来,走到了阿丁的身后,然后抱住了他。两个人都没穿衣服,皮肤贴着皮肤,能感受到彼此的心跳。

阿丁掐掉了手里的烟,转过了身体。

金色的光线下,温娜娜的身材一览无余地出现在阿丁的眼前,白皙的皮肤,高挺的双乳,平坦的小腹以及光洁的双腿。

"阿丁。"温娜娜的眼里闪着迷离的光,牙齿微微咬着嘴唇。

"你不该再来十三楼的。"阿丁说话了。

"可是,可是我控制不了。尤其是那个钢琴曲,很多时候都会在我脑子里出现,它就像一根钉子,钉在了我的脑子里,每当我想睡觉的时候,它就会钉一下,我忍受不了。"温娜娜说着哭了起来。

"我知道,所有经历过的人都一样。我和你一样,甚至比你还要痛苦。"阿丁叹了口气。

"要不我们离开这里,找一个没有人的地方躲起来,永远不回来,过我们两个人的生活。我们可以去整容,然后找一个别人注意不到的地方。"温娜娜说道。

阿丁摇了摇头:"你以为只是躲开十三楼吗?十三楼不过是黑夜里的一颗星星,它的背后是神图,一个国际犯罪组织,这个组织没有人知道总部在哪里。不知道谁是负责人,不知道谁是同伙。这是一条不归路,一旦进来,回不了头的。我见过太多想离开的人,他们最终都没有逃开死亡的命运。"

"我不是离开了十三楼,不是一直都没事?阿丁,你也可以的。只要你愿意,我什么都可以做的。"温娜娜喃喃地说道,"或者我们告诉警察,那个陈池不是你大学同学吗?他一定有办法帮我们的。"

"没用的。娜娜,你之所以可以离开,是因为我在担保你。如果我们告诉警察十三楼的秘密,我相信不出半天我们都会死,并且死得很平常。陶佳佳和黄小曼,不就是例子吗?她们死于《安魂》,从她们死去的那一刻开始,我们就已经注定无法推脱这一切了。"阿丁推开了温娜娜,走到了床边。

桌子上温娜娜的手机响了起来,她走过去拿起了手机。

"陈警官，你好，对，是约的今天，一个小时后你过来吧。"温娜娜对着手机说道。

挂掉电话，温娜娜走到床边开始穿衣服。

"陈池要过来吗？"旁边的阿丁已经穿上了衣服。

"对，他的记忆出了一些问题。不过已经恢复得差不多了，今天还有一次诊治。"温娜娜说道。

"那很好。要不是身份的缘故，我倒真希望在旁边看着他。我们之前见过一次面，可惜太匆忙了。"阿丁叹了口气说道。

"真是没想到，你们竟然是大学同学。"温娜娜说道。

"这世上很多事情，都是无可奈何的。如果不是这些事情，可能我和陈池还能成为更好的朋友。"阿丁说道。

阿丁离开没多久，陈池到了。

夕阳落山了，房间里打开了灯。

温娜娜换上了白大褂，坐到了陈池的面前。

"其实感觉没什么了，好像已经没问题了。"陈池说道。

"那是你个人感觉，按照我们之前沟通的方案，你只治疗了一半而已。你这样急功冒进地选择快速治疗，难免会出现一些问题的。"温娜娜说道。

"理解，理解。我后面有时间会再来治疗的。"陈池点点头说道。

"好，我们开始吧。"温娜娜说着站了起来，然后向前面走去。

"今天很简单，是帮你寻找你早期的记忆，比如一些深藏起来你不愿意面对的记忆。所以过程会有些长，并且会有一些不舒服的感觉。"温娜娜说道。

"好，没关系，我会尽力配合的。"陈池笑了笑，躺了下去。

这次的时间确实很长，随着音乐和旁边的节拍器的声音传入耳朵，陈池很快就进入了状态。他感觉走在一条漆黑的走廊里，走着走着，前面看到了一丝光亮，他走到光亮处，然后看到了一些画面。

仿佛是一副卷轴，深藏在记忆里的痛苦片段全部出现在面前，他一片一片地重新面对，每当无法忍受的时候，那些片段记忆就会慢慢模糊，然后像水化在宣纸上一样模糊散开。

最后，他看到了一个黑影用刀子顶着乔梦梦的脖子，然后站在前面不远处。

陈池慢慢走了过去，然后那个男人的刀刺进了乔梦梦的脖子里。陈池冲了过去，和那个黑影纠缠在一起，慌乱中他夺过了黑影手里的刀，然后对着黑影拼命刺去，直到黑影不再动弹……

不知道过了多久，陈池醒了过来，他浑身湿漉漉的，头发黏着额头，全身有点乏力。房间里漆黑，只有外面的夜光透进来。

"温医生。"陈池喊了一句，然后坐了起来，他的脑袋晕沉沉的，有点疼。

房间里没有任何声音。

陈池下了床，然后往前走了几步，他记得旁边有个台灯，于是摸索了一下，摸到一个开关，拧了一下。

台灯亮了起来。

刺眼的光猛地窜进眼里，陈池的眼睛有点不适应，他不禁闭上了眼，慢慢睁开后，房间里的情景出现在眼前。

温娜娜躺在前面桌子旁边，她的胸口有一把刀子，血染红了她的白大褂。他走过去探了一下温娜娜的鼻息，已经没了呼吸。

低头一看，陈池这才发现自己身上也有血，尤其是手上，并且那些血已经凝固。他的脑子嗡的一下像是被锤子砸了一样，慌忙转身一看，地面上也有血，滴落的痕迹延伸到刚才他躺着的床上。

陈池坐了下来，他忽然想起了刚才记忆里的那个画面，那个和他扭打在一起的黑影，他不敢再想下去，立刻拿出手机给关风打电话……

第十六章　明明中介

　　林刚把车子停了下来，前面就是他们要去的明明中介。

　　顾美玲看了一眼，远远看去，这个明明中介并没什么异常，和其他普通中介一样，门口放着最新的房源消息，门口坐着一个40多岁的女人，正和旁边店面的老板说着什么。从表面看，实在难以想象这个明明中介会和他们调查的案子扯到一起。

　　"我们直接过去，对方肯定不信任我们的。"顾美玲说道。

　　"是的，不过如果直接调查，估计更难问出来。"林刚点点头。

　　"那怎么办？"顾美玲看着前面，有点犯难了。

　　"我有个办法，不过只能试试。"林刚沉思了几秒，然后凑到顾美玲的耳边轻声说了几句。

　　"这不好吧？"顾美玲一听，不禁有点犯愁。

　　"没有办法的办法，也顾不了那么多了。"林刚说完，打开了车门。

　　顾美玲跟着下了车，然后两人一起走进明明中介。

　　"两位，是想买房还是租房？"门口的女人一看有顾客来了，热情地站了起来招呼他们。

　　"买房。"林刚说道。

　　"那想要什么样的房子呢？"女人一听，更加兴奋了。

　　"你这儿有你们自己拿钥匙的房子没，我们想马上看房子。"林刚问道。

　　"有，有好多，看你需要什么样的。"女人点点头。

　　"偏僻一点的吧，我们做的工作需要安静的环境。"顾美玲说道。

　　"走，我这儿有一套，带你们看看去。"女人说着从前面抽屉里拿出一把钥匙。

　　女人说的房子确实有点偏，女人带着他们来到了一个落魄的小区，在最后一栋楼，女人打开了一楼左边的房间。

　　房子确实不错，装修得很好，家具家电一应俱全。从窗台望出去，正好可以看到前面不远处的广场。

　　顾美玲走到门边，将门从里面反锁，然后对林刚点了点头。

　　"两位感觉如何？"女人笑着问道。

"老板，你怎么称呼？"林刚问道。

"大家都喊我吴姐。"女人说道。

"这个明明中介是你的吗？还是你是帮人打工的？"林刚继续问道。

"这，你怎么问这个？"吴姐有点警惕地看着林刚。

"我买房子要是跟老板谈不是价格可以更低吗？"林刚说。

"你放心，我的价格就是老板的价格，虽说这个明明中介不是我的店面，但是我在这儿干了十几年了，基本上能代表老板说话了。"吴姐说道。

"我觉得还是让你老板过来吧，有些事你代表不了你老板。"林刚看了看顾美玲，然后对吴姐说道。

"你们是买房的吗？到底什么意思？"吴姐皱了皱眉头，盯着林刚和顾美玲。

"给你老板打电话，让他过来。"林刚按住了吴姐的肩膀，用力说道。

"你们要干什么？你们到底是什么人？"吴姐的声音颤抖了起来。

"再说一遍，给你老板打电话，让他过来，要是敢乱说，你就别想离开这里。"林刚说着站了起来。

"好，好，我跟老板联系。"吴姐连连点头，然后拿起手机拨出去了一个电话。

十几分钟后，两个人敲开了门，走了进来。

"什么事情？非得让我过来？"其中一个男人看着吴姐问道。

"你是明明中介的老板吗？"林刚走了过来。

"对，我就是。"男人点点头。

"怎么称呼？"林刚继续问道。

"郑天昊。"男人看出了问题，不禁疑惑地看着林刚，"你们是做什么的？"

"我们问个事，希望郑老板能如实相告，因为我实在不愿意做一些不好的事情。"林刚一把拉住了郑天昊，然后用力将他箍在了自己旁边，郑天吴想挣脱却根本没有力气。

"你干什么？"和郑天昊一起过来的男人见状，不禁走了过来，想要去拉林刚，旁边的顾美玲却拦住了他。

"你们问什么事？"郑天昊挣脱不了，只好看着林刚。

"我有个妹子通过你们介绍去干活儿，但是一直不知道她去做的什么活儿，所以才来找你问问情况。"林刚说道。

"你妹子叫什么？你为什么不直接问她？"郑天昊问道。

"她是林城艺术学院的，你知道原因吧？"林刚说道。

"你是问林城艺术学院的学生？"郑天昊一愣，然后脱口说道，"她们，她们都是去做家教的。"

"我不喜欢这个答案。"林刚冷声说道，"或许我应该告诉你更详细点，我的妹妹叫陶佳佳，她通过你每周五会去一个地方，你告诉我那个地方在哪儿，还有她在那里到底是做什么的。郑老板,我的耐心是有限的。"

"我,我不知道。我真的不知道。"郑天昊的额头上沁出了一层冷汗,他的表情显得很害怕。

"看来我们之间的友好商谈结束了,你非得逼我对你动粗了。"林刚叹了口气,伸手抓住了郑天昊的后颈。

"不,不,我真的不知道。我只是负责帮她们介绍,具体的情况我真的不知道。"郑天昊说道。

"把你知道的告诉我。"林刚松开了手。

"我只是负责告诉她们双方约好的地址,我只知道那个地方叫十三楼,具体业务由她们自己谈,每帮对方介绍一个人,对方会给我一笔钱。我真的什么都不知道。"郑天昊哭着说道。

"地址给我。"林刚拿出手机,打开了备忘录。

一切询问清楚后,林刚和顾美玲离开了。临走的时候,林刚看了看郑天昊问道:"需要报警吗?"

"什么?"郑天昊愣住了。

"今天用这种方式找你要了十三楼的地址,相信你心里应该很不愉快吧。"林刚说道。

"没有,没有。"郑天昊摇了摇头。

"再见。"林刚笑了笑,对着郑天昊挥了挥手,然后和顾美玲离开了。

第十七章　现场

关风不是一个人来的,他带着法医罗志森一起来了。

在电话里,陈池说得不是很清楚,不过可以确定的是,帮陈池看病的心理医生死了,而现场只有陈池在,并且陈池的身上有血迹,门窗关着。所以关风第一时间通知了罗志森,罗志森是林城法医中心的老法医,和关风是共事多年的朋友,这种情况下,关风除了查出真正的真相,更要弄清陈池在其中的问题。

门关着,但是关风打开了手机录像,以证明他和罗志森是第一时间赶到现场的人。

罗志森开始对现场进行勘验,陈池呆坐在一边,他发现温娜娜死后,为了确保现场完整,手和脸都没洗,脸上和手上的血此刻已经风干,让他特别难受。

关风进门也在观察现场。现场的打斗是从前面的办公桌附近开始的,可以看出来,原本应该在办公桌上的书和水晶球都被扔到了地上,沙发旁边的一张凳子也被打翻。可以推断,凶手对死者下手是在办公桌区域,当时死者应该是背朝着凶手,然后凶手突然袭击,死者来回挣扎,双手将办公桌上的书本、水晶球等东西扔到了地上,然后凶手将死者拖到了地上,拖动中,打翻了凳子。

死者应该挣脱开了凶手的控制,所以凶手才拿出刀冲上去刺中了死者,并且连续刺,直到死者不再动弹。

死者的血液喷溅到了凶手的脸上、身上,最后凶手站起来。

关风看了一眼,地上的血液并没有向门口延伸,而是向前面的治疗床上延伸,并且滴落到了床上面。

从表面上看,符合条件的凶手最佳人选不是别人,正是在这里接受治疗的陈池。

陈池呆坐在那里,不知道想什么。不过他那么聪明,关风想到的他也一定想到了。

"陈警官,我需要对你进行一些采样。"罗志森已经勘查完了现场,他走到了陈池身边说道。

"好。"陈池站了起来。

罗志森拿出棉签,在陈池脸上、身上轻轻取了一些血迹,然后又帮他做了一下手掌以及脚印的对比。

"老罗,情况怎么样?需要回去进一步看吗?"关风知道,有些东西的化验需要到法医中心通过仪器进一步检测。

"基本上不用。"罗志森摘下了口罩,面露难色。

"罗老师,是不是一切证据都显示是我做的?"陈池早料到这个结果,他问道。

"地面的血迹方向就在办公桌与治疗床中间,并且中间留有一些脚印,死者的身边还留有一些手印。死者的心口被刺了至少十下,所以造成大量出血,并且这些血按照喷溅的程度,应该会喷溅到凶手的身上。

"陈警官这边,无论从脚印,还是治疗床上的血液痕迹以及血液喷溅的样式,正好和凶手契合。现在唯一没有确定的是凶器上的指纹,不过我刚才看了陈警官的手掌,他握起来和凶器上的血迹留下的血印基本上是符合的。所以说,如果这是嫁祸,那对方真的是绝了,能把证据做到如此精细,现场做到如此完美。"

罗志森说完叹了口气。

陈池吐了口气,一下子坐到了地上,说道:"我做警察这么多年,出过不少现场,其实我早已经看出来了,这现场,如果说还有别人是凶手,连我都不相信。"

"陈池,你好好想想这一切是怎么发生的,和死者打斗会有很大的声音,难道你没有察觉吗?"关风实在不相信这一切是陈池做的。

"我是来治疗心理障碍的,每次都会睡着,也许真的是我杀了人,因为这次我在睡着的时候,有一段朦朦胧胧的记忆,我和一个黑影在争斗,对方拿着刀要杀害乔梦梦,然后我夺过刀,将对方按到地上刺了过去。可是,这,这能说通吗?这说不通,我就是杀人凶手,我杀了温医生。关风,抓我吧,将我抓起来吧。"陈池喃喃地说着。

"关队长,这个案子看起来确实就是陈警官做的,可是如果他是在治疗心理障碍的情况下的话,也许会有内情。不过现在有人死了,我们需要走程序。我建议还是联系局里派人过来吧。"罗志森说道。

"好,我现在就联系。"关风点了点头,"这事情太突然,我们其他队员在调查另外的案子,为了避嫌,我给秦处长打电话吧,让他安排刑侦队的人过来。无论结果怎样,我们都得面对。"

"嗯,我也是这么想的。虽然你们都是优秀的刑侦人员,但是毕竟你们关系匪浅。不过关队长你放心,法医方面我会直接负责,我绝对不让法医证据出错。至于其他方面,大家再想想办法吧。"罗志森说道。

"谢谢你。"关风知道罗志森的意思。

陈池闭上了眼,他感觉整个身体都在跳动,脑袋里再次出现了那个黑影,这一次黑影的样子比较清晰,她正是温娜娜。

"为什么?"陈池问道。

温娜娜没有说话，只是笑着。

陈池看到自己冲了过去，想拦都拦不住，然后刀子刺在了温娜娜的身上。

陈池的脑袋一阵剧痛，像有无数根针在扎一样，他不禁抱着脑袋大声叫了起来。

"陈池，你怎么样？"关风走了过去。

陈池抱着头，疼痛让他无法忍受，最后竟然晕了过去。

罗志森抿了抿嘴唇，他忽然想起了什么，走到文件柜前，仔细看了一下里面的文件，那是温娜娜的诊疗记录档案。罗志森仔细看了一下，却没有发现陈池的诊疗记录档案，他顿时想到了什么，转身再次走到温娜娜的尸体面前，仔细查看……

第十八章　飞扬钢琴行

　　郑天昊给的地址是林城长鸣路43号。

　　林刚和顾美玲下来后并没有急着走，而是上了车开到一旁隐蔽起来。

　　"我们还等什么？"顾美玲不太明白林刚的做法。

　　"你觉得那个郑天昊会真的告诉我们吗？十三楼可能是真的存在，如果郑天昊真的出卖了他们，他们肯定不会放过郑天昊。所以换作你，你会告诉别人吗？"林刚说道，"我和太多这种人打交道了，表面看非常老实，什么话都听，其实背后阴险歹毒，做事能闪就闪，能躲就躲。"林刚讲道。

　　果然，没过几分钟，郑天昊一脸阴沉地下来了。他上了旁边一辆黑色的汽车，然后快速向前驶去。

　　林刚开着车跟了过去。

　　郑天昊的车速不慢，并且一到拐弯的时候就会加快速度。

　　"这郑天昊果然没说实话。"看着前面郑天昊的车子，顾美玲说了一句。

　　情况和林刚推测的一样，这个明明中介帮助十三楼提供业务，这么多年能一直在这儿，老板的关系肯定不一般。如果郑天昊是一个随便一吓唬就能问出答案的人，那他怎么可能混到现在的位置。所以林刚使了一个小计策，问地址只是一个幌子。郑天昊知道林刚他们的目的后，必定会去找人商量，只要在后面跟着他，就能找到真正和他接头的人。

　　"只可惜他遇到的是你这老刑警，就算再有心眼，也只能认栽了。"顾美玲笑了起来。

　　郑天昊显然没有想到会有人跟踪，他开着车绕过几条街，最后在一家钢琴行停了下来。

　　"飞扬钢琴行。"林刚看了看钢琴行的名字。

　　"这和我们查的案子越来越接近了，陶佳佳和黄小曼死之前好像都在哼一首奇怪的曲子。乔梦梦托人根据黄小曼死前的视频里的调子做了一下推演，说应该是钢琴曲，不过因为黄小曼哼的并不多，所以也不完整。"顾美玲说道。

　　"方向越来越顺了，这个郑天昊可帮了我们大忙。"林刚若有所思地说道。

　　"我们怎么过去？总不能还像找郑天昊一样吧？"顾美玲问道。

　　"这个简单，我让韩队长过来就行。"林刚说着拿起手机给韩队长打了一个电话,然后两人下了车。

飞扬钢琴行里人不多,服务员看到林刚和顾美玲,立刻迎了上来。顾美玲假意和服务员问着钢琴的情况,林刚则四处看着,他看到前面有个拐口,郑天昊应该是拐进那里了,于是他趁着服务员没有注意,走进了那个拐口。拐口里面是一个走廊,旁边有个房间,房间里有人正在说话,林刚凑过去仔细一听,其中一个正是郑天昊。

"叔,能不能帮帮我?我现在真后悔了,要不是那两个女的,现在也不会这么多事。"郑天昊声音带着哭腔。

"当时跟你讲了,你为了钱什么都不顾,现在想退缩,这怎么可能?你又不是不知道退出去的后果是什么。你听我的话,好好的,闭上嘴巴。至于那两个女学生的事情,上面会安排的,最近你也别给我上人了,等到事情结束了再说。"一个沙哑的声音说道。

"今天有人过来打听那两个女的事,我也是被逼的,没办法,我告诉了他们十三楼的地址。"郑天昊又说道。

"你是不是疯了?那是什么人?你怎么能把十三楼的地址说出去?"

"估计是那两个女孩的亲戚或者朋友,当时我要不说恐怕会被弄死的。叔,你别怕,反正十三楼那地方,不是谁都能去的,要是他们想去就让他们去,去了也就回不来了。"郑天昊冷哼一声说道。

"你懂个屁,万一对方是警察,查到十三楼,那他们拔出萝卜带出泥,我都被你害苦了。对了,你今天来的时候有没有人跟着?"那个沙哑的声音突然警觉起来。

"应该没有,他们肯定不会是警察。警察的那套程序我们又不是没见过,警察怎么敢下黑手。"郑天昊说道。

"你是什么人?"这时候,林刚身后忽然传来一个声音,林刚回头一看,原来是一个工作人员走了进来,看到林刚在门口偷听,于是叫了起来。

这个叫声顿时把里面的郑天昊两人也惊动了,他们拉开了门,然后走了出来。

"叔,就是这孙子今天弄我的。"郑天昊看到林刚,顿时喊了起来。

"你到底是什么人?"那个被郑天昊喊叔的男人,40多岁,看上去满腹深沉,目光敏锐,他打量着林刚问道。

"你们不是猜到了,那还问?"林刚拍了拍手,坦然说道。

"你是警察?"郑天昊问道。

"事到如今,我也没什么隐瞒的。不错,我是警察。"林刚亮出了自己的证件,"所以,你们知道该怎么配合我了。"

"我不太明白你在说什么。"那个男人说道。

"刚才你们在里面的对话我可是听得一清二楚,你是郑天昊的叔吧,那我也称你为郑先生。郑先生,你是聪明人,不需要我再给你们普及法律知识吧。对了，你们说的那个十三楼，听上去很厉害，但是我还从来没见过警察不敢去的地方。要不要我过去的时候，两位陪同一起去看看啊？"林刚微笑着说道。

郑天昊脸色一下子变得阴沉起来，他对后面的那个服务员使了个眼色，说道："你说你是警察你就是警察吗？我看你就是个骗子，今天我得好好收拾你。"

"是去喊人了吗？还是说你们准备在这里对我下毒手？我忘了跟你说，我进来的时候已经找刑侦队的人过来支援了，算算时间，差不多该到了。"林刚说道。

果然，刚刚跑出去的那个服务员又进来了，他急急地说道："老板，外面来了几个人，说刑侦队的。"

郑天昊咬着牙，整个人都快要气爆了。他的叔叔更是眼里要冒出火来，不过他比郑天昊稳重多了，他最后压着气问道："既然是警察来了，那我们自然要配合警察工作，警民一家嘛。"

"说得太好了，这话可比你的侄子说的好太多，不愧是当叔的。"林刚竖起了大拇指。

第十九章　决裂

　　苏梅迟疑了很久，最后还是敲了门。
　　"进来。"里面传来了一个男人的声音。
　　苏梅推开门，坐在桌子旁边的那个人，他靠在高脚椅上，脸上戴着一张青铜面具，黄色的长发垂下来，手里转动着一个晶莹剔透的白玉杯子，一副高高在上的样子。
　　"在忙吗？"苏梅问道。
　　"有事吗？"男人抬起了头。
　　"是关于，关于陈池的事情。听说他牵涉到我们的计划里，想问能不能请你放过他？"苏梅小心翼翼地说道。
　　"苏梅，我不是不帮你，你也知道我们的规矩。无论是我个人还是组织都曾经给过你很大的帮助。不过，有些事情不能一而再再而三地去要求，否则会很不和谐的。"男人轻轻敲着桌子，低声说道。
　　"我知道。"苏梅咬着嘴唇，低下了头。
　　"苏梅，你对陈池怎么这么念念不忘？他至于让你这么留恋吗？"男人站了起来，走到了苏梅的面前。
　　"有些事是说不清楚的，你也不懂。既然没有办法，那我先出去了。"苏梅说道。
　　男人伸手拉住了苏梅："苏梅，也不是没有办法。"
　　"什么意思？"苏梅愣住了。
　　"你知道陈池这次为什么会被牵涉其中吗？"男人问道。
　　"据说是和我们这边的一个医生有关系。"苏梅说道。
　　"那个医生叫温娜娜，她是阿丁的女人，阿丁为了保护她，坏了我们的规矩。这次杀她也是为了给其他人一个警告，只是正好陈池落到了计划里。怨只怨他运气不好。其实我觉得这也许是一件好事，正好让你忘了他。毕竟你以后的日子还长着，喜欢你的人还有很多，何必对一个警察念念不忘。"男人说着将苏梅搂到了怀里，然后低头凑过去想要吻她。
　　"别这样。"苏梅推开了他，然后抚了抚刘海。
　　"我说过，很多事情的结果都来源于选择。我已经不是当初的我，你看到了，现在整个十三楼都是我的了,你要是跟了我,肯定不会是现在这样。"男人拍了拍手说道。

这时候,房间的门被撞开。

苏梅和男人同时被吓了一跳,抬起头,看到阿丁走了进来,他面目阴沉,目光里闪着刀子一样的寒光。没有等人说话,阿丁一下子冲过来,抓住男人的衣领将他重重地摔倒在地上。

"阿丁,你要干什么?"男人叫了起来。

"我跟你说过,不要动她,为什么要杀了她?你是不是以为我不敢动你?"阿丁说着从后背抽出一把闪着寒光的匕首,对着男人的脖子旁边用力刺了下去。

啊,旁边的苏梅吓得大声叫了起来。

男人吓得浑身哆嗦,嘴唇颤抖,不过很快他发现阿丁并没有将刀子刺进他的脖子。

"如果不是看在老爷子的面子上,今天我绝对要废了你。这事不会就这么完。"阿丁将刀子抽出来,狠狠地说道。

阿丁站起来,然后看了看旁边的苏梅,离开了。

苏梅站在一边不知所措,她想过去扶一下,但是又没有动,最后她也离开了。

男人坐了起来,目视前方,嘴唇因为气愤颤抖着,两只手握成拳头,用力向地面砸去,他的眼里闪出了火,仿佛要将整个世界燃烧掉。

阿丁走出电梯,然后向外面走去。

已经是黄昏时分,街上亮起了路灯。他沿着马路慢慢向前走,心中仿佛堵了一块棉花一样,咽不下去,吐不出来。他扶着旁边的路灯杆用力干呕了几下,只吐出几口酸水,因为干吐,眼泪也流了出来。他的身体像一只虾米一样弯着,微微发抖。

我们的爱情是什么时候开始的?

细节早已记不清,相遇的那一瞬间便是永恒。那一次阿丁参加一个心理行业交流会,温娜娜是其中一名嘉宾。期间,温娜娜让大家做一个心理小游戏,然后将阿丁请到了台上。

交流会结束后,温娜娜喊住了阿丁,她说从刚才的游戏中,感觉阿丁有一些问题,希望可以进一步帮助他。

阿丁的问题,他自己当然知道。身处黑暗,他是地狱的恶魔,从来不敢贪图阳光的温暖。他直接拒绝了。但是温娜娜却很坚持,她说,无论你有什么样的心结和秘密,在医生眼里,你不过是病人。

这么多年,没有人关心过他。他是一块用铁包裹的冰,有时候也希望有人关心自己,可是想到自己所处的环境,便只能将一切埋在心里。也许真的是缘分到了,温娜娜就这样走进了他的世界。

这是阿丁世界里唯一的女人,她为了他,不顾危险,进入十三楼,帮他做事。可是不管怎么样，他都不愿意让她进入更多的秘密深处，所以他毅然决然地让她离开了。并且他用自己担保她的平安。可惜，最终，温娜娜还是没有逃过被杀的命运。

阿丁坐直了身体，他忽然明白，神图也好，十三楼也好，这些组织只有冰冷的任务和命令。如果说是师父给了他生命，那么唯一给过他爱的人便是温娜娜，唯一给过他友情的人则是陈池，而这次的伤害，一下子带走了他深爱的人和生命中的朋友。

"要不我们离开这里，找一个没有人的地方躲起来，永远不回来，过我们两个人的生活。我们可以去整容，然后找一个别人注意不到的地方。"温娜娜的话再次浮现在阿丁的脑海里。为了组织，温娜娜帮着他们研发出了《安魂》这个杀人钢琴曲，并且因为这个曲子，温娜娜的精神也陷入了极度的混乱中，可是为组织做了这一切，他们最后竟然还是杀了她。

街上的路灯亮了起来，就像一条光路延伸到天边，阿丁站了起来，他长长地舒了口气，然后向前走去……

第二十章 十三楼

陈池被送进了看守所,按照程序,他的案子在调查取证无误后会进入司法程序。所以如果要证明他是被冤枉的,那么时间很紧。对于林城艺术学院的案子,关风彻底交给了林刚和顾美玲,而他和乔梦梦则专门来寻找陈池案子的证据。

林刚和顾美玲通过郑天昊以及他叔叔郑通问出了十三楼的具体位置以及他们在十三楼合作业务上的事情。

郑天昊的明明中介一开始只负责给一些学生找家教、兼职工作等小范围的业务。后来,他知道叔叔郑通会为一些艺术学院的女学生提供高价合作业务,除了十三楼以外,还有一些富二代的聚会、商业舞会。

于是,两个人一商量,来了一个合作。郑天昊通过叔叔的渠道,给艺术学院的学生介绍兼职。很多艺术学校的女生通过他们的推荐赚到了钱,然后他们的业务越来越大。其中,最多的便是去十三楼。

这个十三楼比较神秘,虽然他们合作多次,但是里面具体是什么情况,没有人知道。那些进去的女孩出来后也是闭口不谈。当然,郑天昊和郑通之所以能和十三楼长久合作,自然源于他们能保守秘密,他们只是为了赚钱。

如果想知道十三楼的秘密,要么是进入里面,要么是找一个曾经进过十三楼的人问情况。陶佳佳和黄小曼都进过十三楼,但是她们已经死了。至于郑天昊和郑通手里其他进入十三楼的人,他们打死都不愿意交出来,因为涉及女孩的隐私,并且十三楼的人和他们约定过,如果泄露了十三楼的秘密,后果会很严重。

所以,目前如果想进入十三楼,只能冒险亲自进去。郑天昊和郑通只能帮忙将顾美玲送进去,因为她是女的,可以说她是一名钢琴师。而顾美玲一个人进去太危险,万一有什么事情,难以接应。

面对这样的难题,还真的没有其他办法了。不过,郑通在关键时刻想到了一个办法,他说十三楼每天晚上九点,会有一个合作的餐厅送餐,如果能把那个餐厅老板搞定,那么林刚完全可以以送餐员的名义进去。

这个办法确实可行,只不过顾美玲想不明白,郑通为什么会主动帮他们想办法。

"原因很简单,如果我们是通过其他人进入十三楼的,那么郑通他们自然就不会背负十三楼那边给他们的威胁和压力,将那个餐厅老板抛出来,保全他自己，这是一个非常自私，但是却能帮他们解围的办法。"林刚说出了原因。

"这人真是坏透了。"顾美玲脱口骂道。

"至少给我们想了一个办法，总比没有强。"林刚说道。

根据郑通提供的信息，林刚和顾美玲找到了那个和十三楼合作的餐厅，面对林刚和顾美玲，老板答应了他们，并且让经常去给十三楼送餐的员工讲了一下基本情况。每次员工过去送餐，对方都不让他们上楼，让在楼下等着，等到人们吃完饭后，对方才会让他们过去收拾。至于十三楼里有没有什么特别的地方，去送餐的员工也没注意，因为每次他们去收拾的时候，大厅基本上都没人。

了解了基本情况，林刚和顾美玲联合韩队长，决定去十三楼看一看，必要的时候，让韩队长带人直接进去。

一切准备就绪，林刚和顾美玲化装成合作餐厅的送餐员，在韩队长和其他警察的配合下，来到了十三楼。

之前和送餐人员进行了沟通，并且餐厅也和十三楼这边确认了今天更换送餐员的信息，所以进去的时候很顺利。一道铁门背后，上去是一个大厅走廊，他们把餐品放到了大厅，接下来就是等待。

既然进来了，林刚自然不会在原地等待，他以上厕所的名义来到了前面走廊对面的卫生间。这个十三楼一共四层楼，卫生间的下水管是通下来的，旁边就是天窗。林刚进来后，直接通过天窗翻身上了2楼，然后从2楼的厕所走了出来。

2楼是聚会大厅，有音乐在响，并且有不少客人在里面喝酒。林刚在厕所脱下了餐厅的工作服，然后大摇大摆地走进了聚会大厅。

聚会大厅非常华丽，人们要不低声细语，要不翩翩起舞。旁边还有不少工作人员，中间则摆满了酒水饮料，点心餐品。

看到那些餐品，林刚突然一愣，然后快速准备离开，后面已经过来了两个穿着黑色西服的保安，之前站在其他角落的保安也走了过来。

林刚见此状况，也顾不上其他，对着眼前两个保镖一阵猛打，然后趁机向外面跑去。他没有从厕所下去，而是直接从楼梯跑了下去，来到了1楼大厅。

1楼大厅，本来应该在那里等他的顾美玲，此刻却被两个保安架着，旁边站着一个男人，他戴着青铜面具，似乎早已在等林刚。

"等你很久了，怎么现在才来？"那个戴面具的男人说道。

"你是什么人？"林刚见他们发现了一切，于是走了过去问道。

"我？我是这十三楼的主人，你来这里，不就是为了找我吗？"戴面具的男人嘿嘿一笑，"我很好奇，你是怎么发现有问题的，本来还想着看看你后面会不会有什么表演。"

"很简单，你们这里聚会有喝的有餐品，那为什么还要点外面的餐品。那一刻我知道郑通和那个餐厅老板给我下了圈套，我着急进来，所以没注意，着了道。"林刚说道。

第二十一章　安魂

陈池没想到来看自己的人是王志。

"你怎么会来？"陈池问道。

"温娜娜是我女朋友。"王志说道。

"这，这怎么可能？"陈池惊呆了。

"这世界太小了。当我知道的时候，我简直无法相信。"王志低下了头，眼泪再次落了下来。

"我，我可能是被冤枉的，我不会杀人的。"陈池坚持自己是冤枉的。

王志没有说话。

两人沉默着。

很快，时间到了。

离开的时候，陈池看到王志似乎有什么话想说，但是最终他摆了摆手，露出了一个牵强的笑容。

王志离开拘留所，拦了一辆出租车走了。

望着出租车的背影，一个身影从旁边的角落走了出来，然后拿出了手机，低声说道："计划开始吧。"

出租车停了下来，阿丁付了车费，然后下了车。这里是林城殡仪馆。保安询问了一下情况，然后递过来一个来客登记，阿丁写完后递给保安。

"2楼找罗法医。"保安看了看后说道。

这是林城最大的殡仪馆，林城法医中心也在这里。以前阿丁来这里看过老师，多年没来，这里的一切都没变。左边是殡仪馆的告别大厅，右边是火化房和办理离开手续的地方。中间1楼是办公楼，2楼是林城法医中心，除了帮警察做一些法医工作，还做一些法医方面的鉴定工作。

温娜娜的尸体现在就躺在法医中心，因为还在进一步取证中，所以并没有转到殡仪馆。阿丁来到2楼，敲了敲门，走了进去。

一名戴着口罩的法医正坐在桌子面前低头写着什么东西，看到阿丁，他停了下来。

"罗法医在吗？"阿丁问道。

"我就是。"罗法医站了起来。

"我是温娜娜的朋友,想来看看她。跟下面的人沟通了一下,说是上来找您。"阿丁说道。

"你不是应该找警方一起过来吗?"罗法医说道。

"是的,希望罗法医能通融一下。毕竟找警察需要一些程序。"阿丁请求道。

"好吧。"罗法医迟疑了一下说,"不过我们对温娜娜的尸体做了尸检,你只能看她的脸,其他地方需要等修复后,到殡仪馆的时候再瞻仰。"

"没事,我就看看她。"阿丁说道。

"那跟我来吧。"罗法医说着向前面走去。

冰冷的停尸房,确切说,这里是给法医鉴定用的地方,一张停尸床立在里面,温娜娜躺在上面。

罗法医离开了。

房间里静得能听见一根针落地。

阿丁见过很多死人,他甚至杀过人。可是从来没想过有一天,在面对死人的时候,心会颤抖,因为那是他深爱的人。

温娜娜的脸已经变成了灰白色,那是属于冰冷的颜色,那是属于死亡的颜色。她闭着眼睛,仿佛一个熟睡的婴孩。她的两只手露在外面,手指纤细,只是失去了血色。

"阿丁,我要是不学心理的话,肯定是个钢琴老师,我的手非常适合弹钢琴。"温娜娜张开双手,在他面前轻轻舞动,十个指头灵活地转动着,那仿佛是世界上最美丽的舞蹈。

房间里突然传来了音乐声,轻轻的,但是很清晰,似乎是钢琴声。阿丁侧耳一听,他觉得曲子似乎很熟悉,于是他转过身走了出来,那个曲子声音蜿蜒曲折,仿佛一条柔软的钢线牵着阿丁从停尸房里走出来,然后拐进了前面一个房间里。

阿丁皱紧了眉头,怎么会在这里听见这首曲子?他推开了前面房间的门。

啪,一道闪光在他面前一闪,他慌忙想遮住眼睛,但是那道光已经闪过他的眼睛,他感觉心头一震,整个人顿时哆嗦了一下。

耳边的钢琴声越来越响了,他快速向前跑去,想要拉开大门,但是两只脚却像灌了铅一样,走得特别慢,最后他感觉彻底走不动了,一屁股坐到了地上。眼前的情景开始旋转,阿丁的意识开始慢慢模糊,隐约能听见有人在喊他。

是老师,老师站在前面不远处,对他轻轻挥手。

就像他最初和老师见面的时候一样,老师伸手拦住了父亲打他的手,然后带他离开了那个只有暴力和谩骂的家庭。

从此以后,老师给了他不一样的生活。

"这首曲子叫《安魂》,慰问我们枯竭的灵魂。这些音符全部来自我们内心所需,它可以带你去你热爱的地方做热爱的自己。我们每个人的心里都有一个自己热爱的地方，只是出于一些原因无法面对。"

一个低沉的声音传入了阿丁的耳朵，他从停尸间走了出来，然后向法医中心楼上走去，最后，来到了法医中心的顶楼天台，然后他嘴里开始轻哼那首曲子。

"阿丁，你来了。"前面不远处，温娜娜站在那里，她伸着手对阿丁笑着。

阿丁走了过去，温娜娜突然像气泡一样一下子破了，耳边的钢琴曲也戛然而止，他回过了神，可惜已经晚了，他整个人从楼顶天台上掉了下去。

天台的门缝后面，一个人影用手机将刚才的一幕录了下来，然后转发给了一个微信好友："一切顺利。"

很快，对方回复了他的信息："很好。"

第二十二章　音乐室

"我们是警察。"林刚亮出了证件。

"是吗？拍电影吗？警察怎么化装成送餐员进来，好像我这里有什么见不得人的事情一样？"戴面具的男人冷笑一声。

"有没有不可见人的事情，想必你自己知道。"林刚走过去，推开了拉着顾美玲的人。

"不知道两位警官秘密潜伏到我这，有什么发现吗？"戴面具的男人问道。

"这不关你的事，你只需要配合我们工作就好。你戴个面具，神神鬼鬼的，先把你身份证拿出来。"林刚对这个戴面具的男人充满了厌恶。

"那个证件就能证明你是警察？证件是不是假的？神神鬼鬼的人我看是你们吧？我告诉你，我管你是真警察还是假警察，今天我要让你知道随便闯入十三楼的代价。"戴面具的男人冷声说道。

后面几个保安立刻冲了过来，将林刚和顾美玲围在了中间。

"干什么？干什么？"这时候，后面传来了一个声音，人群中走过来一个男人，50多岁，穿着一件唐装，目光凌厉。

那些保安和围过来的人看到男人，立刻站直了身体，都退到了一边。就连戴面具的男人，也显得有点紧张。

"怎么回事？"那个男人看了看林刚和顾美玲。

"我们是警察，来调查一些事情，然后被你们的人围着了。"林刚说道。

"胡闹，警察来了，你们也这么嚣张吗？要干什么？反了天了吗？"那个老人看着戴面具的男人，大声骂道。

"是是是，我们错了。"戴面具的男人连连点头。

"两位警察同志，你们有什么需要尽管提，我们一定全力配合。十三楼是一个私人商务会所，是不对外开放营业的，所以下面的人有些不知礼数了。"男人笑了笑说道。

"没事。"林刚摆了摆手。

"青铜，你陪着两位警官，看需要调查什么，全力配合。"男人看了看旁边的戴面具的男人。

"是，一定一定。"青铜恭敬地说道。

也许是那个老人说话了，也许是青铜比较敬畏那个男人，接下来，青铜对林刚和顾美玲的工作非常配合。带着他们从1楼到2楼，再到3楼，所有的房间看了个遍。这里就是一家私人会所，一些兴趣爱好者的聚会论坛，除了隐私度高点，没有其他不同。

"我们来是查两个自杀而死的女大学生，她们生前在这里做兼职。想必你应该认识吧。一个叫陶佳佳，一个叫黄小曼。"顾美玲问道。

"我知道，新闻上一直在报道。她们的确是我们这边的兼职人员，不过你们也知道，兼职这东西本没有约束性，她们动不动就不来，所以她们的具体情况我们也不了解。"青铜说道。

"那她们之前在这里是做什么的？"顾美玲问道。

"音乐演奏，比如弹钢琴，或者是教人音乐。"青铜说道。

"那她们工作的地方在哪里？莫非就在这聚会大厅？"林刚问道。

"自然不是，在3楼的音乐厅。两位警官可能不知道，我们十三楼除了你们见到的眼前这些聚会外，还有一些高雅的聚会。对于陶佳佳和黄小曼发生的事情，我们也很难过。"青铜叹了口气说道。

"那我们上3楼的音乐厅看看吧。"林刚看了看顾美玲。

3楼的音乐厅很简单，没有想象中豪华宏大。台上有两架钢琴，下面是观众席，除此之外，并没有其他东西。

"需要看看效果吗？"青铜说着拿出遥控器按了一下，只见前面台上缓缓降下来一块幕布，配上前面的钢琴，整个音乐厅顿时显出档次来。

"谢谢，我们看完了。"林刚点了点头说道。

从3楼下来，离开的时候，顾美玲问了一个问题："既然这十三楼没什么秘密，为什么不对外经营呢？"

"我们的特色就是私密性好，很多客人喜欢低调，注重隐私，再说，毕竟私人会所和普通的地方肯定也不一样啊。"青铜说道。

从十三楼出来，林刚和顾美玲感觉一无所获。那里不过是一个私人聚会的会所，唯一与陶佳佳和黄小曼有关的音乐厅里什么都没有发现。不过这一点他们也早料到了，十三楼是一个做生意的地方，自然不会留下证据。就算有证据，恐怕也早被毁掉了。

"这次我们来十三楼真是偷鸡不成蚀把米，差点被对方做成了菜。"顾美玲说道。

"这十三楼肯定有问题，还有那个叫青铜的，戴个面具神神鬼鬼的。现在看来，负责十三楼的应该是那个老人，听他们对话他是青铜的老师。"林刚点点头。

回去的路上，林刚接到了关风的电话，让他们直接赶去殡仪馆法医中心，具体事情也没说。

林刚和顾美玲赶到殡仪馆的时候，正好看到关风和几名警察在门口说着什么。看到林刚和顾美玲过来，他走了过去。

"出什么事情了？"林刚问道。

"法医部中心打来电话，说有个男人来看温娜娜，结果跳楼自杀了。当时对面正好有监控，我们调出来看了一下，发现这个人死前的样子和陶佳佳以及黄小曼的很像。你们不是在追查他们的案子，所以喊你们过来看看。"关风说道。

"这次怎么发生在殡仪馆？还是一个男的。"顾美玲愣住了，"这和之前的案子可不像啊！"

"就是，几个特别的条件都不一样，也许是巧合吧？"林刚跟着说道。

"尸体现在正在做进一步检查，我还有事要去找一趟陈池，你们自己处理一下这边的事情吧。"关风说道。

"陈池的事情怎么样了？"顾美玲问道。

"还在对证据做进一步检查，秦处长那边找了两个专家过来，如果这两个专家再查不出什么，这陈池杀人的罪也就定了。这么多事堆一起，真是头疼。"关风无奈地说道。

第二十三章　细微的发现

这是第几次询问,陈池已经记不清楚了。自从案子发生后,关风以及秦处长一直在帮他找人。这次过来的两个人,一个是国内的心理专家,一个是国内的高级证据专家。陪他们过来的人是安娜,安娜的话很清楚,如果说他们两位再没有什么发现,那么陈池这个案子也就没什么可查的了,估计会被判定为心理障碍下的激情过失杀人。

"安娜,其实秦处长这么偏袒我,我都觉得有点不好意思了。我现在好像也接受了自己在不受支配的情况下杀人的事实了。"陈池苦笑了一下说道。

"你怎么知道自己是在不受支配的情况下杀人的?"心理专家说话了,他叫王卫国,人称王老,已经70多岁,满头白发,但是目光如炬,精神抖擞。

"在案发的时候,我正在接受温医生的治疗,其中有一段记忆是有个黑影要伤害别人,我便冲过去和对方扭打在一起,并且夺过了对方手里的刀子,刺向了对方。我觉得这段记忆也许并不是在我梦里的,而是真实发生的,只是当时我以为是梦里的片段。"陈池说道。

"你把温医生对你做的治疗情况从头讲一下。"王老说道。

"我因为之前脑袋受到撞击,有些片段性失忆。所以单位安排来温医生这儿进行治疗。温医生给我一共做过三次治疗,其实按照之前的方案不应该这么短的,因为我们调查组接到了新案子,人手不够,我便要求温医生帮我加快进度,等我案子结束了,再回来继续治疗。温医生为了帮我,说是用了一种记忆共存的办法帮我修复记忆,每次我也没什么感觉,就是在那儿睡一觉,然后会做各种各样的梦,醒过来后,一些之前想不起来的东西确实能记起来一些。只是没想到,最后一次治疗,等我醒过来后发现温医生竟然出事了。"陈池讲述了他治疗的整个过程。

"也就是说,温医生对你治疗的时候,你基本上不知道她在做什么?"王老又问。

"对,这个应该类似于催眠治疗办法吧,我也不太懂,虽然说我也学过一些心理知识,但是毕竟这是专业的治疗,肯定不同。"陈池点点头。

"温医生这个人怎么样?"王老又问。

"挺好的,我们认识也就是在治疗的时候,平常也没什么来往。"陈池说道。

"你觉得温医生有没有理由陷害你？"王老问道。

"这？"其实，陈池想过这个问题，如果说真的有人要对温医生的死解释的话，除了陈池，那么就只有温医生自己了。只是因为温医生是受害者，所以很多怀疑和推测都不在她身上。如果说温医生要陷害自己，那真的是易如反掌，因为整个治疗过程中，能够操纵自己的也只有温医生，只是这样的话有一个疑问，温医生为什么要这么做？

"你其实心里也有疑问，如果温医生陷害你的话，所有的一切都能对上号。只是你不明白温医生为什么要这么做，对吗？"王老又说话了。

"不错。"陈池坦然说道。

"我听了你的治疗过程，来的时候也看过你的资料。我认为你这样的情况不会突然出现无意识杀人的举动，除非有人在你做心理治疗的时候输入了一些东西。所以我认为温医生可能在治疗你的时候输入了一些暗示性的假性记忆，然后诱发了你杀人的记忆。当然，现在温医生已经死了，这一切死无对证，还有一点最重要的是为什么温医生要这么做，并且最后死的人是她？这都是刑侦上的疑点，可能搞清楚这些，也就能够洗清你身上的嫌疑。"王老说道。

"那为什么不是我自己杀人，然后假装说是在治疗的过程中杀人呢？怎么能确定这一点呢？"陈池问道。

"很简单，正常人在杀人后，尤其是喷溅到身上血液的事情发生，都会选择去洗掉血迹，或者离开现场。正因为你的心理障碍，记忆有问题，所以你在无意识地刺死温医生的时候，还能重新回到治疗床上继续睡去。这说明你并不知道这一切，你做的事情应该是在无意识的状态做的。"王老分析了一下。

"唉，如此说来温医生还是被我杀死的。"陈池叹了口气。

"陈警官，你别难过。我接触过很多利用心理知识杀人的案子，有时候眼见未必是真，耳听未必为实。温医生的情况你了解吗？关队长找了很多，却发现温医生根本没有任何家人，她的来历非常奇怪。"王老说道。

"是吗？怎么会这样？"陈池愣住了。

"好了，关队长还有话对你说。我现在要和何老去法医中心一趟。"王老指了指旁边的证据专家说道。

"对，我对法医在报告里写的一些内容有异议，可能证据这块还有待调查。等我确定了证据这方面的事情后，我和王老会综合给出一个意见。"何老点点头说道。

安娜带着王老和何老离开了，然后关风走了进来。

"关队长，这次出来的结果应该是最终的吧？"陈池说道。

"对，如果王老和何老的意见还是和之前的一样，那么无论你是过失杀人，还是故意杀人，都要进去了。"关风点点头。

"每次想起温医生的样子，我都没办法原谅自己。"陈池吸了口气，痛苦地说道。

"今天发生了一件事情。"关风说道,"可能你需要知道。"

"什么事?"陈池抿了抿嘴唇问。

"你还记得你在林城刑警学院时的同学吗?"关风说着拿出了一张照片,上面是三个人,那是关风第一次去林城刑警学院时拍的照片,上面的人正是乔羽、王志和陈池。

"怎么会不记得?说起来还真巧,当时乔羽也是跳楼自杀的,以为是"上帝之手"做的,但一直没找到原因。对了,这个是王志,前几天我还见到他了。"陈池指了指中间的王志。

"我要和你说的是,今天我们接到殡仪馆报警电话,有人从法医中心楼的天台上跳了下来,那个人不是别人,正是王志。"关风说道。

"你说什么?"陈池惊呆了。

"可能更想不到的是,根据法医中心那边的调查,王志是去看温娜娜的,他在看完温娜娜的遗体后跳楼自杀了。"关风继续说道。

"这个我知道,温娜娜是王志的女朋友。王志来这里看过我,他走的时候似乎有什么话想跟我说。原来那天他是跟我告别的,他一定是知道什么。"陈池被这些事情弄得措手不及。

"法医中心对面的监控摄像头拍下了王志跳楼时的画面,他的样子和陶佳佳以及黄小曼跳楼之前一样,我们怀疑他不是自杀。所以说你不能轻易就相信自己是杀人凶手,就像刚才王老讲的,眼见未必是真,耳听也未必是实。这个事情的背后一定另有隐情。"关风看着陈池,目光凛然地说道。

第二十四章　纰漏

啪，男人照着青铜打了一巴掌，几乎要将他的面具打下来。

"老师。"青铜慌忙跪到了地上。

"谁让你去杀阿丁的？"男人因为生气，整个人都在颤抖。

"老师，阿丁要背叛组织，他要向警察说明一切。如果我不杀他，会很麻烦的，十三楼会因此毁了的。"青铜说道。

"那还不是因为你杀了温娜娜，阿丁这个人我太了解了，他一生凄苦，除了他的老师肖光，再无任何朋友。温娜娜是他唯一的亲人，他也让温娜娜帮我们做了《安魂》。你为什么要杀人？我说过的，放过温娜娜，你为什么不听？"男人大声喝道。

"老师，我这么做都是为了十三楼。这么多年，为什么我们一直被组织嫌弃？都是因为阿丁在，现在阿丁死了，整个十三楼都会在我们手里。你总不会希望我们一直被阿丁压着吧？"青铜低声说道。

"别以为我不知道你在想什么，你的仇人是陈池，是那个警察，因为苏梅吧。苏强，我告诉过你，不要为了女人去做任何错事。你为什么不听？"男人摇了摇头，不知道该说什么。

"老师，我错了。"青铜低下了头。

"你下去吧，既然事情都做了，那你好好想想怎么善后，别把十三楼毁了。你以为你的那些小聪明警察发现不了吗？最近事情太多了，我需要向组织汇报，没什么事别找我。"男人摆了摆手。

"好的，老师，你注意身体。"青铜转身离开了。

青铜走后，一个人从后面走了出来，是苏梅。

"苏梅，你不要怪苏强，他的心思全在你身上。"男人抬起头，看了看苏梅。

"我知道。"苏梅点点头。

"如果可以，你再找陈池说一下，如果他愿意加入我们组织，我们会很欢迎他。"男人说道。

"好的，老师，我会再找他一次。"苏梅说道。

"这世上最让人无法掌握的就是情字，当年你救陈池回来，从此你爱上了他。苏强从小对你爱慕有加，阿丁对温娜娜更是深爱不已，最后甚至丢了性命。"男人叹了口气,然后摆了摆手,"你去吧。"

走出房间,苏梅看到了青铜,他正在对两个男人低声说着什么。看到苏梅,他走了过来。

"你又要做什么?"苏梅问道。

"你放心,我不会再对陈池做什么,既然老师都说了,那后面的事情看他的造化了。"青铜说道。

"你不应该杀阿丁。"苏梅说道。

"连你也这么说我,你可知道这一切都是为了谁?苏梅,我都是为了我们。我们能在组织里站稳脚,靠的是老师的关系,可是你也看到了,老师已经老了,如果我们再没有什么成绩,以后会很惨的。"青铜说道。

"自从你从苏强变成青铜,我有时候觉得真的不认识你了。如果可以我宁愿你是当初的苏强,不是什么青铜,更不是什么神图组织者。可是,很多事我们回不去了,回不去了。"苏梅说着眼泪落了下来。

青铜呆呆地站在那里,想说什么,但是话到嘴边又咽了回去……

罗志森没有想到何老会来法医中心,说起来何老是他在学校时的教授。虽然在法医中心,罗志森已经算是领导,但是见到何老,他表现得非常拘谨。

"我看了温娜娜的尸检报告,从表面看是没什么问题的。不过既然秦处长要求我过来复检,那程序上还是要重走一遍。我这个人什么事都喜欢亲力亲为,所以罗法医你也不用跟着我,你们该干什么去干什么。"何老开门见山说道。

"好的。要不要我留下来做助手,毕竟这里的法医中心和我们省厅的不太一样。"罗志森说道。

"不用,你们可能不知道,十年前我曾经来过这里,这里的很多法医设备都还是我负责采购的。"何老看了看旁边的人,哈哈笑了起来。

罗志森带着其他人离开了,关上门,他回到了自己的办公室,然后点了一根烟,用力吸了几口。

如果何老亲自检查温娜娜的尸体,那么一定会发现那个问题。虽然那个问题可有可无,但是如果真的发现了,揪着那个问题就能拔出萝卜带出泥,也许会牵出整个事情的真相。

不行,罗志森心里越来越着急了,他来回走动着,心里七上八下,一片煎熬。他拿起电话拨出了一个号码。

"罗先生,什么事?"电话里传来了一个男人的声音。

"计划恐怕要失败了。"罗志森低声说道。

"什么?你不是说万无一失吗?"对方一听,有点意外。

"是,原本是没问题的。可是,这边警察找了一个很厉害的法医专家,我怕他会发现。我之前跟你说让你们想办法尽快毁了温娜娜的尸体,你们为什么不听?"罗志森说道。

"老爷子对我们做的事非常生气，让我们到此为止，本以为你已经搞定一切了，怎么现在又出问题了？你当时不是信誓旦旦地说没问题，真是废物。"对方破口大骂起来。

"现在说什么都没用，如果要保证没问题，必须马上采取措施。"罗志森说道。

"你说怎么办？"对方问道。

"再给我一百万，我把事情搞定，然后我直接去国外，不再回来。这样一来，这件事情你永远都不用担心被人知道。"罗志森一咬牙说出了自己的想法。

"容我想想。"对方迟疑了一下。

"时间很紧，何老已经进去验尸了，如果他发现就晚了。"罗志森继续说道。

"好吧。"对方同意了。

罗志森挂掉电话，然后转身向外面走去，开门的时候，他拿起了桌子上的一把解剖刀。他已经想好了，不管何老发现没发现，他只能铤而走险了。这是唯一的一条路，一条不归路。不过罗志森明白，他早已踏上了一条回不了头的路。

推开法医鉴定中心的大门，何老一个人在看东西，旁边就是温娜娜的尸体，房间内没有其他人。罗志森走了过去。

当，他的脚不小心碰到门边的东西，发出了一声脆响。

何老转过头，看到来人是罗志森，然后说道："不是说了不用过来了？"

"我过来取点东西。"罗志森说着慢慢走到了何老的身后，接着从他背后取出了一根细长的绳子，然后向何老的脖子上套去……

第二十五章　相通之处

陈池知道苏梅肯定会来看他。

两人终于再相见。

"我想你也猜到了,这次你的事情是有人陷害。"苏梅开口说道。

"我早已习惯,只能说陷害我的人手段一次比一次高明,可是为什么要搭上别人的性命?如果你认识陷害我的人,你问问他,为什么要用别人的性命来对我下手?如果他还有种,可以直接冲我来。"陈池抓着面前的桌子,用力捏着,温娜娜的死让陈池格外难过,不仅因为她是因自己而死,更是因为她是王志的女朋友。

"如果你怨恨,就怨我吧。"苏梅低下了头,用力咬着嘴唇。

陈池凝视着苏梅,迟疑了片刻他说道:"我想起了之前失去的记忆,我想起了那个蓝色海豚。"

"你还是想起来了。"苏梅身体悚然一惊,抬起了头。

"对不起,是我的错。也许当初你就不该救我。"陈池说道。

"不,不是你的错。你是对的,你是警察,你该做你应该做的事。"苏梅苦笑了一下,"有个事情求你,你能答应我吗?"

"什么事?你说。"陈池问道。

"唉,还是算了吧。"苏梅欲言又止。

"也是,我现在都这样了,自身难保,还能帮助你什么呢?"陈池笑了笑。

"你会没事的。"苏梅忽然站了起来,神情有点激动。

"谢谢你。"陈池说道。

"好了,时间到了。"旁边的警察走了过来,然后将陈池拉了起来。

苏梅没有动,直到陈池走进前面的房间,才转身向外面走去。

房间内,陈池通过窗户,看到苏梅走了出去。

"有些事情该决断了,她为什么没有给自己机会呢?"旁边的关风说话了。

"也许她想说,但是不知道为什么话说一半没有说出来。"陈池说道。

"我们完全可以通过她知道真相,或者你问她的话,她也许会告诉你。可是,你为什么还要这么固执呢?万一王老和何老那边的事情不能成功,你就真的没救了。"关风叹了口气。

"我相信正义，我相信法律，我相信假的一定真不了。我不想通过苏梅获取自己的清白，也许那样对我来说是最简单的，但是可能我会背负一生的愧疚。我和苏梅之间已经有太多纠葛，又何必再添上一笔呢？"陈池说道。

这时候，关风的手机响了起来。

"电话来了，一切就看这里了。"关风扬了扬手里的手机。

罗志森的绳子在向何老的脖子套去的时候，门被推开了，王老带着两名警察走了进来。面对罗志森的举动，他们冲上来将他按住了。

"你这是为什么？"何老问道。

"你知道的。我没什么好说的。"事情败露，罗志森也不愿多说。

"我猜你肯定知道我看出了法医报告里有一条疏忽的地方，就是温娜娜的致命伤到底是不是刀伤，这也是决定陈池是不是杀人凶手的关键点，对吧？"何老问道。

"不错，这点你总会发现的。"罗志森说道。

"老实说，我确实怀疑了这一点，但是说要从尸体上找出线索，恐怕不是那么好找。因为尸体上的撞击伤痕比较多，再加上时间有点长，尸体的情况已经和当时的不太一样。即使是我也无法断定那究竟是温娜娜死之前撞伤的，还是她的致命之伤。"何老说道。

"不，你之前的课题就是从死亡后的多重伤痕里面推测致命伤口，这次这么简单，你难道看不出来？"罗志森惊呆了。

"我之前的课题是那样写的，不过那是在特定情况下的，并不能一定应用在现实中。法医的证据只是为了辅助警察破案，并不是一定要找出真相。不过我想你一定害怕这一点，肯定会露出马脚，可是没想到你竟然想杀害我。罗志森，在法医技术方面你可能的确有天赋，但你怎么这么愚蠢？你杀了我，就能逃开干系吗？"何老摇了摇头，眼里全是失望。

罗志森当然不傻，这一点在关风了解后很快给出了答案，罗志森之所以想杀人灭口，掩埋推翻陈池杀人的证据，原因恐怕只有一个，那就是帮别人做事。他孤注一掷的做法，显然已经是奔着法医工作不要，甚至可能出国躲避的打算。所以，在罗志森背后的人，才是整个案子的核心人物。

关风的推测很快得到了证实，在对罗志森的财务方面调查后，罗志森在外面欠赌债的情况一目了然。

面对这些证据，罗志森痛苦地低下了头，交代了一切。

"对方说要付你一百万，那你之前是怎么收钱的？"听完罗志森的回答，关风问道。

"在明明中介，那里的老板负责把钱给我。"罗志森说道。

"对于十三楼，你了解多少？"关风又问。

"我只知道它是神图组织安排在林城的一个点，负责人叫陈耀，是一个50多岁的男人，不过管理十三楼的是他的学生，都喊他青铜。我做的这些事情，都是青铜传达下来的，其他的我就不清楚了。"罗志森说道。

"林城艺术学院两名跳楼的学生呢？对她们你又知道多少？"关风换了一个问题。

"这我更不知道了，对于她们，青铜只是让我负责在她们的尸检报告上去掉对他们不利的细节。其他的我一无所知。"罗志森说道。

"王志跳楼那天，你做了什么？"关风想起了王志跳楼那天，夜里值班的人也是罗志森。根据法医中心的调查，那天王志先是去问询室，后来上去找你，结果最后却跳楼自杀了，这又是怎么回事？"

"《安魂》。"罗志森说道，"他是被《安魂》杀死的。《安魂》，也是十三楼最大的秘密，只可惜我不知道，只知道有这样一个东西，但是连是什么东西都不知道。"

第二十六章　魂破十三楼

　　林刚和顾美玲再次来到十三楼,这次一起过来的还有刑侦队的人。
　　十三楼没什么人,只有几名保安。面对警察,他们缩在一旁。林刚和顾美玲直接来到了3楼,然后见到了陈耀。
　　"两位警官,这次又来看什么?"陈耀坐在钢琴旁,盯着前面的琴谱问道。
　　"上一次确实没查到什么,不过这次不一样,我们有了新的证据。陈耀先生,你作为这个十三楼的负责人,需要跟我们回去一趟协助调查。"林刚说道。
　　"何须回去?你想问什么,我在这里直接告诉你。"陈耀站了起来,冷笑一声。
　　"那就说说你们十三楼最大的秘密,《安魂》的秘密吧。"林刚问道。
　　陈耀搓了搓手,走到前面的讲台上:"《安魂》,从这里诞生,它有什么秘密?对,你应该想知道的是那两个女学生的死吧?不错,她们的确死于《安魂》,其实原因很简单,十三楼一直警告她们不要去碰触《安魂》,可是她们就是不听,最后落得个惨死的下场,搞得我们也很被动。如果要说《安魂》的秘密是什么,那不过是一首钢琴曲,仅此而已。"
　　"一首钢琴曲?能杀人的钢琴曲,那还是钢琴曲吗?"顾美玲冷声说道。
　　"不,不,不,你错了。刀能杀人,也能救人。枪是用来执法的,同样也可以犯罪。《安魂》的秘密是什么,要看用来做什么,有的人听了可以安息,有的人听了会躁动不安,有的人听了会格外舒服,有的人听了却会厌烦这个世界。我们创作这个曲子,并不是为了杀人,只可惜总有不安分的人碰触它,引发死亡。也许伟大的东西都要经历嗜血才能够面世,古有英雄炼剑,舍身喂剑,而今《安魂》现世,也有人为之身亡,这也许是天意。"陈耀声音颤抖着说道。
　　"一派胡言,如果说陶佳佳和黄小曼是死于错误。那阿丁呢?他也是因为碰触了你们的《安魂》吗?罗志森已经交代了,你们利用温娜娜陷害陈池,然后再用《安魂》杀死阿丁。《安魂》已经成了你们杀人的利器,你却在这里言辞凿凿地为之辩解,当真是可笑。"林刚一拳打在了面前的桌子上。
　　"有些错,是无法回头的。算了,事已至此,我也不想说什么。这一切恩怨是非,就留给我吧。"陈耀叹了口气,然后走了过来,伸出了两只手。
　　"《安魂》这首曲子呢?"顾美玲问道。

"两位警官想听吗？你们不怕陷入梦魇吗？"陈耀笑了起来。

"我们自然不会听，我们要毁掉它，免得它再祸害他人。"顾美玲说道。

"十三楼没了，这世上自然也就没了《安魂》。"陈耀说道。

"你的好学生青铜呢？"林刚忽然想起来，上次那个戴面具的男人。

"他和十三楼已经没有关系，自然离开了。我说了，一切是非恩怨都在我这里，就算你们找到他，也没用。十三楼的所有业务都是我在负责。"陈耀说道。

"十三楼涉及的业务那么多，并且那么隐秘。我们已经对郑天昊和郑通以及上次送我们来的那个餐厅老板进行了核实，他们这一次彻底交代了你们的合作账目。我们查过你们的资金流向，全部打到了国外一个账号，再通过那个账号进行转账。陈耀，你是不是应该告诉我，这十三楼的上面是谁？你又是为谁服务的？"林刚问道。

"哈哈，没想到，没想到你们查到这么多。"陈耀大声笑了起来，然后坐到了旁边的凳子上，他从口袋里拿出一盒烟，然后点了一根。

"陈耀，我们没时间在这儿陪你耗着。我们还是回局里说吧。"林刚看着陈耀慢吞吞的样子，不禁说道。

"我是不会离开十三楼的。"陈耀笑着说道，然后嘴角溢出了鲜血。

"不好。"林刚突然明白了什么，立刻冲了过去。陈耀的身体已经歪了下来，从凳子上摔了下来。

"快叫救护车。"顾美玲对着身后的警察喊道。

"你们不用在我这儿浪费时间了，青铜所做的这一切都是因为陈池……"陈耀的话没说完，然后身体垂了下来。

林刚听完陈耀的话，立刻拿起手机给关风打电话。

"我们已经接到了青铜的电话，他绑架了乔梦梦，在林城剧院。"关风听完林刚的话说道。

关风说的没错，青铜绑架了乔梦梦，然后约陈池一人前往林城剧院救人。

陈池知道这个消息后显得很平静，关风提出了几个方案，但是都被他否决了。他按照青铜的要求，一个人来到了林城剧院。

林城剧院是林城的老电影院，隶属文化局。平常很少开放，偶尔会接一些文化活动。里面也没什么员工，只有一个看门的老头。此刻，老头已经被青铜打晕。整个剧场空荡荡的。

陈池走了进去，然后看到了舞台中间的场景。

青铜站在中间，两边分别吊着两个人，一个是乔梦梦，一个是苏梅。此刻，她们都在昏迷状态，她们的下面都竖着两把尖刀，只要上面的绳子一断，那么她们必然会坠下去，被尖刀刺中，必死无疑。

"你到底是什么人？还戴着面具？"陈池问道。

"确实，我们应该见面的。"青铜取下了脸上的面具，露出了一张狰狞的面容。

"苏强？"陈池认出了他的身份。

"不错，就是我。陈池，你没想到会有今天吧？这两个女人，都是深爱你的女人，二选一的游戏，你不陌生吧？哈哈哈。"苏强歇斯底里地笑了起来。

"你？是你搞的鬼！"二选一的游戏，陈池当然不陌生，他的父亲就是在这种游戏下被害的，虽然当时抓住了凶手，但是并不知道凶手背后的人是谁，闹了半天，原来是他。

"你选一个，要是选错了，后果很严重的。这两个女人对你来讲应该都很重要吧？乔警官，是你众所周知的女朋友，苏梅，是深爱了你多年的女人。哦，忘了告诉你，你一定不知道为什么苏梅会这么死心塌地地帮你吧？因为苏梅曾经怀了你的孩子，可是你却根本不知道。"苏强说道。

"你说什么？"陈池全身一震，仿佛被闪电击中，半天没有回过神。

"你以为只是和苏梅发生过关系，她就会对你念念不忘吗？苏梅曾经怀过你的孩子，可是你却从来没对她说过一句负责的话。你该怎么选？陈警官？"苏强冷笑道。

陈池知道，苏强一直都喜欢苏梅，他如果选苏梅，那么苏强肯定会恼羞成怒，直接杀了乔梦梦。可是，如果自己选了乔梦梦，那么苏强更是会为苏梅的难过而发疯。这道二选一的题，根本无解。

"苏强，你不要再冥顽不灵了。你所做的一切已经败露。你让人杀死温娜娜，然后利用我去刺伤温娜娜，嫁祸给我。这一切，罗志森都已经交代了。你不要再执迷不悟。我知道你喜欢苏梅多年，如果她看到你现在疯狂的样子，她一定会很难过。"

"你给我闭嘴，都是因为你。当初如果不是苏梅把你救回来，一切事情都不会发生。你是警察，苏梅是贼，苏家村的人都是贼，你让贼救了，你既然不愿意和我们一起做贼，为什么还要去招惹苏梅？这么多年，我跟着老师用尽全力才在组织里站稳脚跟，可是就是因为你，这一切都毁了。苏梅她该死，她真的该死。既然她这么爱你，就让她陪你去死吧。"苏强大声吼叫起来。

这时候，乔梦梦忽然醒了过来，很快苏梅也跟着醒了过来。

"苏强，你在做什么？快放我下来。快点。"苏梅叫了起来。

"陈池，你时间不多了。我的耐心是有限的。"苏强没有理会苏梅，而是对陈池喊道。

"你要干什么？"乔梦梦想挣脱身上的绳子，可是看到下面的刀子，顿时吓呆了。

"苏强，你不是恨我吗？我过去，你放了她们，有什么你冲我来，你冲我来。"陈池往前走了两步。

"你给我站住，我说了，你再多走几步，我就割断她的绳子，替你选择。"苏强说着拿着刀子放到了乔梦梦的绳子上。

"好,好,我选,我来选。"陈池一看,慌忙说道。

苏梅和乔梦梦的目光同时落到了陈池的身上,她们的眼里充满希望。虽然这是一个非常糟糕的场面,可是她们都希望能听到陈池嘴里的选择。

"我选乔梦梦。"陈池咬着牙,说出了自己的答案。

空气瞬间安静下来。

十几秒后,苏强笑了起来,用一种几近疯狂的声音说:"你看看,苏梅,我就知道,我就知道他不会选你。哈哈哈哈。"

"对不起,苏梅,我……"陈池想说什么,但是却发现什么也说不出来。

"你应该选她,我是一个罪人。"苏梅说道。

"苏梅,你为什么不听我的?为什么?"苏强大声号叫着。

"对不起,苏强。"苏梅说完,忽然伸出了手,她的手里多了一把刀子,直接割断了上面的绳索,然后她的身体直接坠了下去。

"苏梅!"陈池叫了起来,冲了过去。

这时,外面的关风带人冲了进来,控制住了苏强,解开了乔梦梦身上的绳子。

"你应该选她。"苏梅看着陈池说道。

"我看到你绳子上的暗扣了,我知道这是你和苏强的测试,我想着选她你也会没事的。可是,为什么你要这么做?"陈池的眼泪落了下来。

"我们是罪人,这是最好的方式。陈池,你忘了我吧。"苏梅抓住陈池的手,紧紧地。

"不。"陈池摇着头。

"对不起,以后都帮不了你了。"苏梅笑了笑,然后闭上了眼睛。

陈池瘫坐在地上,呆滞地看着眼前,泪水无声地流了下来。

尾　声

苏强交代了一切。

十三楼是他的老师陈耀一手建立的，他们属于一个名叫神图的犯罪组织。这个犯罪组织涉嫌多起国内案件，其中包括人体器官走私，以及陆飞翔案件中的天罚者。关于神图组织的总部以及其他线索，苏强并不知道。因为一直以来他都希望能够上位，可惜这个心愿没有完成便被抓了。

至于阿丁、罗志森，他们也属于神图组织，只不过他们的职位不同，自然他们的秘密也无人知晓。

《安魂》这首死亡之曲，是陈耀和苏强为神图组织打造的杀人曲目，他们通过各种办法找了很多黑色音乐的曲谱，通过明明中介提供的艺术学院的学生们进行研究，最终做成了《安魂》。如果不是陶佳佳和黄小曼对《安魂》太过好奇，也不会导致她们跳楼自杀。

"这个《安魂》真的这么厉害吗？阿丁也是因为这个被杀的吗？"关于《安魂》，审讯问了最后一个问题。

"我的老师说过，《安魂》不过是一把刀，善良的人用它抵挡罪恶，罪恶的人用它杀害善良。与其说阿丁是被《安魂》杀死的，还不如说是因为温娜娜死了，他不愿意活着而自杀了。"苏强回答道。

苏强被执行死刑的那一天，苏梅在林城墓园下葬。

这是苏强交代一切的条件，生不能相爱，就死的时候一起走吧。

参加葬礼的人只有陈池、乔梦梦和苏小葵。

一个选择，阴阳相隔。

陈池把那两个蓝色海豚吊坠埋在了苏梅的墓前。

离开的时候，乔梦梦没有和他们一起走。

陈池知道，乔梦梦因为被苏强绑架，有点创伤后遗症，所以约了心理医生。

回到局里，关风他们正在做案件总结。这次的十三楼案件虽然结束了，但是却牵连出了一个神图犯罪组织。

"这个犯罪组织，我之前听秦处长说过。可惜线索太少，听说他们经常会培训一些专业人才，然后安插到各地，等到有需要的时候，这些人会帮他们做事，就像罗法医这样。"顾美玲说道。

"那确实太可怕了，如果这次不是王老和何老过来找到了线索，陈池估计要坐牢了。"林刚跟着说道。

"还有一点，那个神秘的《安魂》没有找到，真希望如同陈耀说的一样，随着他的十三楼没了，那个杀人的曲子也没了。"顾美玲说着将案件资料装进了档案袋里。

这时候，陈池的手机忽然响了起来。

"陈警官，我是刑侦队的小刘，我们在整理审讯笔录的时候发现苏强给你留了一张纸条，上面有一句话。"

"什么话？"陈池一愣。

"这世上好听的曲子怎么能毁掉呢？至少得有人听一下，所以就给你的女朋友听了听。"小刘念了一下纸条上的话。

陈池听完后猛地一惊，立刻向外面跑去……